Mechthild Zimmermann und Antje Fries (Hg.)

Die Letzte macht das Licht aus

edition BitterBöse

Mechthild Zimmermann und Antje Fries (Hg.)

Coverart: Benjamin Hobbs - www.benjaminhobbs.de,
nach einem Foto von Mechthild Zimmermann, Via Terra 2009

Satz: Alexandra Röhrig - www.alexandraroehrig.de

Druck und Bindung: CPI - Clausen & Bosse, Leck
Printed in Germany

ISBN 978-3-941970-09-0

In Erinnerung an Isabella Petracca, die ihr ganzes Leben in der Via Terra, Vico del Gargano, verbracht hat.
(geb. 1. 2. 1913, gest. 12. 3. 2009)

»Damals hatten die Leute kein Leben.« (Lucia Trombetta)

Inhalt

Die kalte Sophie

Anne Grießer

Tot. Da stand es, schwarz auf weiß:

Völlig unerwartet verstarb am 14. April im Alter von 78 Jahren unsere geliebte Tante und Schwiegermutter Sophie Lindemann. Ihr Geist wird weiterleben.

Mir wurde schwindelig. Die Essensreste in meinem Magen ballten sich zusammen und ich musste mehrmals schlucken, damit alles an seinem Platz blieb. Eine kalte Welle überlief meinen gesamten Körper. Die Nerven vibrierten und ich bibberte. So etwas nennt man wohl einen Schock.

Sophie Lindemann. 78 Jahre.

Kein Zweifel: Das war ich.

Zitternd stand ich auf, ging langsam ins Bad und trank ein paar Schlucke Wasser direkt aus dem Hahn. Dann ließ ich mich im Wohnzimmer auf mein Sofa sinken und starrte auf die Zeitung. Die Buchstaben tanzten vor meinen Augen.

Es musste eine Erklärung dafür geben, ganz sicher. Vielleicht eine zweite Sophie Lindemann, die zufällig mein Alter hatte? Warum nicht? Ist ja kein sonderlich ausgefallener Name.

So musste es sein. Und ich alte Närrin ... Darauf brauchte ich erst mal ein Schnäpschen. Einen Schinkenhäger, gut für Magen und Darm. Den möchte ich mal sehen, der da nicht erschrocken wäre, wenn er seinen eigenen Namen in den Todesanzeigen liest!

Ich war am Nachmittag von einer 14-tägigen Busrundfahrt durch Südtirol zurückgekehrt und erfreute mich bester Gesundheit. Gleich nach dem Kofferauspacken hatte ich es mir im Wohnzimmer gemütlich gemacht und nachgelesen, was ich verpasst hatte, während ich weg war. Mit allem hatte ich gerechnet, nur nicht mit meinem eigenen Ableben.

Ich schüttelte mich und merkte, wie der Schinkenhäger seine Wirkung tat. Meine Lebensgeister kehrten zurück. Sofort kam mir meine liebe, wenn auch spärliche Verwandtschaft in den Sinn. Ingolf und Marie, die Kinder meiner viel zu früh verstorbenen Schwester Lillith. Ich hing sehr an ihnen, obgleich ich selten in den Genuss ihrer Anwesenheit kam. Aber sie schickten jedes Jahr zu Weihnachten und zu Ostern Postkarten und nie vergaßen sie meinen Geburtstag. Besonders innig war mein Verhältnis zu Ingolf. Wie sah er meiner Schwester ähnlich! Ein Jammer nur, dass er mit seinem Leben so schlecht zurechtkam und immer wieder mit dem Gesetz in Konflikt geriet. Aber wozu hatte man denn eine Tante! Ich half ihm gerne aus der Klemme und gerade in letzter Zeit zeigte er sich dankbar und besuchte mich häufiger als früher.

Auch Marie hatte oft Probleme, meistens mit dem Geld. Sie lebte nun mal gerne auf großem Fuß und fand nie den Mann, der ihr den Lebensstandard bieten konnte, den sie sich wünschte.

Und natürlich mein Schwiegersohn Gustav. Nach dem Tod meiner Tochter hatte er nie wieder geheiratet. Er kümmerte sich als Rechtsanwalt rührend um meine Belange. Obwohl es da nicht viel zu regeln gab.

Bei den Gedanken an diese drei zog es mir schmerzhaft die Brust zusammen. Wie unvorbereitet musste mein *Tod* sie getroffen haben! Ich sollte ihnen schleunigst Bescheid geben, dass es mir gut ging. Also griff ich zum Telefonhörer und stellte mir schon ihre Erleichterung vor, als mir auffiel, dass etwas nicht stimmte.

Kein Freizeichen. Nichts. Die Leitung war tot.

Ich beschloss, mir erst mal einen Tee zu kochen und es mir vor dem Fernseher bequem zu machen. Nach fünf Minuten war der Wasserkocher noch immer kalt wie ein Fisch. Der Fernseher ging nicht an und auch das Licht nicht. Man hatte mir den Strom abgestellt.

Das Unbehagen kehrte vehement zurück.

Keine Verwechslung, Irrtum ausgeschlossen: Ich war verstorben.

Ganz schwach vor Bestürzung sank ich auf mein Sofa. Eben hatte ich mich noch unter den Lebenden gewähnt – aber wer weiß schon, wie sich der Tod anfühlt? Was nützen da wissenschaftliche Untersuchungen, Nahtod-Erfahrungen und religiöse Ideen? Letztendlich ist ja keiner je zurückgekehrt aus dem endgültigen Reich der Toten, um davon zu berichten.

Ich atmete tief durch. Es musste doch Mittel und Wege geben, die Wahrheit herauszufinden!

Ich kniff mir in den Arm und erschrak. Es tat weh. Aber war das nun ein Beweis für meine Lebendigkeit? Wohl kaum. Woher sollte ich wissen, ob Geister Schmerz empfinden?

Als nächstes versuchte ich, durch die Wand zu gehen und stieß mir dabei den Zeh kräftig an. Trotzdem stellte sich keine Gewissheit ein. Dieses Durch-die-Wände-Gehen konnte ja genauso gut ein dummes, menschliches Ammenmärchen sein.

Ich öffnete die Tür zum Balkon, hütete mich aber davor, ihn zu betreten. Er war eine schlampige, illegale und äußerst marode Konstruktion und ich wäre vermutlich fünf Stockwerke mit ihm in die Tiefe gestürzt. So weit ging meine Experimentierfreude nun doch nicht. Aber ein Spatz flog erschrocken auf. Aus Furcht vor einem Wesen aus Fleisch und Blut – oder vor dem Geist einer Toten?

Mit wackeligen Knien ließ ich mich im Sessel nieder und genehmigte mir einen zweiten Schinkenhäger. Denk nach, zwang ich mich, reiß dich zusammen und bleib vernünftig!

Vor nicht mal drei Stunden hatte ich mich guter Dinge von meinen Mitreisenden verabschiedet. Besonders innig von Elmar, dem netten Witwer, den ich unterwegs kennengelernt hatte. Der Bus hatte mich direkt vor der Haustür abgesetzt und ich war ohne Umschweife mit dem Aufzug nach oben gefahren.

Mein Blick wanderte zurück zur Todesanzeige. Der 14. April. Da hatten wir einen Ausflug nach Meran unternommen. War unser Bus verunglückt? Die gesamte Reisegruppe ums Leben gekommen, und wir waren nichtsahnend weitergefahren, hatten geglaubt, alles sei in Ordnung? Die ganze Reise eine einzige Illusion – ein Geisterbus mit dreißig toten Senioren?

Beim dritten Schinkenhäger hielt ich die trüben Gedanken für Humbug, das Ganze musste eine Verwechslung sein, sonst nichts.

Beim vierten war ich mir wieder gar nicht mehr sicher und beim fünften beschloss ich, die Entscheidung darüber zu vertagen und stattdessen früh ins Bett zu gehen.

Irgendwie muss ich dann über dem Grübeln auf der Toilette eingenickt sein, denn als ich plötzlich hochschreckte, war es stockdunkel und mir taten alle Knochen weh. Mein Kopf dröhnte. Können Geister beschwipst sein? Ich stand auf und reckte meine steifen Glieder.

Jesus, was war das denn?

In dem kleinen Milchglasfenster meiner Badezimmertür tanzte ein matter Lichtschein, wie von einer Taschenlampe. Ich hörte jemanden husten und hatte gerade noch Zeit, mich an die Wand zu drücken, als es auch schon an der Tür rüttelte.

»Verfluchter Mist. Sie klemmt.«

Einbrecher! Als hätte der Tag nicht schon genügend Kümmernisse mit sich gebracht! Ich dankte im Stillen meiner Marotte, die Tür abzuschließen, selbst wenn ich ganz allein im Haus war.

»Macht nichts. Sie wird den Zaster schon nicht im Klo versteckt haben.«

Moment mal. Die Stimme kannte ich doch.

»Wer weiß. Im Alter werdense schrullig.«

»Aber nicht mein Tantchen. Die war leider ganz klar im Kopf. Sonst hätte sie mich ja wohl als Haupterben eingesetzt.« Ein hässliches Lachen folgte.

Ingolf. Der Einbrecher war mein eigener Neffe, gemeinsam mit einem seiner Freunde. Aber, wie redete er denn?

»Vielleicht hat sie ihr Geld schon längst verprasst.«

»Glaub ich nicht. Das sähe ihr gar nicht ähnlich. Schon eher, dass sie es im Keller vergräbt.«

»Nee, Ingolf. Das schlag dir mal aus'm Kopf. Den Keller grab ich nich mit dir um. Mir ist eh schon unheimlich hier drinne.«

Irritiert nickte ich in meinem Versteck. Recht so. Da lauerte schließlich eine verlorene Seele im Bad.

»Und warum steht nix von dem Geld im Testament?«

»Keine Ahnung. Vielleicht wollte mein Tantchen ihre Kohle dem Müttergenesungswerk vermachen oder dem Roten Kreuz.«

Quatsch. Mit beiden, wenn auch löblichen Einrichtungen, hatte ich nichts am Hut. Natürlich sollten meine lieben Verwandten das Vermögen bekommen. Wer denn sonst? Dass mein Neffe mich so schlecht kannte!

»Ich weiß genau«, sagte Ingolf, »dass es da noch den Familienschmuck geben muss. Und außerdem hat sie etwas von Goldbarren erzählt. Ich habe sie ausgehorcht, wo ich nur konnte, hähä. Irgendwo müssen die Klunker ja sein.«

Ich biss mir auf die Lippen. Ausgehorcht?

Mein Blick wanderte zu meinem Kulturbeutel, der auf dem Badewannenrand stand. Darin befanden sich meine Papiere und auch der Schlüssel zu dem Bankfach, in dem ich Schmuck und Gold deponiert hatte. Ich war nie so senil gewesen, mein Vermögen unter der Matratze aufzubewahren. Auch hatte ich immer geglaubt, alles rechtzeitig regeln zu können. Wer hätte denn geahnt, dass ich einmal so abrupt abtreten würde?

Kaum war der Gedanke zu Ende gedacht, da erschrak ich. War es jetzt abgemachte Sache? War ich wirklich tot?

Nachdenklich betrachtete ich mich im Badezimmerspiegel. Im fahlen Mondlicht erkannte ich eine dünne, blasse Gestalt, die in einem weißen Gewand steckte. Meinem Nachthemd. Ja. Das Ganze kam meiner Vorstellung von einem Geist schon ziemlich nahe.

»Lass uns abhauen, Ingolf. Hier is nix. Mir is nich geheuer bei der Sache.«

»Angsthase! Fürchtest du dich vor Gespenstern?«

»Ich könnte schwören, dass diese Schnapsflasche gestern

noch nich hier rumstand.«

Wie bitte? Die beiden waren schon mal da gewesen?

»Erst will ich noch im Bad nachsehen. Notfalls schlage ich eben die Tür ein.«

Halt, Freundchen. So haben wir nicht gewettet! Schlimm genug, dass du einfach bei mir einbrichst. Aber die Wohnung demolieren – nein. Das kommt nicht in Frage. Das da draußen war zweifellos nicht der Ingolf, den ich kannte.

Ich holte tief Luft. Jetzt war es wohl an der Zeit, ... nun ja. Zu *erscheinen*.

Entschlossen öffnete ich die Tür und trat hinaus in den Flur.

Peng. Eine Blumenvase stürzte von der Kommode. Der Komplize meines Neffen hatte sie umgestoßen, als er sich daran festklammern wollte. Beide Einbrecher starrten mich fassungslos an und ich musste mir ein zufriedenes Grinsen verkneifen. Irgendwann kam Bewegung in die Szene und vieles geschah gleichzeitig, in einem Tempo, das mir fast den Atem verschlug.

Der Komplize riss die Wohnungstür auf und hastete die Treppe hinunter. Ich hörte die Haustür knallen. Ingolf folgte ihm nicht. Er japste nach Luft und lief blau an, strauchelte, hielt sich die Brust, stürzte und schlug mit einem unschönen Geräusch auf dem Fußboden auf. Dort zuckte er noch kurze Zeit herum und hörte dann auf zu röcheln. Nach zwei letzten Zapplern lag er ganz still.

Da erst fielen mir seine Herzprobleme wieder ein. Der arme Junge war schon immer ein bisschen kränklich gewesen. Natürlich hätte ich einen Arzt gerufen. Sofort. Aber ... Das Telefon funktionierte ja nicht.

So schloss ich die Wohnungstür und schob Ingolf unter großen Anstrengungen ein wenig zur Seite, damit er den Eingangsbereich nicht blockierte. Dann genehmigte ich mir einen sechsten Schinkenhäger und ging endlich ins Bett.

Als ich am nächsten Morgen erwachte, war ich geneigt, die Ereignisse der Nacht als bösen Traum abzutun. Mein Kopf fühlte sich schwer an und die Hüfte tat weh. Alles untrügliche Zeichen für meine leibhaftige Anwesenheit auf Erden. Auf dem Weg zum Bad jedoch ... Da wäre ich fast über Ingolf gestolpert. Er hatte sich nicht mehr von der Stelle gerührt und sein Körper war eisig kalt. Unangenehm. Sein schwammiges Gesicht war verzerrt, die weit aufgerissenen Augen starrten nach oben. Seufzend warf ich meine warme Rosshaardecke über ihn, um dem unschönen Anblick ein Ende zu bereiten.

Ich frühstückte zwei der belegten Brötchen, die noch von der Reise übrig waren, und trank kaltes Wasser aus der Leitung. Gegen Mittag kleidete ich mich an und verließ die Wohnung, um endlich herauszufinden, was mit mir los war.

Einen rechten Plan hatte ich nicht. Und wohl war mir auch nicht bei der Sache. Auf dem Weg nach draußen begegnete mir niemand, wofür ich sehr dankbar war. Langsam wanderte ich die Straße entlang. Keiner grüßte mich, die Leute hasteten vorbei, als wäre ich nicht anwesend.

Meine Beklemmung wuchs.

Dann kam meine Bäckerei in Sicht, bei der ich seit Jahren Stammkundin bin. Jede Menge Menschen drängten sich an der Theke, der Blick auf Frau Seibold, die Verkäuferin, blieb verstellt. Ich wusste genau, ich musste nur hineingehen und ein süßes Stückchen kaufen, dann hätte ich endlich Gewissheit. Aber was, wenn Frau Seibold durch mich hindurch blicken, mich nicht bemerken würde? War ich dafür wirklich bereit?

Nein. Ich brachte es nicht über mich, den Laden zu betreten. Keine direkten Konfrontationen, das war zu aufreibend. Es musste einen anderen Weg geben, die Wahrheit herauszufinden. Aber welchen?

Elmar kam mir in den Sinn, meine Reisebekanntschaft. Der nette Herr, mit dem ich so viel Freude erlebt hatte, in Südtirol. Ihm könnte ich alles erzählen. Vielleicht wusste er, was zu tun war?

So stieg ich in die Straßenbahn, setzte mich in eine Ecke und fuhr los. Doch bei der angepeilten Haltestelle traute ich mich nicht auszusteigen. Wenn wir wirklich alle mit dem Bus verunglückt waren, dann nützte es ja nichts, Elmar aufzusuchen. Dann war er ebenso ein Geist wie ich und vielleicht würde ich ihn gar nicht mehr finden, weil er längst aufgestiegen war in den Himmel, oder auch hinab in die Hölle, wenn es so etwas überhaupt gab.

Ich blieb den ganzen Nachmittag tatenlos in der Straßenbahn sitzen. Fühlte mich wie gelähmt. Kein Mensch setzte sich zu mir, auch nicht während der Hauptverkehrszeit. Vermutlich spürten sie meine schlechte Aura. Der Fahrer sprach mich kein einziges Mal an, auch dann nicht, wenn die Bahn eine Pause einlegte, bevor sie wieder zurückfuhr. Es schien sogar so, als ob er einen großen Bogen um mich schlüge.

Todmüde und erschöpft kehrte ich abends ungesehen in meine Wohnung zurück. Es roch muffig. Ingolf fing schon an zu stinken, aber ich traute mich nicht, die Fenster zu öffnen. Wegen der Fliegen.

Ich aß die letzte Stulle vom Vortag, trank Wasser und legte mich früh und wie betäubt ins Bett.

Ein merkwürdiges Schaben von unten weckte mich mitten in der Nacht. Mir sträubten sich die Haare und eine Gänsehaut überlief meinen ganzen Körper. Dann erst fiel mir ein, dass ich höchstwahrscheinlich tot war und es keinen Grund gab, mich vor Einbrechern zu fürchten. Im Gegenteil! Ich hatte ja schon bewiesen, wie gut ich mit ihnen zurechtkam.

Ein Lichtschein wanderte unten in der Stube herum. Ich konnte ihn von oben, auf der Galerie, wo sich mein Schlafzimmer befand, gut sehen. Vorsichtig trat ich an die Brüstung und spähte hinab.

Die Person hinter der Taschenlampe war nicht zu erkennen. Ich hörte sie leise vor sich hin flüstern, Selbstgespräche führen: »Komm schon, komm schon. Wo hast du den Schmuck versteckt? Ich weiß, dass er hier ist. Na los, Tantchen. Sag‘s mir!«

Sie also auch! Meine liebe Nichte Marie!

Warum konnte sie nicht einfach auf ihren Anteil warten? Wenn ich tot war, bekam sie doch sowieso die Hälfte des Vermögens. Na warte, dachte ich mir. Deine alte Tante so zu hintergehen! Dir werde ich eine Lehre erteilen!

Ich wartete geduldig, bis sie nach oben kam, um ihre Suche im Schlafzimmer fortzusetzen. Leise legte ich mich zurück ins Bett und drapierte mich, indem ich die Position einer aufgebahrten Leiche einnahm. Die Augen richtete ich starr zur Decke, wie ich es bei Ingolf gesehen hatte.

Ich muss sagen, die Wirkung war beeindruckend. Als Marie die Tür öffnete, stieß sie einen spitzen Schrei aus und ließ vor Schreck die Lampe fallen. Die Angst muss ihre Beine gelähmt haben, denn statt das Nächstliegende zu tun – wegzulaufen – blieb sie wie festgewachsen stehen. Ich konnte ihre Zähne klappern hören.

Langsam und steif erhob ich mich von meinem Lager. Die Hände streckte ich gerade nach vorne, wie eine Schlafwandlerin, den Blick stur geradeaus gerichtet, durch meine Nichte hindurch auf ein unbestimmtes Ziel jenseits des Irdischen. Um der Szene den nötigen Ausdruck zu verleihen, wisperte ich ein heiseres: »Mariiiee ...«

Da kam endlich Bewegung in meine Nichte.

»Geh weg!«, schrie sie. »Du bist tot! Verdammt, ich hab dich doch selbst identifiziert!«

Oha. Das machte mich aber neugierig! Schweigend ging ich ein paar Schritte auf sie zu, sagte jedoch nichts, um sie nicht am Reden zu hindern.

Marie wich vor mir zurück. »Du ... warst zwar ziemlich zerquetscht, aber ... Hau ab!«

Hm. Die Theorie vom Busunglück erhärtete sich.

»Was ... was willst du denn von mir?«

Interessante Frage. Immerhin war sie der Eindringling. Ich tat noch einen Schritt auf sie zu, Richtung Treppe.

»Geh dahin zurück, wo du hingehörst! Ich habe mich doch immer um dich gekümmert! Du warst meine Lieblingstante.«

Nun ja. Ich war ihre *einzige* Tante. Und gekümmert? Wenn ich es mir recht überlegte, dann war sie eigentlich immer nur gekommen, wenn sie Geld brauchte. Vielleicht hatte ich mein gutes Verhältnis zu ihr doch ein wenig verklärt, weil ich so einsam war.

»Oder ...«, stotterte sie zähneknirschend, »bist du gekommen, um mir das Versteck zu zeigen? Den Familienschmuck?«

Miststück. Ich ging einen weiteren Schritt auf sie zu – und ...

Marie stürzte erstaunlich leise. Jedes Mal, wenn sie auf einer Treppenstufe aufdotzte, gab es ein dumpfes Geräusch, aber nicht unangenehm. Unten blieb sie ganz verdreht liegen.

Als ich mich schließlich vergewisserte, stellte ich fest, dass ihr Kopf merkwürdig verrenkt war. Ich tippte auf Genickbruch. Marie war stark übergewichtig und ich konnte sie nicht von der Stelle bewegen. Also ließ ich sie liegen und breitete nur eine alte Wolldecke über sie aus. Den Rest der Nacht schlief ich tief und traumlos.

Am nächsten Morgen fühlte ich mich reichlich deprimiert. Nun war es also gewiss: Meine Nichte hatte mich identifiziert, ich war tot.

Warum durfte ich dann meine Lieben nicht wiedersehen? Meinen Mann, Ferdinand, der viel zu früh von mir gegangen war? Oder meine geliebte Tochter, die bei einem grausamen Verkehrsunfall ums Leben gekommen war? War der Tod wirklich nur eine unsichtbare Fortsetzung des Lebens – mit allen Qualen und Bedürfnissen, welche das Dasein mit sich bringt? Und wo waren all die anderen Geister, es musste doch unendlich viele von uns geben. Waren sie ebenso abgeschnitten von der Welt wie ich? Getrennt von ihren Familien, von der Zukunft und von der Vergangenheit? Allein bis in alle Ewigkeit?

Mich fröstelte. So stellte ich mir die Hölle vor.

Zum Frühstück nahm ich ein paar Kräcker zu mir, die ich im Wohnzimmerschrank fand. Wovon sollte ich mich zukünftig ernähren? Warum verspürte ich überhaupt noch Hunger?

Ich schüttelte den Kopf, fand keine Antwort auf meine Fragen. Erst am Nachmittag konnte ich mich aufraffen, das Haus zu verlassen. Sehr langsam spazierte ich zum Waldfriedhof. An meinem frischen Grab vergoss ich heiße Tränen. Dass es so enden musste, so trostlos!

Dann kehrte ich nach Hause zurück – wohin hätte ich sonst gehen sollen? Ein süßlicher Geruch schlug mir entgegen, außerdem ein lautes Summen. Die Fliegen hatten auf unbekannten Kanälen den Weg in meine Wohnung gefunden.

Auf der Couch im Wohnzimmer saß ein Mann. Hinter ihm war die Balkontür weit aufgerissen. Der Anblick traf mich so unvorbereitet, dass ich ganz vergaß, mich wie ein Geist zu benehmen. Ich zuckte zusammen und presste die Hand auf den Mund.

Der Mann grinste. Es war Gustav, mein Schwiegersohn.

»Die gute Sophie«, begrüßte er mich. »Wer hätte das gedacht.«

Er schien sich kein bisschen vor mir zu fürchten. Gab sich so glatt, wie es Rechtsanwälten nun einmal ansteht.

Unwillkürlich tastete ich nach meinem Bauchgurt, in dem ich die Papiere und den Schlüssel für das Bankfach verwahrte. Inzwischen war ich doch ein wenig misstrauisch gegenüber ungebetenen Besuchern geworden.

»Gustaaavvv …«, krächzte ich deshalb und hoffte, dass es gruselig genug klang, um ihm einen gehörigen Angstschauer über den Rücken zu jagen. Doch er lachte nur.

»Das Theater kannst du dir sparen, liebe Schwiegermama. Es fehlt dir an jeglichem Talent. Und ich weiß, dass du nicht tot bist.«

Nicht tot? Was redete er da? Hatte ich nicht eben erst mein eigenes Grab besucht?

»Ich hatte gleich so einen Verdacht«, fuhr er fort. »Deine Nichte, Gott hab sie selig«, er nickte Richtung Wolldecke, »ist mit den Dingen, die ihr zupass kommen, allzu schnell bei der

Hand. Als sie dich identifizierte, war wohl der Wunsch Vater des Gedankens. Mir kam es jedenfalls merkwürdig vor, dass dich ein LKW am anderen Ende der Stadt erfasst haben sollte, wo du doch überhaupt nichts zu schaffen hast. Also begann ich Nachforschungen anzustellen. Und, siehe da: Es gibt eine zweite Sophie Lindemann in deinem Alter! Sie war es, die ums Leben kam. Die Behörden haben geschlampt. Nachdem der Arzt den Totenschein auf den richtigen Namen ausgestellt hatte, haben sie die Falsche aus ihrem Melderegister gestrichen. Dich nämlich, mein liebes Schwiegermuttchen.«

Eine heiße Welle überlief mich. Ein Behördenirrtum! Man sollte doch öfter auf seine innere Stimme achten!

»Du bist putzmunter, Sophie! Nur weiß es keiner, außer dir und mir.«

Lebendig. Plötzlich spürte ich es auch ganz deutlich.

»Eigentlich bin ich gekommen, um dich zu beraten. Als dein Anwalt. Welche Schritte du einleiten solltest. Ob sich ein Schadensersatz erstreiten ließe.«

Ach, der Gute!

»Aber dann ...« Er lächelte süffisant. »Dann bin ich über deine lieben Verwandten gestolpert.«

Ich schwieg noch immer, ganz beseelt von dem Gedanken, nicht tot zu sein.

»Und da kam mir eine Idee.«

Gustav konnte mir sicher bei dem ganzen Schlamassel helfen.

»Du besitzt doch den Familienschmuck. Und von Gold war auch die Rede.«

Wie bitte? Er auch? Natürlich, seine Kanzlei lief erbärmlich schlecht.

»Ich bin sicher, Muttchen, dass dir mein Schweigen etwas wert ist, oder?«

Erpressen wollte er mich, der Hund?

»Na komm schon, Sophie. Zier dich nicht so.«

Was hatte er zuvor gesagt? Niemand wusste, dass ich noch

am Leben war?

»Und beeil dich. Der Gestank hier drin schlägt mir langsam auf den Magen.«

Da packte mich eine Wut, wie ich sie noch nie erlebt hatte. Meine *liebe* Verwandtschaft! Was hatte ich nicht alles für sie getan! Ich musste gänzlich blind gewesen sein. Wie kann man sich nur so täuschen?

Suchend blickte ich mich um und entdeckte den Schirmständer neben der Eingangstür. Ohne zu zögern packte ich den schönen alten Stockschirm und ging damit auf Gustav los. Er lachte, wollte nach dem Schirm greifen. Doch da unterschätzte er mich gewaltig! Schließlich war ich in meiner Jugend Florettfechterin gewesen! Mochte ich auch mittlerweile alt und gebrechlich sein, meine Geschicklichkeit mit der Waffe hatte ich nicht verloren.

Von meinen Stichen gepiesackt sprang er endlich auf und floh Richtung Balkon.

»Lass den Unfug, Muttchen«, rief er und nahm mich noch immer nicht ernst. Sein belustigter Gesichtsausdruck wich erst, als er auf den Balkon trat und das gefährliche Ächzen unter sich hörte. Doch da war es bereits zu spät. Das marode Teil löste sich schnell und gründlich aus der Verankerung. Das letzte, was ich von Gustav sah, war sein fast verwunderter Blick, als er mit Karacho in die Tiefe sauste.

Mir blieb nicht viel Zeit zum Nachdenken. Unauffällig verließ ich meine Wohnung, diesmal für immer.

Die Zeitungsausschnitte habe ich später alle gesammelt und aufgehoben. Man vermutete ein scheußliches Drama, bei dem sich meine drei Erben gegenseitig ins Jenseits beförderten. Nur der zeitliche Ablauf blieb rätselhaft.

Ich habe mich nach der ganzen Aufregung nach Südtirol zurückgezogen, wo ich mir von meinem kleinen Vermögen ein hübsches Haus kaufte. Einen kleinen Teil des Geldes stiftete ich dem Einwohnermeldeamt, dafür, dass sie mir die Augen über meine *Lieben* geöffnet hatten.

Nur noch ganz selten erwache ich nachts aus schrecklichen Albträumen und denke, dass ich tot bin. Aber dann sehe ich Elmar neben mir, oft legt er im Halbschlaf den Arm auf meinen Bauch oder er drückt mich fest an sich. Und dann weiß ich es wieder ganz genau: Ich lebe noch!

Strandköniginnen

Anke Laufer

Montag

Die Blasenentzündung hat mich wieder erwischt. Während es aus mir herauströpfelt, warte ich, dass das Stechen da unten aufhört. Den Kopf in die Hände gestützt, die Ellbogen auf den von der Klobrille breitgedrückten Schenkeln, sitze ich da und stiere zwischen ihnen hindurch auf den Boden, versuche etwas herauszulesen aus dem Marmormuster der graugrünen Kacheln. Ein Silberfischchen wagt sich aus der Ritze unter der Fußleiste, schießt quer über mein Sichtfeld und findet in einer gesprungenen Fuge einen neuen Unterschlupf.

Bald wird es nicht mehr gehen, stelle ich fest, bald kommst du nicht mehr zurecht. Hast den Bogen überspannt.

Ich ziehe an der Kette. Die Mechanik der Klospülung gibt ein Kollern von sich, bevor das Wasser herab rauscht. Nein, die Hände werde ich mir nicht waschen. Das Wasser ist zu kalt und ich bin auch so schon völlig durchgefroren.

Der Korridor kommt mir auch viel länger vor als sonst. Die Zimmertüren auf beiden Seiten scheinen sich zu vervielfachen, und meine Pantoffeln wirbeln Staubgewölle in großen, flockigen Formen auf, die wie scheue Gespenster vor mir zurückweichen und sich auf den Türschwellen sammeln.

In meinem Zimmer ist es wie alle Tage. Bei jedem Eintreten stelle ich mir vor, eins der Mädchen hätte Ordnung gemacht, vielleicht Erika, die uns die liebste von allen war, heute ist sie wahrscheinlich längst tot und begraben, aber daran will ich nicht denken, nicht jetzt. Erika hätte die verstreuten Kleider aufgesammelt und das Bett gemacht, die Puderreste von der Frisierkommode gewischt. Sie hätte vielleicht sogar den feuchten Fleck an der Decke zum Verschwinden gebracht und die Weberknechte vertrieben, die in den Ecken hocken.

Ich werde jetzt Tee kochen. Und morgen zum Arzt gehen.

Der wird die gelben Pillen verschreiben. Die helfen, bestimmt. Und das Beruhigungsmittel, ja, das darf ich nicht vergessen, das auch.

Horch! Hörst du was?

Nein, oben ist es still. Sie schläft. Hat ihr Breichen gegessen und schläft wie ein Engel.

Dienstag

Hab die halbe Nacht auf dem Klo verbracht, in aller Herrgottsfrühe mit der Wärmflasche im Schoß neben dem Kaminfeuer gesessen, aber es wurde mir nicht warm dabei, die Messerstiche da unten hörten nicht auf. Ich brauche die Tabletten, brauche einen Termin, habe ich der Frau am Telefon gesagt, doch sie antwortete mit ihrer Automatenstimme, der Arzt sei auf Hausbesuch, ich solle am Nachmittag vorbeischauen. Vorbeischauen, als wäre das ein netter kleiner Ausflug für mich. Zwanzig Jahre bin ich bei dem Mann in Behandlung, aber nie hat er mir einen Hausbesuch angeboten. Am Nachmittag in der Praxis »vorbeischauen« heißt, lange vor drei da sein, um nicht als letzte an die Reihe zu kommen und das wiederum heißt, sich beeilen, den Tee hastig trinken, die Zeitung kurz durchblättern, sich die Zunge verbrennen. Dann in Theas Kamelhaarmantel schlüpfen, der ein bisschen zu groß ist, aber warm, die Mütze über die Ohren ziehen, die Tasche mit dem Schlüssel, den Lutschbonbons und den Papiertaschentüchern umhängen. Und los.

Wenn ich vor die Tür gehe, bin ich Thea. Draußen halte ich mich aufrecht, weiß, dass es gilt, ganz sie zu sein, untadelig auszusehen und überall einen guten Eindruck zu hinterlassen. In Theas Haut zu schlüpfen war all die Jahre leichter als mich um das Hotel zu kümmern. Die Schränke sind immer noch voll mit Theas guten Sachen. Kein Mensch kann diese Sachen auftragen, für sie musste es immer die beste Qualität sein. Mit etwas anderem hätte sie sich nie zufrieden gegeben.

Das Hotel dagegen – als ich heute Nachmittag die Straße hinaufging, warf ich nicht einen Blick zurück. Ich weiß nur zu gut, wie die Fassade aussieht, verfärbt von der rostigen Brühe, die bei jedem Regen aus den löchrigen Dachrinnen läuft. Früher hatten wir gelb und weiß gestreifte Markisen und passende Liegestühle, blank geputzte Fenster und das stets glänzend polierte Messingschild am Eingang, das erst vor ein paar Jahren verschwunden ist. Wahrscheinlich hat es einer dieser jungen Kerle abgeschraubt, die jetzt die Nächte mit Bierkästen am Strand verbringen und deren Grölen bis in mein Schlafzimmer dringt, so dass ich davon aufwache, ganz steif vor Schreck, weil ich glaube Thea zu hören, die mich ruft.

Früher war der Strand ein ganz anderer Ort. Früher gab es Zuckerwatte und Kasperletheater, Ponyreiten und gebrannte Mandeln. Einmal haben Thea und ich gemeinsam den Wettbewerb um den Titel der Strandkönigin gewonnen. So einen Doppelpack wie uns hatte es nie zuvor gegeben und die Leute waren ganz aus dem Häuschen. An diesem Tag trippelten wir hinaus, die gemauerte Umfriedung des Meerwasserpools entlang, Blechkrönchen auf dem Kopf und im Seewind raschelnde Papierschärpen quer über unseren blau und grün gestreiften Badeanzügen. Die Träger schnitten ins Fleisch und ein Mückenstich an meiner Wade juckte, aber das machte mir nichts aus, denn ich war so ungeheuer stolz auf uns. Da draußen verebbte das Lärmen der Menge, und als wir schließlich zurückblickten, winkten uns nur noch die flatternden Wimpel an der Uferpromenade zu. Wir blinzelten ins grelle Sonnenlicht, während die Fotografen mit hochgekrempelten Hosenbeinen im Wasser standen und Bilder von uns schossen.

Für eine kleine Weile hielt die Aufmerksamkeit an. Die Lokalzeitung betitelte einen groß aufgemachten Artikel mit: »Die unvergleichlichen Zwei«, doch im Verlauf des Interviews brachte der Schreiber unsere Namen immer wieder durcheinander. Das überraschte uns nicht weiter. Keiner konnte uns auseinanderhalten mit Ausnahme von Mutter, Erika und der Köchin Marta, die ansonsten nur Augen für Gemüse und Schweinekoteletts hatte.

Der Arzt stellte ein paar Routinefragen und sah mich dabei nicht ein einziges Mal an, kritzelte bloß das Rezept und schickte mich weg. Auf dem Weg zur Apotheke dachte ich daran, dass ich die meiste Zeit zufrieden damit bin, so uninteressant geworden zu sein, dass mich keiner mehr bemerkt. Aber manchmal wünsche ich mir dann doch, mich würde ein Blick treffen und jemand dächte sich etwas dabei, wenn auch nur für eine Sekunde.

Wenigstens war die Apothekerin zuvorkommender, sie gab mir ein Glas Wasser für die gelben Tabletten und ich nahm gleich zwei. Dann sagte sie mit einem Seitenblick auf die andere Schachtel: »Mit den Beruhigungsmitteln müssen Sie vorsichtig sein, die sind nicht ungefährlich.«

Ich nickte folgsam.

Als ob ich das nicht wüsste.

Mittwoch

Die Treppe macht solche Mühe heute! Den rechten Fuß auf die Stufe stellen, das Gewicht verlagern, den linken Fuß nachziehen, durchatmen, die Hüften, die Knie verdreht es so dabei, dass es schmerzt. Nach dem nächsten Abschnitt vom Handlauf greifen und sich hochziehen. Mitzählen. Neununddreißig Stufen. Es gibt einen alten Film von Hitchcock, der so heißt. Lenk dich ab, denk an etwas anderes. Früher, da sind wir die Stufen hinauf- und hinunter getrappelt, schnell wie der Wind, zu ungeduldig für den rumpelnden Aufzug, mit dem die Gäste fuhren, der jetzt schon so lange still steht.

Langweilige Leute waren das. Nicht mal mit den Kindern konnte man spielen. Die gingen nach dem Frühstück aus dem Haus und kamen am Abend mit ihren Eltern müde vom Strand oder vom Vergnügungspark zurückgetrottet, aßen, was Marta ihnen vorsetzte und gingen schlafen. Aber im Grunde pfiffen wir auf sie, wir brauchten die Gesellschaft anderer Kinder nicht. Es gibt Leute, die sagen, dass nur Zwillinge einen solchen Spaß miteinander haben.

Wenigstens auf den alten Kopf ist noch Verlass. Ja, es ist

alles noch da, ganz klar. Wer hätte das gedacht, wo doch Thea es war, die immer die besten Schulnoten hatte.

Jetzt sieh dir nur mal diese Spinnweben an! Da oben. Sieh hin! Unmöglich, das Hotel in Ordnung zu halten. Korridore, Zimmer, Nebenräume, Abstellkammern, Einbauschränke, angebaut, umgebaut, aufgeteilt, zusammengefallen. Ecken und Winkel, lose Bretter, Löcher überall, keine Staubsaugerdüse wird da je hineinkommen. Das Hotel ist zu groß. Es verschluckt einfach alles. Staub, Geschichten, sogar kleine Kinder. Da war diese Sache mit der Kleinen, ja. Die Polizei behauptete, sie sei ertrunken, die Brandung habe sie mitgerissen. Die Eltern glaubten das nicht. Nur hörte niemand auf sie.

Thea ist auch mal verloren gegangen. Es war ein Wintertag, das Wetter war trübe und wir hatten nur wenige Gäste. Alle waren ganz verrückt vor Sorge um sie. Wie alt waren wir damals? Vier? Fünf? Erika zerrte mich am Arm durch das Haus und rief ihren Namen, während Mutter und die anderen am Strand suchten. Aber sie war noch nie allein an den Strand gelaufen, wir gingen selten getrennte Wege. Ich weiß noch, wie seltsam es sich anfühlte, ohne sie zu sein. Doch noch war nicht genug Zeit vergangen, als dass sie mir ernstlich gefehlt hätte.

Erst als es draußen schon dunkel war, fanden wir sie endlich, Erika und ich. Sie hockte in diesem winzigen Verschlag neben einer der Dachkammern, wo man vor Urzeiten wohl diese armen kleinen Küchenaushilfen untergebracht hatte. Thea war seltsam ruhig, saß bloß friedlich da und malte mit ihrem Zeigefinger Figuren in den Staub. Jedenfalls habe ich es so in Erinnerung. Aber vielleicht hatte sie ja auch lange geweint, nach uns gerufen und dann aufgegeben, als sie niemand hörte?

Das Geräusch da, was ist das? Kommt das von oben?

Es hilft nichts, ich werde nach dem Rechten sehen müssen, jetzt gleich.

Donnerstag

Lächerlich ist das, immer alles aufzuschreiben. Hier im Bett ist es warm. Ich könnte mich zurücklehnen, einfach die Augen zu machen und ein wenig vor mich hin dösen. Stattdessen kritzle ich weiter in dieses Heft. Auf meiner Schreibunterlage, einem Schneidebrett aus der Küche, haben die Messer hundertfach braune Kerben hinterlassen, aus denen noch immer der Geruch nach Zwiebeln und Speck dringt. Das stört mich nicht. Es erinnert mich an Marta. Wie sie sang, während sie in der Suppe rührte.

Ohne das Aufschreiben wird alles trübe und unscharf, verschwindet die Erinnerung, das eigene Bild im Spiegel. Ich könnte hier auf der Stelle einschlafen, sterben, tot sein und keiner würde sich kümmern. Wochen, Monate, am Ende nur noch eine Mumie, ein trockener Haarschopf und ein paar lose Knochen unter der Decke. Vielleicht werden sie dann aufmerksam werden, merken, was los ist und die Spuren sichern.

Irgendwann habe ich den Entschluss gefasst, dass ich vorbereitet sein werde. Seither schreibe ich auf, was zu sagen ist. Über das Hotel, die leeren Zimmer, die Treppen, über die Fotografien an den Wänden und den Schmutz überall, vor allem über die Sache mit der Dachkammer. Wenn sie eines Tages die Hefte finden, dann werden sie einsehen müssen, dass dies alles nicht ohne Grund geschah, dass ich so lange wie möglich gekämpft habe, dass ich das Hotel mit gutem Grund nicht verkaufen konnte und dass ich das Spiel am Ende doch verlieren musste. Nein, ich werde mich nicht geschlagen geben. Noch nicht.

Es ist warm hier unter der Decke. Ganz wohlig. Es ist nicht mehr viel Wollust übrig, nicht, altes Mädchen? Ein Jammer, die Sache mit Marcus. Hätte er in dieser Familie der langlebigen Frauen mithalten können, würde er mir vielleicht immer noch Vergnügen bereiten. Nach der Hochzeit war er wohl für eine kurze Zeit glücklich mit Thea, doch als keine Kinder kamen, jammerte sie unablässig darüber und bald schon hatte er das Genörgel satt. Da wandte er sich mir zu. Ich war diskret und genügsam. Er wählte Zimmernummern und Uhrzeiten nach dem Zufallsprinzip und keiner kam je dahinter.

Aber Geliebte erben kein Vermögen, Ehefrauen schon.

Freitag

Heute war kein guter Tag. Nein.

Gegen halb drei läutete es an der Tür. Es war der Pfarrer mit einem Topf Usambaraveilchen. Notgedrungen ließ ich ihn ins Haus. Welcher Pfarrer bringt seinen Schäfchen Usambaraveilchen mit? Außerdem schenkt man die nur den Gebrechlichen und Todgeweihten. Ich nahm ihm den Topf ab und stellte ihn achtlos auf das Beistelltischchen im Eingangsflur, zwischen Mutters Nippes, den ich niemals auch nur ansehe. Spiel die tattrige alte Schachtel, sagte ich mir, ein bisschen verwahrlost, von mir aus, aber harmlos, einfältig, doch mach ihm auch klar, dass du all deine Sinne beisammen hast. Allerdings konnte ich dem Drang nicht widerstehen, ihm das freundliche Grinsen aus dem Gesicht zu wischen. »Kommen Sie zur Sache, Herr Pfarrer. Ich bin beschäftigt.«

»Ja, das verstehe ich durchaus. So ein großes Haus macht viel Arbeit, nicht wahr?«

»Das können Sie laut sagen. - Also?«

»Es dürfte Ihnen bald zu viel werden, meinen Sie nicht?«

Daher wehte also der Wind. Jeder Idiot kann sehen, dass ich der Bruchbude schon lange nicht mehr gewachsen bin. Aber er wollte wohl höflich sein und nicht mit der Tür ins Haus fallen. Nur kann ich Drumherumgerede nicht ausstehen.

»Wenn Sie wieder davon anfangen, dass ich verkaufen und ins Heim gehen soll, können Sie gleich auf dem Absatz kehrt machen und Ihren Blumentopf wieder mitnehmen.«

»Hören Sie, meine Liebe, ich weiß, man trennt sich nicht gerne. Aber es wäre doch eine Erleichterung für Sie.«

»Woher wollen Sie das wissen?«

»Ich komme, weil die Nachbarn sich um Sie sorgen. Sie meinen nachts Schreie gehört zu haben. Leiden Sie denn unter Albträumen, meine Liebe?«

»Hier schreit keiner außer den Möwen. Die Leute sollen sich um ihren eigenen Kram kümmern.«

»Ich weiß ja, dass Sie es ganz und gar nicht leicht hatten in all den Jahren. Und dann das Verschwinden ihrer Schwester. Haben Sie wirklich nie mehr etwas von ihr gehört?«

Jetzt begann er, mich nervös zu machen.

»Nein. Sie war immer ein wenig unberechenbar. Aber das wissen Sie ja.«

»Ja, sie war wohl ein etwas unzufriedener Mensch. Könnte es sein, dass sie sich immer ein wenig mit Ihnen verglichen hat?«

Wenn der Pfarrer gewusst hätte, auf welchen Knopf er da drückte. Es war der falsche.

»Nein. Das hat sie nicht. Sie fand mich lächerlich. Sie fand, dass ich all den Reichtum nicht verdiente. Sie dachte wohl auch, dass sie ohne mich besser zurechtkäme. Sie wolle kein Klotz am Bein sein, hat sie gesagt. Deshalb ist sie fort.«

»Jedenfalls – die Nachbarn haben mich sehr eindrücklich darum gebeten, dass ich etwas unternehmen soll. Wissen Sie, ich biete Ihnen gerne an, mich um den Papierkram zu kümmern. Es ist ein Hilfsangebot. Alle meinen es gut.«

Einen Augenblick lang blieb mir buchstäblich die Luft weg. Ich sah mein neues Zuhause vor mir. Ein dezent summender Aufzug mit schimmernden Zahlenknöpfen. Eine nette, kleine Wohnung, nach Raumspray duftend. Große Fenster, lichte Aussichten. Und im Erdgeschoss ein Aufenthaltsraum mit einem Fernseher, Brettspielen, Kaffee und Kuchen, voller wohlhabender Greise, die ihr eigenes Schmatzen und Furzen nicht mehr hören, weil sie taub sind.

Ich versprach ihm, darüber nachzudenken, nur um ihn endlich loszuwerden. Als er weg war, musste ich dringend aufs Klo. Das Stechen hatte wieder angefangen. Ich stützte den Kopf in die Hände und die Tränen tropften zwischen den Fingern hindurch auf den Kachelboden.

Sie werden kommen, dich fortholen und alles entdecken. Was hast du nur angerichtet, alte Krähe.

Samstag

Es war noch dunkel draußen. Mach die Augen wieder zu, altes

Mädchen, dachte ich. Nichts wollen, sich nicht mehr sorgen. Sich treiben lassen in der Wärme unter der Steppdecke, hinein ins Dämmerlicht, still, ganz still.

Die Frisierkommode dümpelte neben mir, der Spiegel blitzte auf, eine Sekunde nur, der Wäschekorb schwamm vorbei. Auf einmal war Mutter da, stand am Kopfende des Bettes und tastete nach meinen Füßen. Zog mich am großen Zeh, den sie erwischte, bevor ich ihn wegziehen konnte.

Erst als ich zu mir kam merkte ich, dass es nicht meine eigenen Schreie waren, die ich hörte. Also quälte ich mich aus dem Bett, den Flur entlang und die Stufen bis ganz hinauf unters Dach.

Sie hatte das Bett nass gemacht und quengelte nach Tee. Ich schimpfte sie aus, aber das, so viel war mir klar, würde natürlich nicht helfen, im Gegenteil. Ich ging also hinüber zum Verschlag, in dem der Wasserkocher steht, schloss auf und schaltete ihn an. Als ich mit dem heißen Tee zurückkam, sah ich, dass sie die Zeit genutzt hatte, um sich am Fenster zu schaffen zu machen. Ich schimpfte wieder, prüfte die Schlösser, brachte sie dazu, sich in ihren Sessel zu setzen und drückte ihr die Tasse in die Hand. Ich sagte, sie solle pusten, der Tee sei noch heiß. Als ich mich umwandte, um die Bettwäsche zu wechseln, warf sie die Tasse nach mir. Die heiße Flüssigkeit drang sofort durch den dünnen Flanellstoff des Nachthemds und verbrannte mir die rechte Schulter, während sie sich gleichzeitig auf mich stürzte und dieses schreckliche, markerschütternde Geschrei von sich gab. Diesmal würden die Nachbarn nicht mehr zum Pfarrer laufen, sondern zur Polizei, da war ich mir sicher. Ich schlug sie ein paar Mal, bis ich es endlich geschafft hatte, sie wieder festzubinden. Da beruhigte sie sich, ganz plötzlich. Als sei nichts gewesen. Sie schluckte brav ihre Tabletten. Ich gab ihr zwei davon, ich brauchte jetzt meinen Schlaf.

Bevor ich ging, fragte ich sie noch, warum sie das getan habe, aber sie guckte nur so, sie redet ja nicht mehr viel. Hat es verlernt inzwischen, wahrscheinlich.

Sonntag

Heute Mittag war sie wieder ganz brav. Aß ihren Teller leer und machte sich danach wieder ans Spielen mit ihren Puppen. Ein Engel. Aber ich ließ mich nicht mehr täuschen, ich war auf der Hut. Meine Schulter tat noch immer weh. Ich hatte sie an diesem Morgen schon zweimal mit Brandsalbe eingerieben.

Ich fuhr zusammen, als sie Mama zu mir sagte, während ich ihr die Nase putzte. Sie war so durcheinander, schlimmer als sonst, ihr Gesicht ganz hart, hohläugig, die Haut straff gespannt über den Wangenknochen. Als ich die Riemen wieder befestigte, hielt sie ganz still und sah aus dem Fenster. Sie blickte hinaus auf das blaue Band über den Baumwipfeln, dort, wo man das Meer mehr erahnen als sehen kann. Ich war mir sicher, dass sie das Meer suchte, mit all ihren Gedanken, all ihren Blicken. Das Meer war die eine Gewissheit, die ihr noch blieb.

Damals, nach Marcus‘ Tod, verbrachte Thea jede freie Minute am Meer. Die Leute waren so an den Anblick der elegant gekleideten Dame mit Strohhut gewöhnt, dass sich später niemand erinnerte, sie an jenem Tag gesehen zu haben, schon gar nicht mit einem kleinen Mädchen an der Hand.

Der Strand musste zu dieser Tageszeit so leer gewesen sein wie unser Hotel. Die Gegend lockte ohnehin keine Touristen mehr an, die flogen inzwischen in den Süden. Ich ging arbeiten, um mich über Wasser zu halten und die notwendigen Reparaturen am Gebäude zu bezahlen, denn Thea rückte dafür kein Geld heraus.

Deshalb war ich auch nicht im Haus, als es passierte. Keine Ahnung, was Thea sich dabei dachte, das Kind ins Hotel zu bringen. Sie war zu jener Zeit schon ein wenig wunderlich, aber natürlich ahnte ich nicht, dass sie so nahe am Abgrund balancierte. Vielleicht hatte sie sich das Kind besorgen wollen, wie sie sich ihre Hüte besorgte, oder sie dachte, dass man so ein kleines Wesen einfach irgendwo auflesen könne wie ein streunendes Kätzchen. Ich weiß wirklich nicht, was in ihrem Kopf vorging, nicht einmal, was genau geschah. Vielleicht schrie das Kind und war nicht zu beruhigen. Als ich sie fand, hielt sie das Kind im Arm und glaubte ernstlich, ich könnte es wieder zum Leben erwecken.

Sie hatte ihm das Genick gebrochen.

Also begrub ich die Kleine im Keller. Ich tat es für Thea, aber vor allem für mich. Es war, als schlössen wir einen Pakt. Sie trug ihren Teil dazu bei, indem sie von der Bildfläche verschwand und ich ihren Platz einnahm. Elsie wurde vergessen, während ich selbst zu Thea wurde und bei Nachfragen jedem erzählte, meine Schwester habe ihr Glück im Ausland gesucht.

Während all der Jahre ihrer Gefangenschaft habe ich immer gehofft, ihr Zustand würde sich bessern. Ich dachte, eines Tage würde sie sich mir zuwenden und mich ansehen, mit klaren, offenen Augen und wäre wieder ganz sie selbst. Ich hoffte, sie würde mir vergeben, weil sie einsähe, dass alles, was ich ihr angetan habe, die notwendige Konsequenz ihrer Tat gewesen war: Die Schläge, die Riemen, das Eingeschlossensein, aber vor allem, dass ich ihr mit meiner Schauspielerei und ein paar gefälschten Unterschriften den Namen und die ganze hübschere, klügere, glücklichere Existenz weggenommen habe. Auch wenn es umsonst war.

Denn am Ende zerfällt ja doch alles zu Staub.

Am späten Nachmittag gehe ich wieder hinauf, um ihr einen Tee zu machen. Diesmal habe ich dreiundzwanzig Schlaftabletten aus den Blisterpackungen gedrückt – alle, die noch übrig sind – und mit der Kaffeemühle zermahlen. Als ich das Pulver in den Tee rühre, wird er milchig, grau und trübe.

»Ich bin´s, mein Schatz«, sage ich zu Thea und streiche ihr über den Kopf. »Keine Sorge, es ist alles in Ordnung. Es gibt Brathähnchen. Freust du dich? Willst du heute etwas von der Quarkcreme zum Nachtisch, die du so magst? Nein, ich kann dich nicht mit nach unten nehmen, das weißt du doch. Aber ich werde alle grüßen von dir. Ja, auch die Kleine. Komm, spiel mit deinen Puppen. Den Teller mit den Keksen stelle ich hierhin, siehst du, die darfst du essen, damit dir die Zeit nicht zu lang wird. Jetzt trink deinen Tee.«

Sie trinkt in kleinen Schlucken. Nimmt sich einen Keks, beißt ab und lächelt zufrieden, während sie kaut. Erst als die Tasse fast leer ist, beginnt sich ihr Blick zu verschleiern.

Auf dem Weg zur Tür höre ich, wie sie ganz leise meinen Namen sagt. »Elsie«, sagt sie und es klingt wie früher, als wir klein waren und kurz vor dem Einschlafen miteinander flüsterten.

»Keine Sorge, Thea«, flüstere nun auch ich. »Niemand wird es erfahren. Nicht solange ich lebe.«

Apfelbäckchen

Antje Fries

Betreutes Wohnen, schön und gut. Aber doch nicht so! Seit fast einem Jahr wohne ich mit meinem Wilhelm jetzt im »Seniorenpark Sonnenweide«, und im Prinzip haben wir den Wechsel von unserem Häuschen mit Garten in die Zweizimmerwohnung hier auch ganz gut geschafft, aber wirklich glücklich bin ich nicht. Wilhelm bekommt zum Glück nicht mehr viel mit, er vergisst das Allermeiste sofort und verbringt seine Tage vor dem Fernseher: Morgens Frühstücksfernsehen, mittags Prekariats-Talkshows, nachmittags Daily Soaps und abends die bunten Angebote auf den Dritten. Ich habe durchgesetzt, dass ich wenigstens die Nachrichten um acht und manchmal etwas auf Arte gucken kann, das reicht mir schon. Ansonsten habe ich meine Bücher oder lege mich früh schlafen. Wilhelm geht es gut. Vor allem, seit wir das Fräulein Sabrina haben, das täglich nach uns sieht. Sie räumt auf, weil meine müden Knochen da nicht mehr so mitmachen, und sie trägt auch unsere Wäsche in die Wäscherei, bringt sie sauber zurück und legt sie ordentlich in den Einbauschrank. Das Fräulein Sabrina macht auch Arzttermine für uns, weist uns auf Veranstaltungen unten im Gemeinschaftsraum hin und umsorgt uns insgesamt ganz wunderbar.

Wilhelm mag das Fräulein Sabrina. Apfelbäckchen hat sie, sagt er. So schön rot, wie an Weihnachten die kleinen Äpfel, die die Mutter aus dem Regal im Keller holte, um die Stube zu schmücken. Irgendwann noch vor der Mitte des letzten Jahrhunderts. Und wenn das Fräulein Sabrina meinen Wilhelm in den Arm nimmt und ihn drückt und sagt, er sei ja so ein Netter, dann freut er sich und bekommt genauso rote Backen. Ich weiß ja mittlerweile, zu welchen Zeiten das Fräulein Sabrina bei uns vorbeikommt. Oft sehe ich zu, dass ich dann außer Haus bin, weil ich dieses Geschäker nicht mit ansehen kann. Dass mein Wilhelm darauf hereinfällt! Dieses junge Fräulein hofft doch bloß, in seinem Testament Erwähnung zu finden, das kennt man doch! Nein, da bin ich lieber nicht zugegen und wandere stattdessen ein wenig durch die Gegend, denn das geht doch noch ganz gut. Gelaufen bin ich ja schon immer viel, und so habe ich auch von Anfang an die Natur rund um den Seniorenpark erkundet. Der liegt nämlich ganz am Ortsrand. Wenn mir nach Gesellschaft ist, biege ich an der Haustür nach rechts ab, dann komme ich in das Neubaugebiet, in dem schrecklich viele Häuser furchtbar dicht aneinander stehen, und wo sich fast ausschließlich junge Familien niedergelassen haben. Da kann ich dann auch mal ein Schwätzchen halten, wenn ich dazu aufgelegt bin. Wenn mir der Sinn mehr nach Ruhe steht, biege ich links ab und laufe hinaus in die Felder, wo sich zwischen einer Bahnlinie und einer Bundesstraße tatsächlich noch Rehe und Hasen beobachten lassen, oft auch Rebhühner oder Raubvögel.

Das Laufen solle ich unbedingt beibehalten, hat auch Dr. Sauerwein gesagt, als wir uns damals von ihm verabschiedet haben. Dreißig Jahre lang war er unser Hausarzt gewesen, aber als wir umzogen, mussten wir uns natürlich von ihm trennen. Er war es auch, der mir geraten hat, mir jeden Morgen ein Gläschen Hochprozentiges zu genehmigen, damit mein Kreislauf besser in Schwung kommt. Ich beherzige seinen Rat seit Jahren, und es tut mir wirklich gut. Damit mein Wilhelm sich nicht darüber aufregt, verstecke ich die Flasche, meist einen guten französischen Cognac, hinter der Bettwäsche oben im Schrank. Da würde er ihn niemals finden. In unserem Häuschen nicht und hier erst recht nicht. Seit einiger Zeit stimmt aber etwas nicht mit meiner geheimen Flasche. Ich habe ja das Fräulein Sabrina in Verdacht, denn wer außer ihr besucht uns schon? Immer wieder fehlt etwas in der Flasche. Nie mehr als ein, zwei Zentimeter Füllstand, aber doch so viel, dass es mir auffällt. Das muss das Fräulein sein, denn sonst hat ja niemand

Zugang zu unserem Wäscheschrank! Jetzt wird es mir auch erst klar: Vielleicht hat sie ja deshalb diese Apfelbäckchen, weil sie immer ein wenig unter Alkohol steht, von Wohnung zu Wohnung den Pegel zu halten versucht. Ich weiß, dass einige unserer Nachbarn den Pflegerinnen regelmäßig ein Likörchen oder dergleichen anbieten, aber ich bin nicht so.

Mein guter Cognac für das Fräulein Sabrina, das sich besser sowieso die Trinkerei abgewöhnen sollte, soweit kommt's noch! Und dann nimmt sie meinen Wilhelm umso fester in den Arm, ich kann dabei nicht zusehen. Aber wenn ich mich bei der Leitung des Seniorenparks über sie beschwere, muss ich meine Meinung auch begründen, und das stelle man sich einmal vor, dass jemand eine Pflegerin ausgewechselt haben möchte, weil sie zu nett ist! Nein, da muss ich eine andere Lösung finden.

Wenige Tage nach diesem Entschluss stoße ich am Rande einer Feldholzinsel auf ein mir bis dato nicht aufgefallenes, stattliches Exemplar eines Stechapfels. Ich weiß noch, dass meine Großmutter davon berichtete, dass ihre Mutter das Asthma des Vaters damit zu heilen gedachte. Asthmazigaretten nannte man das damals. Der Vater mochte aber nicht dauernd rauchen, und so kochte sie ihm wohl einen Tee daraus. Meine Großmutter wuchs dann als Halbwaise heran, weil ihr Vater nach einer urplötzlichen Atemlähmung verstorben war, und die Familie achtete fortan peinlich genau darauf, dass sich keine neue dieser Pflanzen im Garten ansiedelte. Ja, so war das früher mit dem Stechapfel.

Blätter und Samen sind ja besonders giftig. Die Hand vorsichtig in eines meiner Stofftaschentücher gehüllt löse ich mehrere der stachligen Früchte und schiebe sie in die Handtasche. Auch ein paar Blätter nehme ich mit. Wer weiß, wozu ich die noch brauchen kann.

Wilhelm sitzt auf dem kleinen Balkon und hält das Gesicht in die Sonne, als ich zurückkehre. Nanu, kein Fernsehen? Dann bemerke ich die beiden benutzten Tassen auf dem Klapptisch. Er hat mit dem Fräulein Sabrina hier lustig Kaffee getrunken, während ich unterwegs war! Kaum sieht er mich, steht er auf, schlurft zu seinem Fernsehsessel und drückt auf der Fernbedienung herum, bis das Vorabendprogramm seiner Wahl auf dem Bildschirm läuft. Ich stürze hinter seinem Rücken an den Wäscheschrank und angle die Cognacflasche hinter den Bettbezügen hervor. Wusste ich es doch: Zwei Zentimeter weniger als gestern! Ich frage Wilhelm, was er in meiner Abwesenheit getan hat, aber er gibt vor, sich nicht mehr daran zu erinnern. Er habe wohl ferngesehen, meint er achselzuckend. Dabei lächelt er.

Später kommt das Fräulein Sabrina noch einmal vorbei, weil sie für meinen Wilhelm die aktuelle Fernsehzeitung besorgt hat. Sie strahlt ihn an und hat rote Bäckchen. Da sehe ich meine zwei Zentimeter Cognac wieder! Und Wilhelm lacht sie an, wie er mich zuletzt angelacht hat, als wir jung verheiratet waren. Ach ja, das ist lange her! Jedenfalls kann es so nicht weitergehen mit dem Fräulein Sabrina.

Von jungen Menschen ist das Atropin des Stechapfels ja meistens eher zu verkraften als von alten. Obwohl: In Maßen genossen kann die Pflanze auch einem alten Herzen wieder ganz gut auf die Sprünge helfen. Aber eben nur, wenn man die richtige Dosis erwischt. Ich lege die Samen für ein paar Tage in einer Pappschachtel zum Trocknen hin, bevor ich sie mit meinem Küchenmörser zermahle. Zugegeben, der Cognac sieht nicht mehr so klar aus wie vorher, aber wenn das Fräulein Sabrina sich ihren Schluck am Schrank genehmigt, steht sie sowieso in einer dunklen Ecke des Zimmers, sodass sie die Trübung nicht sehen wird, die das Stechapfelpulver hinterlässt.

Das Fräulein Sabrina ist heute nicht gekommen. Stattdessen

ein Herr Florian, so ein ganz Junger, dessen Körpermaße noch nicht mit seinem Wesen harmonieren. Wie bei Hundewelpen, die noch viel zu große Pfoten haben und tollpatschig durch die Gegend stromern, bevor sie irgendwann ausgewachsen sind und sicher ihren Weg verfolgen. Er ist einer von diesen Zivis, diesen jungen Männern, die nicht zur Wehrmacht wollen. Na, mein Wilhelm und ich hätten uns ja geschämt, wenn unser Berthold den Wehrdienst verweigert hätte. Der Herr Florian sagt jedenfalls, dass das Fräulein Sabrina sich nicht wohlgefühlt hat und er deshalb als Ersatz vorbeikommt. Ich bleibe da, während er aufräumt, damit er auch weiß, was er genau zu tun hat. Mein Wilhelm sitzt schweigend vor dem Fernseher und nickt dem Herrn Florian nur kurz zu, als der wieder geht.

Auch am Folgetag kommt der Herr Florian, diesmal mit einer besonders ernsten Miene. Er müsse uns die traurige Mitteilung machen, dass das Fräulein Sabrina gar nicht mehr komme, sagt er. Man wisse noch nichts Genaues über die Umstände, aber man habe sie tot in ihrer kleinen Dienstwohnung oben unterm Dach gefunden. Mein Wilhelm schaltet tatsächlich den Fernseher aus und starrt regungslos aus dem Fenster. Sind das Tränen in seinen Augen oder habe ich nur vergessen, dass ältere Männer öfter mal wässrige Augen haben? Der Herr Florian stellt sich jedenfalls recht geschickt an für einen Mann, und so bin ich jetzt immer in der Wohnung, wenn er zum Ordnung machen kommt.

Nach und nach gewöhnt sich auch mein Wilhelm an den Herrn Florian. Der junge Mann kümmert sich von Anfang an rührend um ihn, ganz gleich, wie sehr Wilhelm ihn auch ignorieren will. Irgendwann haben die beiden begonnen, sich über Schmalspurbahnen zu unterhalten. Da hatte der Herr Florian ja das richtige Thema angestoßen: Als wir noch in unserem Häuschen wohnten, hatte mein Wilhelm das ehemalige Kinderzimmer von unserem Berthold komplett mit seiner

Spielzeugeisenbahn zugebaut. Ich habe das ja nie verstanden, aber mein Wilhelm hat ganze Tage und halbe Nächte an seiner »Anlage« verbracht. Daran kann er sich auch noch bestens erinnern, wie ich merke. Denn andere Dinge vergisst er immer öfter. Wo er die Fernbedienung hingelegt hat, welcher Tag heute ist, was er vorhin zum Mittagessen auf dem Teller hatte. Aber wenn der Herr Florian kommt, beginnt mein Wilhelm zu strahlen und verwickelt ihn sofort in ein Gespräch über diese mickrigen Eisenbähnchen. Oft blättern die beiden rotbackig und ganz versunken in Katalogen mit Zubehör, und dann muss ich den Herrn Florian schon gelegentlich daran erinnern, warum er überhaupt bei uns ist. Irgendwann beginne ich auch wieder darauf zu achten, dass ich nicht zu Hause bin, wenn der Herr Florian zu uns kommt. Ich störe da nur, denn wenn sie so bei ihrem Nachmittagskaffee da sitzen und glücklich über ihre Schmalspurträume reden, was soll ich dabei?

Mir ist aufgefallen, dass der Herr Florian sich immer wohler bei uns fühlt. Und mein Wilhelm lebt dermaßen auf, dass er viel munterer wirkt in letzter Zeit. Das sagt auch der Herr Doktor, der sogar glaubt, dass Wilhelms Herzprobleme sich gebessert haben. Ob er heimlich noch andere als die verschriebenen Mittel einnähme, will er gar wissen. So was!

Schon wieder trinken die beiden Kaffee und vergleichen irgendwelche Bauteile im Katalog. Ob er meinen Wilhelm wirklich so gern mag oder ob er auch nur wieder einer dieser Erbschleicher ist? Ich bekomme eine Gänsehaut bei dem Gedanken, dass ich eigentlich niemandem mehr trauen kann hier in der »Sonnenweide«. Zur Stärkung genehmige ich mir einen Cognac. Alle Flaschen nach dem Fräulein Sabrina habe ich im Badezimmerschrank hinter der Flasche mit dem Schaumbad deponiert. Da findet sie keiner. Als ich wieder ins Wohnzimmer komme, rutscht der Herr Florian gerade vom Sofa. Mein Wilhelm beugt sich über ihn und tätschelt ihm die Wangen.

»Junge«, ruft er, »Junge, was ist denn bloß los?« Dann steht er erstaunlich schnell auf und drückt auf den Notfallknopf, der in jedem Zimmer angebracht ist. Ich lehne still am Türrahmen und betrachte den jungen Herrn Florian. Merkwürdig, wie er da so hängt.

Eine Pflegerin und der Arzt der »Sonnenweide« knien neben dem Herrn Florian, der mittlerweile flach auf dem Boden liegt und sich nicht mehr rührt. Der Arzt nimmt uns Alte kaum zur Kenntnis und schimpft, dass es immer wieder dasselbe sei mit diesen jungen Leuten. »Riesige Pupillen, das können wir unter Drogentod verbuchen«, brummt er und winkt zwei Männer herein, die den Herrn Florian abtransportieren sollen. So aufgewühlt habe ich meinen Wilhelm seit Jahren nicht gesehen. Er hält den Doktor am Ärmel fest und jammert: »Dabei haben wir doch nur einen Kaffee mit Schuss getrunken, mehr nicht!« Da lacht der Doktor leise und beruhigt ihn: »Nein, nein, das war nicht Ihr Kaffee, guter Mann, der Junge hatte garantiert ein ganz anderes Problem.« Dann tätschelt er den Oberarm von meinem Wilhelm und geht. Wilhelm sinkt in seinen Fernsehsessel und stiert ausdruckslos auf den dunklen Bildschirm. Ich gehe zum Einbauschrank, strecke mich und taste hinter der Bettwäsche herum. Da ist eine Flasche! Ich angle sie hervor. Es ist nicht mehr viel darin. Ich hatte sie dort einfach vergessen!

Mein Wilhelm hat sich verändert, seit der Herr Florian plötzlich von uns gegangen ist und die Frau Malka uns versorgt. Er lebt auf. Aber das liegt nicht an der Frau Malka, die können wir beide nicht leiden. Er hat vielmehr ein ganz neues Ziel, das, mich zu ärgern, wo er nur kann. Und plötzlich ist er gar nicht mehr so weggetreten wie in den Monaten zuvor. Er versucht mich quasi täglich zu einem Cognac oder einem Kaffee mit Schuss zu überreden. Ich trinke seitdem keinen Tropfen mehr, was sich leider auf meinen Kreislauf auswirkt. Mein Wilhelm macht auch öfter so komische Andeutungen, als wüsste ich ganz genau, warum wir jetzt die grantige Frau Malka geschickt bekommen. Und weil ich Angst habe, dass er wirklich etwas weiß und mir irgendwie etwas unterjubeln könnte, traue ich mich auch nicht mehr zu meinen Spaziergängen aus dem Haus, was meinen Kreislauf zusätzlich schwächt.

Es ist wieder Frühling, und mein Wilhelm hat die Frau Malka gestern zum ersten Mal überredet, mit ihm einen Kaffee auf dem Balkon zu trinken. Dabei hat sie sogar gelacht und meinem Wilhelm die Hand getätschelt. Ich habe ihn nachher gefragt, warum er das tut, und er hat nur gesagt, dass wir sie schließlich beide nicht mögen. Dann hat er wieder den Fernseher eingeschaltet. Heute ist die Frau Malka nicht gekommen. Stattdessen kommt ein Herr von der Heimleitung. Er kündigt uns an, dass er die Polizei einschalten wird. Wir sollten uns auf keinen Fall beunruhigen, aber man müsse einfach ergründen, warum innerhalb eines Jahres schon die dritte Pflegekraft, die uns zuletzt besucht habe, ihr Leben aushauche. Das sehen wir ja auch ein. Mein Wilhelm sagt, dass ihm das sehr wichtig sei, denn er fühle sich ja selbst etwas unwohl bei dem Gedanken, was andere über uns denken mögen. Das Gespräch verläuft sehr angenehm, und nach einem Kaffee schenkt mein Wilhelm auch noch einen guten Cognac aus. Er nippt nur an seinem Glas, aber der Herr von der Heimleitung kippt das ganze Glas auf Ex herunter.

Heute kommt auch der Herr von der Heimleitung nicht wieder. Stattdessen klopfen zwei Herren von der Polizei. Gar nicht in Uniform, sondern in Nietenhosen und reichlich zerknitterten Oberhemden ohne Krawatte. Sie durchsuchen unser Zimmer. Meine geheimen Vorräte im Bad gibt es schon lange nicht mehr, aber die Flasche im Wäscheschrank, die hat in letzter Zeit nur noch mein Wilhelm angerührt. Und die finden sie natürlich und nehmen sie mit.

Ich mache mir ernsthaft Sorgen um unseren Lebensabend. Vielleicht hätte ich die Schäkerei vom Fräulein Sabrina mit meinem Wilhelm einfach ertragen sollen. Nun aber hat die Polizei die schreckliche Cognacflasche konfisziert. Wenigstens wird man nicht nur meine, sondern auch Wilhelms Fingerabdrücke darauf finden. Und zusammen sind wir viel zu alt, um ins Gefängnis gesperrt zu werden, da bin ich sicher.

Beinahe muss ich schüchtern kichern, als mein Wilhelm mich zum Kaffee auf den Balkon bittet. Einen Moment lang fühlt sich das an, als sei ich wieder siebzehn. Dabei wird es schon dunkel und ich muss meinem Wilhelm sagen, dass es für uns beide nicht gut ist, so spät noch Kaffee zu trinken, weil wir sonst nicht schlafen können. Aber er besteht darauf und ist ganz galant und führt mich sogar an den Platz und rückt mir den Stuhl zurecht. Nein, so was! Als ich sitze, schaut mein Wilhelm mich ganz merkwürdig an. Er sagt, dass er sich ziemlich sicher ist, dass unsere Rente nicht reichen wird, um regelmäßig mit dem Taxi bis ins Gefängnis zu fahren. Als ich wissen will, wieso er da hin will, sagt er mir, dass er sich überlegt, ob er mich besuchen soll, dass das aber aus finanziellen Gründen nicht gehen wird. Ich stutze und überlege. Und, was soll's schließlich, dann sage ich ihm, dass nur das Fräulein Sabrina und der Herr Florian auf mein Konto gehen und die Frau Malka und der Herr von der Heimleitung auf seines. Da lacht mein Wilhelm zum ersten Mal seit Wochen ganz laut auf. Er schüttelt den Kopf und fragt mich, ob ich denn gar nicht bemerkt habe, dass er die Cognacflasche immer nur mit einer Serviette angefasst hat. Wütend stehe ich auf und lehne mich ans Balkongeländer. Ich starre ins Schwarze, denn in Senioren-Wohnanlagen ist es abends immer früh dunkel. Dann steht mein Wilhelm hinter mir und flüstert, dass es natürlich immer noch einen Ausweg gebe. Ich will wissen, welchen, begreife aber gar nicht so genau, was er meint. Er faselt etwas von absoluter Verzweiflung, vermutlich Depressionen, vergeblichen Rettungsversuchen und meinen letzten Worten, die ich an ihn gerichtet hätte, von nicht zu ertragender Schuld und einem Schlussstrich. Dann spüre ich, wie er plötzlich meine Beine packt, und dann sehe ich nur noch das Balkongeländer falsch herum und von außen.

Goldgelbe Zutaten

Ricarda Oertel

Jenseits meines Gartenzauns joggt ein Mittvierziger und wendet den Kopf in meine Richtung. Wohl in der Hoffnung, unter meinem hellen Schopf einen frischen Körper in der Sonne zu erspähen. Ich trage Grün heute, das erweckt Aufmerksamkeit.

Im Liegestuhl umrunde ich mein Glas Campari mit runzligen Fingern und proste dem hoppelnden Leckerbissen zu. Gut, dass er vorbei zieht. Ich freue mich an dem Moment, das macht man so mit fast achtzig. Seitdem ich allein lebe allemal. Ich bedaure nicht viele Dinge, die ich getan habe, eher die unterlassenen, die Untaten im wörtlichen Sinn. Außerdem hätte ich früher für meine Ruhe sorgen müssen. Aber was weiß man mit dreißig, vierzig Jahren?

Im Haus läutet das Telefon. Es abzuschaffen, denke ich, das hast du auch all die Jahre versäumt. Die Ruftöne mahnen mich, meine Knochen in die Senkrechte zu hieven. Vorsicht an der Schwelle! Unmittelbar treffen mich Erinnerungen an meine Großmutter. Wie sie zittrig den Flur unserer Wohnung auf- und abschritt, um sich die Beine zu vertreten, während ich, sechsjährig, mit einer Angina im offen stehenden Kinderzimmer zu Bett lag. Jedes Mal, wenn meine schnaufende Oma in dem Ausschnitt der Tür als Déjà-vu erschien, um für die nächste Flurrunde wieder meinem Blickfeld zu entschwinden, gluckste ich. Ich bin sicher, sie leistete einen entscheidenden Beitrag zu meiner Genesung.

Das Telefon klingelt und klingelt. Ich finde die Taste nicht, das Gespräch anzunehmen. Martin meinte es gut, als er mir dieses neue Gerät ins Haus brachte, alle meinen es gut.

»Ömchen«, hat er gesagt, wie lieb, »im Zweifelsfall drückst du einfach den grünen Knopf. Farben kannst du doch erkennen.«

»Schon, schon, mein Junge«, sagte ich.

Seitdem hat sich der Terror des Telefons verdinglicht. Nun schweigt es endlich. Ich war nicht schnell genug. Mag es blinken wie es will. Die angezeigte Rufnummer kann ich nicht entziffern, und meine Lesebrille verlege ich immer.

Ich schlurfe zum Kühlschrank. Das leere Campariglas habe ich mitgenommen. Vorausschau ist alles, erst recht, wenn man wacklig wird, und Nachschub schadet nicht. Natürlich redet meine Tochter Luise auf mich ein, ich solle nicht länger allein leben, das Haus vermieten und zu ihnen in Martins ehemaliges Kinderzimmer ziehen. Eine löbliche Idee, wäre da nicht mein Schwiegersohn. Mit ihm unter einem Dach – nur über meine Leiche! Von der Heirat riet ich derzeit ab, zwecklos. Luise war verliebt und blind. Dieser Neurotiker macht ihr das Leben zur Hölle, besonders, seit Martin ausgezogen ist. Zum Glück kommt der nicht nach seinem Vater.

Ich gehe mit dem rot leuchtenden Glas zurück nach draußen, zu den wuchernden Kletterrosen. Lange habe ich damals nach solchen Rosen gesucht, mit Ende fünfzig, als meine Freiheit begann. Nostalgisch sollten sie sein und üppig blühen.

Ich schließe die Augen. Schnuppere den Duft der Blüten, und der Kriechthymian zwischen den Terrassenfliesen kitzelt meine Nase. Erich hat sich stets gegen diese Pflänzchen gewehrt. Mit einem Gasbrenner rottete er alles Grüne zwischen den Fugen aus, weil er es für Unkraut hielt. Mich hat nicht einmal Moos je gestört. Bei seiner feurigen Unkrautvernichtung setzte mein Mann die Hecke unseres geschätzten Nachbarn in Brand. Ich schwieg. Über Geschmack lässt sich streiten. Man muss es aber nicht. Streit frisst bloß Kraft. Wiederkehrende Probleme sollten lieber mit Stil und möglichst dauerhaft gelöst werden.

Ich nehme einen Schluck Campari. Keine neuen Jogger in Sicht, so ein Jammer. Erichs Körper war nicht schlecht, nur ein bisschen hager, und unter der Erde ist er auch schon lange. Ein Wermutstropfen des Alleinseins, ab und an steht mir der Sinn nach Sex. Zum Glück sind meine Finger noch recht flink. In meinem Alter wäre es erniedrigend, auf Männerfang zu gehen. Nach Erichs Ableben habe ich ein paar Abenteuer genossen, die kurzlebig bleiben sollten. Vom Regen in die Traufe wollte ich nicht kommen.

Der letzte Wutausbruch meines Mannes ereignete sich kurz vor seinem Tod, an diesem wolkenlosen Sonntag. Ich freute mich auf einen Besuch von Luise. Martin war gerade zwei und ich völlig vernarrt in den Kleinen. Ich hatte einen Zitronenkuchen gebacken, weil unser Enkel ihn gerne aß, das tut er bis heute. Der Tisch in der Laube war früh gedeckt. Erich jedoch schnappte sich die kurze Trittleiter aus meiner Küche und schleppte sie in den Garten. Tagelang hatte er dem Efeu, der mir zur Freude die ehemals kahle Garagenwand überwuchs, den Kampf angekündigt.

»Verfluchter Mist«, fauchte er jetzt von der Leiter herab. »Ich komm an die oberen Triebe nicht ran!«

»Musst du nicht«, sprach ich besänftigend. »Lass uns lieber die Sonne genießen.«

»Na sicher! Und im Nu wuchert hier ein Urwald und wir schauen gemütlich zu.« Er lachte sarkastisch, was er häufig tat. »Kapierst du's nicht, das viele Grünzeug reißt das Rankgerüst von der Wand! Das Holz ist völlig morsch. Aber davon verstehst du nichts.«

»Soll ich einen Tee kochen? Wir könnten uns in die Laube setzen«, versuchte ich. »Luise kommt doch auch nachher, und es ist Sonntag ...«

»Trink du deinen Tee und lass mich machen«, sagte er langsam und eindringlich, als müsste er mich beruhigen.

Seine Augen quollen hervor, deshalb wusste ich, es nützte nichts. Ich brühte mir Tee in der Küche und naschte ein abgebröckeltes Stück von dem herrlichen Zitronenkuchen. Der fabelhafte Geschmack dieses Augenblicks ist mir im Gedächtnis geblieben. Ich sollte das Rezept finden, vielleicht vor Martins nächstem Besuch. Der Trick ist, den Kuchen mit Öl statt Butter zu backen, das macht ihn saftig. Ausdauernd Rühren trägt dazu bei, den Teig zu lockern, und ein Schuss Mineralwasser. Das Prickeln tut dem Teig gut, dann geht er wunderbar auf. Am wichtigsten aber ist das Öl, möglichst geschmacksneutral, Rapsöl beispielsweise - das verleiht dem Kuchen eine goldgelbe Färbung.

An jenem Sonntag setzte ich gerade zu einem wohligen Schluck Tee unter der Laube an, als ich Erichs Schrei hörte. Danach keinen Laut mehr. Das war untypisch für meinen Mann, also alarmierend. Wenn etwas schief oder nicht nach seiner Nase ging, pflegte er mit Flüchen und Poltern nicht zu geizen. Manchmal musste vorher auch nichts schiefgehen. Deshalb war er Luise alles andere als ein geduldiger Vater. Seine Rückkehr nach langem Arbeitstag glich einem Einbruch, die Traulichkeit verflüchtigte sich mit dem Umdrehen seines Schlüssels im Schloss. Und jetzt das.

Ich setzte meine Teetasse seufzend ab und wartete ein paar Sekündchen. Nur um sicherzugehen.

Im Garten nebenan waren schnelle Schritte zu hören.

Mein Nachbar schrie auf, ich stimmte reflexhaft mit ein und eilte zur Garage.

Den Efeu, den hatte Erich nebst Holzgerüst mit sich gerissen, grüne Arme schlangen sich um ihn. Seine eigenen lagen weit ausgestreckt - er hatte offenbar versucht, sich beim Entgleiten der Leiter an den Pflanzen festzukrallen. Doch Efeu besitzt Haftwurzeln, die sich leicht lösen, wenn ihnen Gewalt widerfährt.

»Wir müssen ihn von dem Zeug befreien!«, rief der Nachbar mir zu und riss all die kräftigen Triebe auseinander. Er trug ein T-Shirt, das Muskelspiel lenkte mich kurzzeitig ab.

»Vorsicht«, sagte ich. Das missverstand er vermutlich. Ich wollte die nackte Garagenwand nicht erneut jahrelang anstarren müssen und hoffte, den Efeu heil wieder hochbinden zu können.

»Ich tu‘ ihm nicht weh, ich muss seinen Puls fühlen. Er bewegt sich nicht. Rufen Sie den Notarzt!«

Das hielt ich für voreilig. Man sollte eine Situation gründlich überblicken, bevor man unnötiger Weise anderen Leuten Umstände macht. Und im Falle eines Genickbruchs können selbst Notärzte oft nichts mehr ausrichten.

»Schauen wir erst, was ihm wirklich fehlt. Vielleicht ist er bloß ohnmächtig«, sagte ich - etwas bange.

Der Nachbar hatte meinen Mann inzwischen vom Efeu erlöst. Da lag er, mein Erich. Nachbars Oberarme waren im Vergleich zu seinen sehr moduliert, und schöne Finger besaß er, mit denen er Erichs Hals berührte.

»Verdammt, ich kann keinen Puls fühlen!« Seine Stimme klang schrill. Gerne hätte ich ihm meine Hand auf den starken Arm gelegt.

»Ich weiß auch nicht, was man jetzt machen muss«, sagte ich. Und: »Ich musste mal Erste Hilfe lernen, aber das ist ewig her. Für den Führerschein. Bisher hab ich ihn nie gebraucht. Beides nicht.« Erich mochte es nicht, wenn ich Auto fuhr. Und Streit ist mir ja zuwider.

»Ich kümmere mich um ihn. Bleiben Sie ruhig. Und rufen Sie endlich einen Krankenwagen!« Des Nachbars Hände schoben mich an der Schulter Richtung Haus. Ich fragte mich, warum es mein Schicksal war, dass Männer mich zu beruhigen trachteten.

Doch gesagt – getan. Das hatte ich bis zu dem Tag immer so gemacht, zu tun, wie mir geheißen. Der Notarzt kam, versuchte, Erich wiederzubeleben. Erfolglos. Sein Sturz war äußerst unglückselig verlaufen. Man ging davon aus, mein Mann wäre im dichten Gewirr der Efeuzweige mitsamt dem Rankgitter ins Taumeln geraten und hätte die Trittstufen rückwärtig verfehlt.

Der spätere Nachmittag ist mir nur lückenhaft in Erinnerung. Der hilfsbereite Mensch von nebenan, der leider nicht mehr unter uns weilt, war durcheinander. Er schenkte uns beiden – sehr aufmerksam – mehrere Schnäpschen ein, nachdem Ärzte und Erich endgültig das Haus verlassen hatten. Meine Tochter habe ich wohl gleich informiert. Ich wollte an diesem

Tag weder meinen Schwiegersohn treffen noch den kleinen Martin mit solchen Eindrücken unnötig belasten, deshalb kam Luise anders als geplant allein. Sie stand mir gefasst zur Seite und half, das entstandene Chaos zu ordnen. Durch das Küchenfenster sah ich, wie sie im Garten die umgestoßene Leiter zusammenklappte und mit blassem Gesicht ins Haus trug. Das arme Kind. Hinter mir plötzlich ein markerschütterndes Poltern, ich drehte mich erschrocken um.

»Nichts passiert, Mama, der Tritt ist mir aus der Hand gerutscht. Er hat gelbe Schlieren, vielleicht vom Efeu?«

Sie schaute mich fragend an. Ich reichte ihr wortlos einen Schwamm.

Herrje, das Telefon klingelt wieder und reißt mich aus meinen Erinnerungen. Ich unternehme einen neuen Versuch, rechtzeitig abzuheben und begebe mich ins Haus. Das leere Glas vergesse ich diesmal, ich habe beide Hände frei, mich am Türrahmen abzustützen. Jetzt schaffe ich es – nur die grüne Taste drücken.

Statt meinen Namen zu sagen melde ich mich mit: »Ja, bitte?« Reine Vorsichtsmaßnahme, man weiß nie, welche Verrückten am anderen Ende lauern.

»Ömchen, ich bin es. Alles in Ordnung bei dir? Ich hab's schon öfter versucht.«

»Aber natürlich ist alles gut, ihr macht euch zu viele Sorgen um mich. Wie geht's dir denn, mein Junge?«

»Bestens, bin gerade auf Besuch zu Hause. Wir würden gern morgen vorbei kommen, passt das?«

»Sicher, jederzeit, ich freue mich.«

»Papa fährt auch mit, er möchte dir zur Hand gehen. Er sagt, dein Garten wächst dir über den Kopf. Lass ihn ruhig machen und wir entspannen uns, was hältst du davon? Machst du wieder deinen Zitronenkuchen?«

Ich sage ihm, genau das hätte ich soeben geplant. Wenn ich es recht bedenke, benötige ich das Rezept nicht, mein Kopf funktioniert wie geschmiert. Geschmacksneutrales Öl für den

Teig ist der Trick. Dann wird er saftig. Rapsöl ist ideal, goldgelbes Rapsöl.

Krähenfütterung

Cornelia C. Anken

Der Termin beim Notar war erschöpfend.

Ich bin müde, zu unkonzentriert, um bei Rot über die Straße zu gehen. Muss ich zu lange auf Grün warten, drohe ich, an die Ampel gelehnt, im Stehen einzuschlafen: Man kann dies auf das fortgeschrittene Krankheitsstadium zurückführen, auf das Alter im Allgemeinen oder die Überarbeitung bis zum Schluss hin. Zusammenfassend befinde ich mich auf dem letzten Heimweg.

Meine Kollegen behaupten, ich besäße das gewisse Gespür für Verbrechen und sei besser als jeder andere in der Lage, mich in Täterpersönlichkeiten und Tatumstände hineinzuversetzen. Man raunt, ich blicke nicht nur in Abgründe, die sich anderen nicht zeigen, ich wandele sogar darinnen. Man hat mich deswegen als unheimlich bezeichnet, als morbide auch; wenige Menschen hatten gern mit mir zu tun. Schon gar nicht diejenigen, die mich besser kannten. Ich kann nicht behaupten, es sei mir nicht recht so.

Erbarmungslos drückend ist die stehende Luft, keine Wolke mindert die Intensität der Spätjulisonne. Deshalb gehe ich seit geraumer Zeit sehr langsam und suche alle sich bietenden Schatten auf. Fast scheint es, nicht ich bewege mich, sondern die Welt zöge träge an mir vorüber; ich bin der Findling, an dem sich ein ermatteter Strom zweiteilt, um sich hinter ihm wieder zu schließen. Ich lockere die Krawatte, meine Kehle ist trocken, die Luft bleibt mir weg. Auch die Feuchtigkeit geht mir aus. Wie einer verspäteten Nacktschnecke, die vor dem Morgen keine kühle Ritze für sich fand, und sich nun, in der Sonnenglut austrocknend, zum schwarzen, harten Häkchen krümmt, stirbt.

An die Seite des ehemaligen Straßenbahndepots, in dem heute ein Theater untergebracht ist, schmiegt sich eine unscheinbare Metalltreppe. Drei Stufen im Schatten. Auf der obersten lasse ich mich nieder, gewiss nur für eine Weile. Ich halte es für unwahrscheinlich, dort von jemandem gesehen zu werden. Einen alten, an eine Backsteinmauer gelehnten Mann im Zwielicht – den bemerkt man höchstens zufällig. So ziehe ich es vor: sehen, nicht gesehen werden.

Die Schärfe meines Blicks ist weder gealtert noch erkrankt. Von meiner Zuflucht aus beobachte ich das Oberflächliche: Menschen bewegen sich in unregelmäßiger Verteilung über die Freifläche vor dem Theater. Autos verlassen die Straße, fahren auf den angrenzenden Parkplatz, Hände strecken sich aus Fenstern, Parkscheine werden gezogen. Gebühren werden bezahlt, Leute queren den Schotterplatz auf dem Weg zu ihren Fahrzeugen, die Schranke öffnet sich, entlässt Autos auf die Straße.

Wiederholungen und Umkehrungen.

Das Detail: Vom Flachdach des Kassenhäuschens am Parkplatz erhebt sich eine Antenne. Auf dieser wiederum bettelt eine junge Krähe eine alte an, sperrt den Schnabel weit auf, präsentiert blutrote Bindehäute. An diesen vorbei stopft die Mutter das Futter tief in den Rachen. Das flügge Junge scheint den Altvogel gierig mit verschlingen zu wollen. Es kann sich auch um das Vatertier handeln. Wer vermag das bei Krähen zu unterscheiden?

Was sich nur in meiner Vorstellung zuträgt: Der junge Vogel reißt den Schnabel immer weiter auf, weitet den Hals zum immens großen, blutgesäumten Schlund, der den Kopf des Alten packt und in sich hineinzieht, nachfasst und erbarmungslos Stück für Stück herunterwürgt – Schultern, metallisch glänzende Flügel, die kahlen Beine. Bis hin zu den sich spreizenden Schwanzfedern.

Es gibt solche Biographien und andere. Keine Beschwerde, nur nüchterne Feststellung.

Ich entstamme einer langen Abfolge von Bauern, das Land ist noch immer in Familienbesitz, heute gehört es meinem Bruder. Mein Bruder sagt, sein Sohn führe mit Frau und Kindern die Tradition zu seiner Zufriedenheit fort, bald würde er ihnen den Hof zur Gänze überlassen. Er sei ein zufriedener Mensch und habe ein gutes Auskommen.

Was heißt das, ein gutes Auskommen?

Der einzige, der hätte sterben sollen, von dem man es erwartet, ja nachgerade erhofft hatte, blieb am Leben, geriet nicht einmal in Kriegsgefangenschaft oder Internierung. Unser Vater.

Der Alte hat vergessen, dass er nicht gestorben ist; auch wie er gelebt hat, ist ihm nicht mehr gewärtig. Sein Platz ist die Kammer. Im Verhau unter den Dachschrägen, wo er einnässt und die Gesichter seiner Angehörigen nicht erkennt. Sein Blick irrt auf ihnen herum, sein Mund benennt sie mit falschen Namen. Der Vater sitzt siechend auf dem Altenteil und fragt jeden nach Anna. Sucht die, die vor Jahrzehnten schon Schritt um Schritt in den Dorfteich hinaus watete, bis sie unvermutet weit draußen erst endlich den Grund unter den Füßen verlor, weil der Mann zurückgekehrt war.

Gänse schnatterten am flachen Ufer, Rauchschwalben zogen tief über den Wasserspiegel, im Schilf quakten Frösche, dies alles, während ich die Mutter barg. In ihr Haar mengten sich Fäden flaschengrüner Algen, es wickelte sich um meine bloßen Arme; der ausgezehrte Körper wog schwer. Auf dem Sonntagsstaat klebte die Entengrütze. Nur zum Sterben hat sie an einem Wochentag die Schürze abgelegt. Zeichen.

Wir hätten sie aufhalten können … So kühlte das trübe Wasser des Sees den Wundschmerz auf meinem Rücken, unterdessen mein Bruder am Ufer stand, tränenblind, und sich nicht rührte. Dabei war er der Kräftigere von uns zweien, damals schon, steckte auch die Schläge von Vaters Hundepeitsche besser weg.

An diese immerhin bewahrt er Erinnerungen – von meinen abweichend. Einmal danach befragt, schluckte er unter heftigem Blinzeln. So schlimm, sagte er dann zögerlich, sei es doch gar nicht gewesen, und ohnehin habe eine Tracht Prügel noch keinem geschadet.

Daran möchte er glauben, daran soll er sich gern festhalten, der Vater muss ja gepflegt werden. Opferrollen, ebenfalls divergierend.

Auf Mutters Beerdigung schüttelte der Pfarrer dem Vater wissend die Hand. Uns Brüdern streichelte er gütig die Wangen. Gottes Wege sind unergründlich, sprach er.

Nachher passte die Tante aus der Stadt auf uns drei Kinder auf, die übrige Trauergemeinde folgte dem Vater in den Dorfkrug. Er war ein spendabler Mann.

Unsere Schwester haben wir zu Mutters Rechter begraben, vier Jahre später. Von nah und fern strömten die Leute herbei, um sich auf dem Gottesanger zu versammeln. Allen, der Gemeinde und den Fremden, stand es gleichermaßen in die nachkriegsmüden Gesichter graviert, das blanke Entsetzen: hängengebliebene Flüchtlinge, heimatlose Soldaten, mittellose Hausierer – wer tut einem lieben Mädchen so etwas Furchtbares an? Unsicher blickten sie in die Runde.

Ja wer?

Und wer, vor allem, vermag das einem Menschen schon anzusehen?

Der Pfarrer schüttelte dem Vater die Hand. Uns Buben raufte er wohlwollend das Haar. Gottes Wege sind unergründlich, erinnerte er.

Der Wirt des Dorfkrugs klopfte uns auf die Schultern. »Zeit für euren ersten Korn«, sagte er.

»Das ist keine Lösung. Geht nicht mit«, sagte der Polizist und blickte uns besorgt an. Ich werde Gretes Mörder finden, versprach er mit Händedruck.

Wir machten einen Diener vor dem Pfarrer, bedankten uns artig beim Polizisten und folgten dem Wirt. Wir blieben die einzigen Gäste und tranken uns besinnungslos.

Lose Zusammenhängendes: Der Pfarrer stürzte Jahre danach tot von der Kanzel, ein Herzinfarkt während der Predigt. Der Wirt war sich selbst der beste Kunde und soff sich zu Tode, wiederum um einiges später. Der Polizist ist ein gichtgeplagter Greis, der im Vorgarten die Läuse mit Gift besprüht. Das Versprechen hat er so schnell vergessen wie gegeben. Ich kann nicht behaupten, es sei mir zeitlebens recht so gewesen.

Mein Bruder übernahm den Hof. Ich ging zum Studieren in die Stadt, wo mich die Tante vorübergehend in ihre Familie aufnahm. Fröhliche Menschen waren das, freundlich und hilfsbereit. Auch musizierten sie viel und tanzten gern. Solche Familien gibt es ebenfalls.

Nun breitet eine der Krähen die glänzenden Schwingen aus, fliegt auf und davon. Der Jungvogel folgt, nicht ganz so flügelsicher. Der Erschütterung beim Abheben wegen federt die Antenne auf dem Dach des Kassenhäuschens nach. Bewegungen.

Bereits vor jenem Ereignis müssen wir Dinge getan haben, vermutlich haben wir miteinander gespielt, mein Bruder und ich. Fangen und Verstecken bestimmt, Cowboy und Indianer vielleicht. Platz dafür war reichlich vorhanden in den Feldern, Wiesen und Gehölzen. Rund um den Dorfteich auch. Von dieser Kindheit weiß ich nichts mehr. Heute setzen meine Erinnerungen mit einem milden Frühlingstag ein: Das abgeschossene Flugzeug hat sich tief in einen unserer Äcker gegraben. Ein Mann hängt im Baum am oberen Feldweg und brennt wie eine Fackel. Er kam als leuchtender Himmelsbote zu uns, aus allen Wolken gefallen. Ein fremdländischer Engel, der klagend mit den Flügeln rudert, dann inne hält und stille wird. Schwarz, hart und verkohlt. Seine Schreie erst haben vielleicht mein Bewusstsein zum Leben erweckt.

Landmarken und Zeiträume. Die Kastanie am Feldrain, an der meine älteste Erinnerung aufgeknüpft ist, hat jenes Feuer überlebt. Später wiederum wurde sie zum Mahnmal, stand sie doch unweit der Stelle, an der man unsere kleine Schwester leblos fand. Grete, die an einem Sonntag ihr Kleidchen nicht freiwillig abgelegt hatte. Verzerrte Spiegelungen.

In den Achtzigern fiel der Baum letztlich dem Bau der Umgehungsstraße zum Opfer; schon lange hatte an seinem gezeichneten Stamm niemand mehr Blumen im Gedenken an das Gretelchen abgelegt.

Natürlich ließ ich mich während meines Psychologiestudiums selbst analysieren; mein Therapeut war ein feinsinniger Mensch, der unermüdlich meine Seele suchte. In diesen ruhigen Stunden des Gesprächs wurden selten Kämpfe ausgetragen. Zumeist glichen unsere Treffen der Verabredung zum langsamen Tanz der Gedanken. Immer umkreisten sie eine unnennbare Mitte wie einen Maibaum, den ich umso tiefer in mir eingrub, je näher wir ihm kamen. Nur sehr selten ließ ich mich führen, und wenn, dann von meiner Neugier, nicht von den Eignungen des Anderen. Ihm überließ ich allein die Illusion, über Richtung und Tempo zu bestimmen.

So gab ich den Freitod der Mutter wenig zögerlich preis. Sorgfältig in Portionen geteilt, mit immer weiteren Details garniert, bot ich ihn wie auf dem Silbertablett dar. Die dabei gezeigte Qual war real, doch während der Andere sie auf der Ebene meiner Emotionen ansiedelte, speiste sie sich allein aus dem abstrakten Wissen, was ich an Schmerz hätte fühlen sollen. Aber nicht konnte.

Dem toten Flieger hingegen näherten wir uns später erst, im zähen Reigen einmal wöchentlich. Damals tauchten seltsame Träume auf, diese wenigen, die ich mir nicht selbst zu erklären vermochte, die daher mein besonderes Interesse weckten. Tatsächlich war ich erstaunt, als endlich der brennende Mann aus meiner Erinnerung gehoben wurde. Wie damals das Flugzeug aus dem Acker – doch davon hatte ich ja schon immer lebhafte Bilder vor Augen. Gemeinsam drangen wir zu diesem noch etwas älteren Moment vor: Da stehen wir in kurzen Lederhosen, Hand in Hand, Bruder und Bruder. Zwillinge, den Blick himmelwärts gerichtet in die Krone des Baumes, darinnen ein Leben auflodert, verschmort, erlischt.

Mein Bruder schreit und zappelt, trampelt auf der Stelle und zerrt an meinem Arm. Ich hingegen stehe stille da und schaue zu. Ich fürchte mich nicht, aber schäme mich schon.

Bei Gelegenheit habe ich meinen Bruder auch danach gefragt. Er erinnert sich der Begebenheit nicht, nicht einmal mehr der Grabarbeiten der Männer auf unserem Grund. Traumata und ihre Verdrängung.

Während meiner Analyse verkehrte ich häufig die Rollen; so gab sich mein Gegenüber nicht ausschließlich durch Gesten preis. Und einmal entfuhr dem viel Älteren unvermittelt, ich befremde, ja verstöre ihn. Es läge an meinen Augen, ich müsse wohl nie blinzeln, auch schiene ich nie aus Unsicherheit zu schlucken. Wir merkten beide auf, ein wenig erschrocken, weil dies Geständnis so überaus unprofessionell war. Dennoch verstand ich damals nicht vollständig, worauf es abzielte. Das wirkliche Begreifen folgte Jahre später.

Da saß ich einem anderen Manne gegenüber, dem wenig feinsinnigen Insassen einer Todeszelle. Zu Beginn unserer Begegnung blickten wir einander stumm über den blanken Tisch im Besuchsraum hinweg an. Auge in Auge, lange und beinahe reglos, während eine verirrte Fliege uns summend umkreiste. Sie war frei auch hier, während die massiven Ketten des Mannes ab und an leise klirrten.

Es handelte sich nicht um ein Verhör, nur um eine letzte, zäh sich dehnende Unterhaltung kurz vor dem Ende - ein Balztanz um die Wahrheit.

Scham blieb ihm fremd bis zuletzt, so redete er sich in konzentrischen Kreisen bis ins Zentrum vor, nichts mehr zurückhaltend, auch nichts bereuend. Keines der weiteren Opfer, der direkten und indirekten. Keines der Delikte, derer er niemals beschuldigt worden war, andere Männer hingegen schon, manche dafür verurteilt. Darunter einer, der ihm bereits vorausgegangen war, schuldlos. An diesem brütend heißen Tag in Texas gestand er alles, nachträglich — und allein mir. Denn wir sahen einander die Verwandtschaft an: Es gibt leibliche Zwillinge, geistige auch.

Ich lasse mich nur von ausgewählten Emotionen leiten. Man kann nicht von mir behaupten, Mitgefühl gehöre in der Regel dazu. Doch als ich meinem Therapeuten beim Abschied zum zweiten und letzten Mal die Hand reichte, riet ich ihm, seiner Empfindlichkeit wegen den Beruf zu wechseln. Er war auch ein hervorragender Pianist.

Sein Ableben zeigte man immerhin erst Jahre später an, worauf ich stieß, während ich, angelegentlich in einer Zeitung blätternd, eigentlich auf eine Ermittlungsakte aus Dänemark wartete. Wie man von Kollegen später erfahren konnte, hat er sich aufgehängt. Selbst-Mord.

Es gibt solche Täter — und solche. Diejenigen, die sich ausschließlich an sich selbst vergehen.

Ruht man in Frieden?

Meine Schwester war ihm während all unserer stillen Sitzungen der schamhaften Seelensuche verborgen geblieben. Es gab sie nicht, nicht in mir. So, als habe sie nie im Leben existiert, sondern allein im flüchtigen Moment ihres Todes, jener namenlosen Mitte.

Krähenrufe über mir, die Tiere meiner Sicht entzogen. Was schreien sie? Was mögen sie entdeckt haben und vermelden? Ich bin nicht allwissend. Doch kann ich nicht behaupten, niemals so getan zu haben, als ob.

Meine Aufklärungsquote ist legendär, mein Einsatzgebiet umspannte die halbe Welt, kein Fachblatt, in dem ich nicht publiziert, kein bedeutender Artikel, in dem man mich nicht zitiert hätte. Kürzlich winkte sogar ein renommierter Verlag mit einer erklecklichen Summe für meine Biographie. Gern will man mir auch einen Ghostwriter stellen. In meinem präfinalen Zustand erheitert dies mein Gemüt ganz besonders. Meine Antwort wird, von anderen verfasst, eine schwarz gerahmte Mitteilung der Zeitung sein.

Ich habe das Schreiben verbrannt, es färbte sich gelb zunächst, dann braun, die schwarzen Ränder erst fraßen sich an der Anfrage satt. Es wird keine Biographie geben.

Die Nachbarn beklagten sich über den Geruch des Qualms, vor allem jedoch über die Asche. Besonders über diejenige, die in größeren Fetzen, vom heißen Wind empor gehoben, über ihre Balkone hinweg einen trudelnden *danse macabre* aufführte, bevor sie zerstob. Die Beschwerden der Lebenden kümmerten mich selten; so brannte mein Scheiterhaufen im Garten hinter dem Haus lange und lichterloh. Bis sich sogar die Blätter an den hohen Kastanienzweigen oberhalb des Feuers, wie in Zeitraffer welkend, verfärbten und wellten, nicht jedoch ganz verbrannten.

Variationen eines Themas.

Denn der Hunger des Feuers fiel über Zeugnisse eines gesamten Lebens her - meine Urkunden, Auszeichnungen, Briefe und was an Persönlichem mehr war. Vor allem die unzähligen schwarzen Notizbücher, in denen ich, beginnend mit dem Tod der Mutter im Teich, alles minutiös aufgezeichnet habe: Das Wiederkehrende und seine Abwandlungen, die Zusammenhänge. Ruhende Details und bewegte Muster, die Zeichen in ihren Verbindungen. Täter und Opfer, verteilt auf Zeiträume und Landmarken.

Leidlich geschützt durch ihre Lederhaut hauchten die kleinen Kladden ihr Leben von allem am zögerlichsten aus. Sie enthielten all das Sterben von Anbeginn an, doch hielten sie nichts vom Vergehen.

Unzählige Male fragte man mich nach dem Geheimnis meines Erfolges, aus aufrichtiger Anerkennung oder kaum verhohlenem Neid, aus fachlicher Neugier oder voller Hoffnung auf den wohligen Schauer. Ich habe stets Stillschweigen bewahrt. Wer hätte hören mögen, wie lapidar das Eigentliche ist: Ich besitze eine Affinität zum Tod, nur, dass es umgekehrt noch weitaus besser zutrifft. Deswegen wird es niemals eine, wie will ich es nennen? – meine *Mortugraphie* – geben. Vor gut zwei Stunden habe ich darüber verfügt. Testamentarisch.

Drei Krähen kreisen nun deutlich sichtbar über dem Parkplatz. Dieselben beiden und eine weitere? Völlig andere? Im Zwielicht auf der Treppe neben dem Backsteingebäude streifen mich ihre dahin gleitenden Schatten nicht. Es ist an der Zeit, ins Licht hinauszutreten, die wenigen übrigen Schritte zu gehen.

Das einzige Geheimnis … ich nehme es mit mir ins Familiengrab auf dem Gottesanger nahe des Hofes. Dort wird es zwischen Mutter und Schwester ruhen, um auf all die anderen zu warten: Den Vater, seine Schwiegertochter, die Nichten und Neffen. Auf Gretes Mörder auch.

Bis dahin soll er gern sein gutes Auskommen haben.

Der Nachbar

Milan Zimmermann

Ich erwachte vom Gezwitscher der mir wohl bekannten Kanarienvögel, die heute lauter waren als sonst. Sie leiteten wie immer meinen Tag ein, waren meine zuverlässigsten Zeitgeber. Ich versuchte mich aufzurichten, um mich, natürlich mit meinem rechten Bein zuerst, über die Bettkante zu schwingen. Aber die Beine waren gelähmt. Auch gelang es mir nicht, die Arme zu heben, um mir die Augen zu reiben, damit sich mein Blick mehr klären möge. Er blieb getrübt. Da hob mich eine Macht in die Luft, ich kann es nicht anders beschreiben, als ob jemand an Marionettenfäden ziehen würde, um mit mir, dem Deus ex machina, ein schnelles und unkompliziertes Ende des Theaterstückes zu erzwingen. Die Kraft ließ mich in einen Stuhl fallen. Ich konnte erkennen, dass ich offenbar die ganze Nacht in einem Schlafsack draußen auf dem Balkon geschlafen hatte, nicht im Bett. Ein großer Fernseher verstellte von außen die Tür, die ins Innere, zum Wohnzimmer, führte, daneben stand ein weißer Schrank mit langen Eisengriffen. Durch ein Fenster konnte ich in die Wohnung hineinblicken. Sie war völlig leergeräumt. Nun fiel mir der Tisch vor mir auf, den eine Tasse zierte, in der ein braunes Stück Eis schwamm. Der Boden um den Tisch herum diente als Ablage für Speisereste, Exkremente und Müll, aus dem merkwürdigerweise kein Gestank ausströmte. Auf dem Tisch und überall auf dem Boden befanden sich Fotos, auf den ersten Blick Erinnerungsbilder aus der Jugend. Wessen Jugend? Meine war es nicht! Neben der Tasse lagen ein Notizblock und ein Bleistift. Da ich meinen Kopf nicht willentlich drehen konnte, musste ich mich mit einem stark eingeschränkten Blickfeld zufriedengeben. Es gelang mir nicht, die Bilder genauer zu studieren.

Jetzt ging es darum, mich darauf zu konzentrieren, mehr über meinen körperlichen Zustand herauszufinden. Plötzlich löste sich aber mein Arm aus seiner Starre. Wurden für kurze Zeit die Regeln der Schwerkraft außer Kraft gesetzt? Ich musste feststellen: Weder der Arm noch die Uhr waren mir bekannt. Die Hand gehörte einem Menschen, der mindestens fünfzig Jahre älter als ich sein musste, das war klar, die Falten erzählten nicht von dem Leben eines zwanzigjährigen Studenten. Der Wollpullover war erbarmungslos versifft und mit Löchern übersät. Ehe ich mich versah, drehte sich der Kopf nach links, die Intention war mir sofort klar, hielt ich doch eine Bürste in der Hand. An der Wand des Balkons hing ein kleiner Taschenspiegel, aus dem die Person zurückblickte, die seit zwei Monaten unter mir wohnte. Ein Rentner, soviel ich wusste, mit dem ich nie gesprochen hatte. Die Falten im Gesicht gehörten zu einem Mann, der mehr erlebt hatte als er verarbeiten konnte: Ich war in einem fremden Körper gefangen und dem Willen meines Nachbarn vollkommen ausgeliefert. Mir blieb nur noch mein Ich-Bewusstsein.

Sie werden sicherlich einräumen, dass man nach einer so einschneidenden Einsicht niemals derartig kühl kombiniert. Ob ich denn aus der Distanz, aus der ich diese Geschichte offenbar schreibe, die wesentlichen Zusammenhänge nicht exakter rekapitulieren könne? Was sollte ich denn tun? Schreien konnte ich nicht, jedenfalls nicht ohne Unterstützung. Ich dachte tatsächlich, dass mich die Angst spätestens in den nächsten Minuten überwältigen müsste, mir meinen Atem rauben und mit meinem Bewusstsein, dem einzigen Gut, das mir geblieben war, entfliehen würde. Deshalb horchte ich in mich hinein. Ich versuchte auf meinen Herzschlag zu achten. Kein Ergebnis. Atemfrequenz? Angstschweiß? Das Gesicht? Der Nachbar erlaubte mir keinen erneuten Blick in den Spiegel. Absurd. So wie ich die Signale meines Körpers nicht wahrnehmen konnte, stellte sich auch kein Angstgefühl ein. Ich bewertete die Situation für mich als ungefährlich, was natürlich absolut einfältig war. Es herrschte schließlich tiefster Winter, ich saß hier seit mehreren Stunden in dem Körper eines alten Mannes in einem ausgefransten Wusel aus einzelnen Fasern auf einem Balkon in B. Ein Körper, der in der Zeit, während der ich Zeuge war, weder getrunken noch gegessen und sich so gut wie nicht bewegt hatte. Ich war nicht in der Lage abzuschätzen, wann diese Hülle den Kampf mit der Kälte aufgab.

Trotzdem gönnte ich mir erstmals den Luxus, von meiner aktuellen Lage abzuschweifen und mich mit der Frage zu beschäftigen, wie es dazu kommen konnte. Dies hätte mich unter Umständen weiterbringen können. Doch ich kam sehr schnell an meine Grenzen. Ich war zu dieser Zeit ein Student, der gerade in B. mit seinem Studium begonnen hatte. Die Wohnung, die ich fand, hatte eine perfekte Lage, nicht weit von der S-Bahn-Station entfernt. Aber hier war auch der Haken, denn die Bahn fuhr nur wenige Meter entfernt von meinem Balkon vorbei. Dies war nicht die einzige Lärmquelle. Von allen Seiten wurde ich durch meine Nachbarn beschallt. Extrem laut war der Mann unter mir. Er schaute nämlich in den Nächten, die den Ereignissen der Geschichte vorausgingen, ständig Fernsehen, und zwar die ganze Nacht über. Der Fernseher stand, wie ich Ihnen schon mitgeteilt hatte, auf dem Balkon, der einen perfekten Resonanzraum darstellte. Der Schall verfing sich in den Hohlräumen, potenzierte sich und donnerte in einem Schwall über meine Fenster, die förmlich bebten. An Schlaf war für uns beide nicht zu denken, bei ihm nicht ob der Spannung der Filme, bei mir nicht aus nachvollziehbaren Gründen. Anhand des Hustens, der mich regelmäßig von dem Balkon her erreicht hatte, folgerte ich, dass der Nachbar schon mehrere Tage ununterbrochen auf dem Balkon sitzen musste, also mindestens so lange, wie ich nicht mehr schlafen konnte. Es war Sonntag, ich war seit Freitagabend mit meinen Unterlagen beschäftigt.

Schnee bedeckte die Bäume, beschönigte die Schäden durch den sauren Regen, kaschierte sie gar. Eine Schicht der Unschuld lag auf der Welt. Womit hatten wir es verdient, dass die Natur die Zerstörung, die wir ihr zufügten, während ein paar Wintermonaten unter einer Schneeschicht verschwinden ließ, um unserem Gewissen eine Auszeit zu geben? Dies brachte mich auf den Gedanken, ob unter mir nicht ein Sonderling lebte, sondern jemand, der seinem Leben ein Ende setzen und unter einer feinen Schicht von Schneeflöckchen verschwinden wollte. Wenn er mit der ihm unterstellten Absicht auf den Balkon gegangen war, konnte es nicht mehr lange dauern, bis er sein Ziel erreichen würde. Das Motiv überzeugte mich jedoch nicht. Ich hielt es für wenig glaubwürdig, dass jemand solch einen Weg wählen würde. Man hat vielleicht schon von Völkern gehört, die zum Sterben in die Natur gingen, aber gab es Menschen, die auf einem Balkon mit Blick auf die S-Bahn erfrieren wollen? Mir kamen eher Szenarien in den Sinn von Patienten, die von Pflegediensten einfach vergessen werden, die nicht um Hilfe rufen können, die stetig darauf warten, dass jemand kommt, um ihnen bei der Körperpflege und der Hausarbeit zu helfen. Wenn dies nicht zu viel verlangt ist, kann man sie bitten, sich neben einen zu setzen, um einem beim Essen Gesellschaft zu leisten. Dadurch wird eine Brücke aufgebaut zur Außenwelt und zu der Zeit, in der man selbst so jung war wie der Pfleger. Es entsteht ein neuer Tagesablauf, mit dem man sich anfreunden kann. Ich hielt es nicht für ausgeschlossen, dass mein Nachbar auf die Hilfe eines anderen angewiesen war, der ihn vergessen hatte. Womöglich kann er sich von alleine nicht mehr bewegen, er kann sich keine Nahrung besorgen, wird nicht trinken können. Ich stellte mir vor, wie sich ein Mensch fühlen musste, der so behandelt wurde, einfach nicht mehr existierte, durch Unachtsamkeit von einem Versorgungsplan rutschte. Natürlich, anfangs mag ein tiefes Gefühl von Demütigung stehen, eine unbeschreibliche Hilflosigkeit, die Einsicht, dass man als eine sinnlose Pflicht angesehen wird, die man so lange füttern muss, bis es endlich vorbei ist. All die vermeintliche Freundlichkeit, die man in den Augen der Helfer gelesen haben mag, entpuppt sich als Illusion, der Lebensmut schwindet. Für diesen Erklärungsansatz würde sprechen, dass öfters der Wagen eines Pflegedienstes vor unserem Wohnhaus parkte, was aber nun schon seit längerem nicht mehr der Fall war. Die wenigen Besuche des Nachbarn, die ich mitbekam, fielen mit diesen Beobachtungen zusammen. Leider hörte ich von meinem Zimmer aus nur, dass der Nachbar seinen Besuch bat, in die Wohnung einzutreten. Wer tatsächlich zu ihm kam, blieb damit im Verborgenen.

Vielleicht wurde der Nachbar sogar von seinem sogenannten »Pflegedienst«, der sein Vertrauen erschlichen hat, ausgeraubt? Dies würde die leergeräumte Wohnung erklären. Ist er vielleicht schon tot? Mir gingen die schrecklichsten Gedanken durch den Kopf. Ich musste helfen. Die Wut, die ich wegen der ständigen Lärmbelästigung empfand, war in den Hintergrund getreten, denn wie ich es auch drehte und wendete, an diesem Menschen musste ein Verbrechen verübt worden sein. Ich stand von dem Schreibtischstuhl auf. Dann folgt eine Erinnerungslücke. Ich fiel wohl kurz darauf in Ohnmacht. Im Schlafsack erwachte ich.

Erst jetzt streifte mein Blick wieder den Fernseher. Nach einiger Zeit kam ich zu dem Schluss, dass in einer Endlosschleife die immer gleichen Bilder gezeigt wurden, die mit dramatischer Filmmusik hinterlegt waren. Es waren Fotos eines jungen Mannes, anfangs vor einem eigenen Haus, mit Familie. Dieser Mann wird auf den Bildern älter, irgendwann zeigt er Ähnlichkeiten mit meinem Nachbarn. Der Hintergrund wird spärlicher, die Kleidung ärmlicher, das Gesicht verbitterter, bis die Serie abreißt. Dieser Teil des Lebens, sein endgültiger Abstieg, ist nicht mehr dokumentiert. Diese Umstände zeigten mir, dass mehr dahinter steckte, als dass er »nur« vergessen wurde. Die Konfrontation mit seinen früheren Hoffnungen und der Kontrast zur heutigen Wirklichkeit, sein Leben auf dem müllbeladenen Balkon, nahmen ihm systematisch den Rest an Lebensmut, der ihm noch geblieben war. Niemand brauchte Angst haben, dass er um Hilfe ruft. Das konnte er nicht mehr.

Je mehr meine eigene Verbitterung zunimmt, desto mehr

Bewegungen kann ich wieder willentlich auslösen. Nun ist es eher die Kälte, die das Laufen verhindert. Die neuen Fähigkeiten reichen trotzdem noch aus, um diese letzten Zeilen zu Papier zu bringen. Da ich alt bin, aber kaum Erfahrungen habe, jung bin, aber keine Perspektiven kenne, alt bin, aber noch viele Träume in mir berge, macht es für mich ohnehin keinen Sinn mehr, diesen Ort zu verlassen.

Ilsebilse

Guntrun Reinke

Seine Schritte hallten auf dem Steinboden des Flures. Sie stellte das Radio an und dankte dem Himmel für die Segnungen des Alters. Endlich musste sie wegen seiner Schwerhörigkeit nicht mehr auf Musik verzichten, die er als unnützes Zeug abtat. Ilse saß auf der Eckbank am Küchenfenster und blickte auf die Tür.

Gleich wird er eintreten, mit Feldwebelstimme »Mahlzeit!« verkünden, sich an den Tisch setzen und Teller, Gläser, Messer, Gabel, Löffel stramm auf Linie bringen. Jeden Tag aufs Neue forderte sie durch ungewöhnliche Arrangements die ordnende Hand ihres Mannes heraus, der alles, was sie außer Reih und Glied brachte, nach seinen Normen wieder ausrichtete.

Auch heute sah sie erwartungsvoll dem Moment entgegen, wo Manfred, empfindlich in seinen Prinzipien gestört, Bestecke und Geschirr den ihm eigenen disziplinarischen Maßnahmen unterzog. Doch Ilse musste sich noch gedulden, denn ihr Mann, der jeden Tag pünktlich mit dem Glockenschlag zwölf Uhr sein Essen auf dem Tisch verlangte, kam nicht in die Küche, sondern verließ nach einem Besuch der Toilette wieder das Haus.

Aufgehoben ist nicht aufgeschoben, sagte sich Ilse und schob sich ein *Mon Chéri* in den Mund. Diese kleinen Seelentröster hatte sie immer griffbereit, wenn auch gut vor Manfred versteckt. Um ihn aber doch an ihrem heimlichen Genuss teilnehmen zu lassen, verstreute sie das zerknüllte Einwickelpapier großzügig überall dort, wo er pedantisch auf Einhaltung der Symmetrie bestand, unter anderem bei der Positionierung des Telefons. Der Apparat hatte seinen Platz auf dem mit Delfter Kacheln ausgelegtem Tisch im Flur und musste millimetergenau auf dem Segelschiff der mittleren Fliese vor Anker gegangen sein. Da das Telefon rege von Ilse benutzt wurde, nahm er mehrmals am Tag eine Vermessung der Abstände vor und traf dabei unweigerlich auf Mon Chéri Reste, die er unter heftigen Beschimpfungen seiner unordentlichen Ehefrau einsammelte.

Ilse schaute auf die Uhr. Sie verstand die Welt nicht mehr, denn es war vierzehn Minuten nach zwölf, und der minutiös geregelte Tagesablauf des ehelichen Lebens war beträchtlich ins Wanken geraten. Was treibt der Alte da draußen bloß, fragte sie sich und öffnete das Fenster. Ein Blick genügte, um zu wissen, was Sache war: Manfred kämpfte an der Gartenfront!

Seit über fünfzehn Jahren lebten ihr Mann und sein Nachbar, in tiefer Feindschaft verbunden, Zaun an Zaun. Ilse mochte den verwitweten Heinz Goretzki und wäre gerne zu den Gartenfesten eingeladen worden, auf denen der gelernte Koch seine Nachbarn und Freunde großzügig bewirtete. Doch da sie, wie ihr Mann es verlangte, Flagge zeigen musste, hatte sie sich in der zerstrittenen Nachbarschaft eingerichtet. In den letzten Monaten war der neu erschlossene Zugangsweg, der die Gärten mit der Straße verband, zum Zankapfel geworden. Der grasbewachsene, acht Meter breite Streifen musste von beiden Nachbarn gemäht werden, ohne dass in der Mitte eine Grundstücksgrenze markiert war. Beim Stand ihrer Beziehung hatte das zur Folge, dass der eine den anderen bezichtigte, mit dem Rasenmäher in fremdes Territorium vorgestoßen zu sein.

Vor sieben Tagen war Heinz Goretzki nach Meinung ihres Mannes zum Generalangriff übergegangen, indem er eigenmächtig die ganze Zufahrt bearbeitet hatte. Manfred, der nie etwas anbrennen ließ, griff zum Telefon und brüllte seinen Gegner nieder:

»Goretzki, damit das für alle Zeiten klar ist: Auf meiner Hälfte mähe ich selbst. Aus Prinzip!«

Der Nachbar legte ohne ein Wort zu sagen auf.

»Den Verbrecher bringe ich noch um!«, schäumte Manfred vor Wut, weshalb Ilse sicherheitshalber das scharfe Fleischmesser aus dem Verkehr zog.

Um dem unbefugten Mähen auf der Stelle Einhalt zu gebieten, hatte er noch am selben Tag das Problem der ungeklärten

Eigentumsverhältnisse mit umfangreichen Vermessungsarbeiten gelöst. Anschließend bedeckte er seinen Teil mit Reisig und rückte mit einer Schere jedem Grashalm zu Leibe, der sich dem Bollwerk gegen die feindliche Mähmaschine widersetzte. Durch Wind und Wetter verursacht, verirrten sich bald danach Reisigzweige auf Goretzkis Terrain, was zur Folge hatte, dass dessen Rasenmäher lahm gelegt wurde. Prompt traf ein Brief seines Anwaltes ein, in dem unter Androhung einer gerichtlichen Klage die sofortige und vollständige Beseitigung des Bodendeckers verlangt wurde.

Wie Ilse von ihrem Fensterposten aus feststellte, zeigte der Brief Wirkung, denn Manfred hatte das Reisig wieder vom Rasen entfernt und in Säcke gefüllt. Doch sie traute ihren Augen nicht, als ihr Mann einen Sack nach dem anderen über den Zaun in den Karpfenteich seines Nachbarn warf.

Am Nachmittag besuchte Ilse im Anschluss an einen Arzttermin Hannelore, die seit der gemeinsam verbrachten Schulzeit ihre engste Vertraute war. Jede Woche einmal wurde bei Kaffee und Kuchen beraten, wie das Ekel Manfred in den Griff zu bekommen war. Dabei ließ sich die phantasiebegabte Hannelore kleine, aber feine Bosheiten einfallen. Heute ging es ausschließlich um den Angriff auf den nachbarlichen Karpfenteich.

»Du hättest erleben müssen, wie er die Säcke mit *Ab die Post!* über den Zaun beförderte und jeden Treffer mit Gebrüll feierte«, erzählte Ilse ausschmückend. Wie immer, wenn Hannelore ihren Gast und sich verwöhnen wollte, hatte sie Frankfurter Kranz gebacken. Nach zwei verspeisten Stücken und zahlreichen Verwünschungen ihrer Ehe war Ilse so weit aufgebaut, um bei einer Flasche Sherry über etwas anderes zu reden.

»Auf deine Busfahrt!«, prostete sie der Freundin zu.

Die seit fünf Jahren verwitwete Hannelore war nach dem Tod ihres Mannes eine leidenschaftliche Busreisende geworden. In wenigen Tagen brach sie zu einem Ausflug nach Dresden auf. Für Ilse gab es seit dem Einzug in das Haus, das Manfred vor über zwanzig Jahren von seiner Patentante geerbt hatte, keinen Urlaub mehr. Im Sommer beackerte ihr Mann den Garten, im Winter rückte er dem Anwesen mit Reparaturen oder Verschönerungsarbeiten zu Leibe. Als früherer Hausmeister einer Schule war er dabei ganz in seinem Element. Ilse spülte den Gedanken an ihre Misere mit einem zweiten, dann mit einem dritten Gläschen Sherry herunter und beglückwünschte Hannelore zu ihrem unabhängigen Leben.

»Liebes, du glaubst gar nicht, wie ich mich für dich freue! Du bist deinen Georg los, kannst machen, was du willst, und blühst von Jahr zu Jahr mehr auf.«

In der Tat war die Witwe im Vergleich zu früher nicht mehr wiederzuerkennen. Sie hatte sich in kürzester Zeit von einer unscheinbaren Ehefrau zu einer mondänen Lady gemausert, deren Markenzeichen die Farbe Rot wurde. Auch heute präsentierte sie sich am Kaffeetisch in einer Rot-Orgie und ließ die in gestreifter Hose, beigem Pulli und plumpen Schnürschuhen angetretene Ilse noch biederer als sonst erscheinen. Hannelore sah das Hausmütterchen an ihrer Seite besorgt an.

»Die kraftstrotzende Verfassung, in der sich dein Säcke werfendes Scheusal mit dreiundsiebzig Jahren präsentiert, lässt befürchten, dass es noch lange dauern wird, bis er wie mein Schorschi ins Gras beißt.«

Dann rückte sie näher an Ilse heran, setzte eine undurchschaubare Miene auf und sagte mit gedämpfter Stimme:

»Manchmal muss man nachhelfen! In eurem Garten wächst mit Sicherheit das eine oder andere brauchbare Kräutlein. Vielleicht sogar Eisenhut? Eine wunderschöne Blume, aber hochgradig gefährlich, ja tödlich, besonders die Wurzeln und der Samen!« Ilse hätte fast ihr Glas mit dem Sherry fallen lassen, so sehr verblüfften sie die Worte der kundigen Giftmischerin. Hatte diese etwa Hilfestellung dabei geleistet, dass ihr magenkranker, ständig übelgelaunter Gatte endlich abkratzte?

»Hast du …?«

Hannelore legte ihr lächelnd den Zeigefinger auf den Mund:

»Pst!«

Dann stand sie auf und schlug vor, zusammen ins Bad zu gehen.

»Wir möbeln dich jetzt erst einmal auf. Ein kleiner Schminkkurs macht dich fit, wofür auch immer!«

»Dass dein Orthopäde Nachtschichten einlegt, ist mir neu!«, schnauzte Manfred seine Frau an, als sie gegen neunzehn Uhr das Haus betrat.

Ilse bedachte ihn mit einem abfälligen Blick und verschwand im Badezimmer, um das Haarfärbemittel zu verstecken, das sie von ihrem Kaffeebesuch mitgebracht hatte. Die Flasche Terpentin und zwei Stücke Frankfurter Kranz ließ sie in ihrer Tasche, denn damit wollte sie sich später beschäftigen.

Sie warf einen Blick in den Spiegel und lobte Hannelore innerlich für ihren Einfall mit dem Make-up. Ab morgen, wenn sie ihre ergrauten Haare in ein dezentes Aschblond verwandelt hatte, würde sie, wie ihre Freundin aus eigener Erfahrung bestätigte, mit gestärktem Selbstbewusstsein ihr Leben in die Hand nehmen. Es wurde aber auch Zeit, denn in wenigen Wochen feierte sie ihren siebzigsten Geburtstag! Ilse ging in die Küche, band sich die Schürze um und wollte das Abendbrot vorbereiten.

»Nichts da, zuerst putzt du die Fenster im Gartenhäuschen, die sind nämlich heute fällig!«, befahl ihr Manfred, der am Küchentisch saß und seinen Taschenkalender vor sich liegen hatte, in dem alle Arbeiten, die Haus und Garten betrafen, eingetragen waren.

Wie bei einer Dienstmagd führt er Buch über mich, dachte Ilse verbittert. Sie beschloss, so schnell wie möglich die entwürdigenden Protokolle ihres Ehealltags verschwinden zu lassen.

»Was trödelst du hier noch rum, mach dich an die Arbeit!«, fuhr sie ihr Mann in bester Streitlaune an.

Mit verschränkten Armen und hochgerecktem Kinn saß er vor ihr und ließ keinen Zweifel aufkommen, wer hier der Boss war. Angewidert schaute Ilse den Mann an, mit dem sie seit einer Ewigkeit verheiratet war. Das knochige Gesicht mit den kalten Augen, die platte Nase, der kantige, kahle Schädel, nichts übersah sie. So demütigend wie ihre Ehe heute war, hatte sie vor vierundvierzig Jahren begonnen, als er während der Hochzeitsfeier unvermittelt vor allen Gästen einen Toast auf sie aussprach:

»Ilsebilse, keiner will'se, Manfred Boch nimmt'se doch!«

Dass er diesen Spruch wie das Hohe Lied ihrer Ehe bei jeder Gelegenheit anbrachte, würde sie ihm nicht einmal auf dem Totenbett verzeihen! Ilse suchte das Putzzeug zusammen. Unbemerkt von ihrem Mann nahm sie ein Stück Frankfurter Kranz und die Flasche Terpentin aus ihrer Tasche, um beides im Eimer verschwinden zu lassen. Sie wollte gerade in den Garten gehen, als das Telefon klingelte. Ihr Enkel aus Hamburg war am anderen Ende der Leitung. Er erinnerte sie an seine Geburtstagsfeier am Sonnabend. Plötzlich stand Manfred hinter ihr, nahm ihr den Hörer aus der Hand und teilte dem Enkel mit, dass sie den Besuch absagen müssten, da etwas Wichtiges dazwischen gekommen sei. Anschließend erklärte er seiner Frau, die vor Empörung beinahe den Eimer mit der Terpentinflasche und dem Kuchen ihm vor die Füße geworfen hätte, dass am Wochenende oder sogar früher der Nachbar von seinem Kurzurlaub zurückkommen werde.

»Ja und? Was hat das mit unserer Reise zu tun?

»Ilsebilse, so bescheuert kannst auch nur du sein! Goretzki wird wegen der Reisigsäcke, die ich seinen Karpfen zum Fraß vorgeworfen habe, sofort zur Tat schreiten. Seinen Gegenangriff will ich auf der Stelle mit einem saftigen Konterschlag beantworten.«

Ein sanfter, kühlender Wind spielte mit den Blättern des Apfelbaumes, die Amseln überboten sich im Anstimmen melodischer Tonfolgen, die Lupinen wiegten sich im Lufthauch, es war ein Sommerabend wie aus dem Bilderbuch. Für nichts hatte Ilse Augen und Ohren, sondern aufgebracht eilte sie zum

Gartenhäuschen, das neben dem Tor zu dem heiß umkämpften Weg stand. Bevor sie sich ans Fensterputzen begab, goss sie an einer unauffälligen Stelle Terpentin auf die Koniferen, die Manfred als Sichtschutz entlang des Zaunes zur Straße angepflanzt hatte. Sollte, wie Hannelore prophezeit hatte, das trostlose Friedhofsgestrüpp nach dieser Behandlung eingehen, dann würde sie sich der Kamelien annehmen, die Manfred ganz besonders in sein gärtnerisches Herz geschlossen hatte. Schließlich brauchte sie Platz für den von der Freundin ins Spiel gebrachten Eisenhut!

Doch jetzt hieß es, so schnell wie möglich die Fenster zu putzen, damit sie in aller Ruhe das Stück Frankfurter Kranz verzehren konnte. Bevor sie alles mit dem Schlauch unter Wasser setzte, stellte sie den Eimer mit dem Kuchen sicherheitshalber in das Gartenhaus. Sie drehte den Wasserhahn auf, richtete den Schlauch auf das erste Fenster – und löste eine Katastrophe aus.

Am Giebel des Daches geriet ein Wespenschwarm in Bewegung. Er näherte sich mit aggressivem Brummen ihrem Kopf. In letzter Sekunde konnte sie sich ins Gartenhäuschen retten und die Tür hinter sich zuschlagen. Da saß sie nun fest. Sie musste warten, bis wieder Ruhe bei den aufgeschreckten Tieren eingetreten war. Wieso hatte Manfred, dem sonst nichts, aber auch gar nichts entging, das Wespennest nicht bemerkt und beseitigen lassen? Oder hatte er davon gewusst? Hatte er sie deshalb heute Abend noch zum Fensterputzen losgeschickt? Wollte er sie für irgendetwas bestrafen oder gar …

Das zahle ich ihm heim, schwor sich Ilse. Sie zog eine Holzkiste zu sich heran, auf der sie sitzen konnte. Dabei fiel ihr Blick auf den Eimer mit dem Kuchen. Sofort besserte sich ihre Stimmung. Kaum hatte sie ihren Seelentröster aus der Alufolie gewickelt, hörte sie über sich ein leises Surren, das zunehmend stärker wurde. Durch ein gekipptes Fenster, das sie vergessen hatte zu schließen, erfolgte eine wahre Invasion von Wespen. Zielsicher steuerten sie den Frankfurter Kranz an. Raus, nichts wie raus, durchfuhr es Ilse. Sie stürzte zur Tür, riss sie auf und prallte mit Manfred zusammen.

»Hast du die Fenster auch von innen geputzt oder wie immer gepfuscht?«, raunzte er sie an.

Ilse zwang sich mit äußerster Kraft zur Ruhe, dann erwiderte sie:

»Schau am besten selbst nach!«

Sie kannte ihren Mann, deshalb baute sie auf seine Kontrollsucht, seine Schwerhörigkeit – und auf seine Wespenstichallergie.

Voller Tatendrang drückte er sie einfach an die Seite, um sich Zugang zum Gartenhäuschen zu verschaffen. Schnell schloss Ilse hinter ihm die Tür und hörte noch, wie er über die Kiste fiel.

Sie lief davon, verfolgt von seinen verzweifelten Schreien.

»Was habe ich bloß getan?«

Diese Frage hämmerte in ihrem Kopf, während sie ein Glas Wasser in einem Zug leerte. Es klingelte. Mit Mühe konnte Ilse das Glas auf dem Küchentisch absetzen, sich von der Eckbank erheben und zur Haustür gehen. Als sie öffnete, stand Heinz Goretzki vor ihr.

»Guten Abend, Frau Boch! Auf der Stelle will ich Ihren Mann sprechen!« Ilse wich ängstlich einige Schritte zurück.

»Frau Boch, wo ist der Drecksack?« Er packte sie an beiden Oberarmen und drückte sie gegen die Wand des Flures.

»Mein Mann ist nicht da!«, stotterte sie endlich.

»Lügnerin!«, fuhr er sie an. »Ich habe ihn doch eben im Garten gesehen, als ich meinen Wagen in die Garage fuhr.«

Sie spürte, dass sie sich nicht mehr auf den Beinen halten konnte und flüsterte: »Im Gartenhaus! Er ist im Gartenhaus!«

Auf der Stelle ließ Goretzki sie los. Krachend flog die Tür hinter ihm zu. Ilse glitt langsam an der Wand herunter. Auf dem Steinfußboden blieb sie hocken. Was dann geschah, bekam sie kaum mit. Erst Stunden später war sie in der Lage zu verstehen, was ihr der Nachbar berichtete. Er hatte ihren Mann bewusstlos aufgefunden und sofort den Notarzt verständigt. Der konnte jedoch nur noch den Tod infolge des allergischen Schocks attestieren.

Wochen später gab Heinz Goretzki zu Ehren von Ilses siebzigstem Geburtstag in seinem Garten ein großes Grillfest. Seit dem Tod von Manfred lebten die verwitweten Nachbarn in schönster Harmonie Zaun an Zaun. Ganz besonders schätzte Ilse, dass der ehemalige Koch sich an den Herd stellte, um sie zu verwöhnen. Sie ließ es sich schmecken und dankte dem gütigen Schicksal in Gestalt der Wespen dafür, dass ihr Mann seinen in Wut verkündeten Vorsatz, den Feind im Nebenhaus umzubringen, nicht mehr hatte verwirklichen können. Manchmal träumte sie davon, Heinz und sie würden irgendwann heiraten. Von solchen Wünschen hielt ihre Freundin überhaupt nichts. Entsprechende zarte Andeutungen wischte sie vom Tisch.

»Heiraten ist gar nicht schwer, Witwe werden um so mehr!«, ermahnte sie Ilse, wenn diese sich als späte Braut sah.

Hannelore war natürlich auch zu dem Fest eingeladen worden und rauschte in roter Abendrobe in den Garten. Dem Geburtstagskind überreichte sie einen Gutschein für eine gemeinsame Busreise. Danach, als sie von den anderen Gästen unbeobachtet waren, enthüllte sie einen Bienenstich. Der Kuchen war in einem aus Karton gebastelten Bauwerk verpackt, das bis aufs Detail dem tückischen Gartenhäuschen glich. Hannelore nahm die erschrockene Ilse liebevoll in den Arm.

»Glückwunsch, wozu auch immer, und viele frohe Jahre ohne das Ekelpaket von Gatten!«

Dankbar lächelnd befreite Manfred Bochs hinterbliebene Ehefrau den Kuchen aus seiner Behausung.

»Oh, Bienenstich? Du bist mir ja eine! Ich schneide ihn gleich an.«

Ilse suchte nach einem geeigneten Messer, fand aber nur das Fleischmesser, das für den Spießbraten vorgesehen war. Sorgfältig zerteilte sie den Bienenstich in appetitliche Stücke und machte sich danach auf den Weg in die Küche, um das Messer abzuwaschen.

Die Küchentür war angelehnt. Ilse vernahm Männergelächter – und ihren Namen. Sie blieb stehen. Verunsichert lauschte sie.

»Warum gibst du dich eigentlich mit der alten Schachtel von nebenan ab?«, hörte sie jemanden fragen. »Jetzt mal ehrlich Heinz, mit deinen vierundsiebzig Jahren bist du doch der richtige Kandidat für eine schnuckelige junge Thailänderin!«

Zustimmendes Gemurmel. Dann erkannte sie die Stimme von Heinz Goretzki.

»Ilsebilse, keiner will‘se, kommt der Koch, nimmt‘se doch!«

Ilse riss die Tür auf. Sie stürzte sich mit dem Messer auf Heinz Goretzki.

Blindlings stieß sie so lange auf ihn ein, bis die anderen Männer sie überwältigt hatten.

Die grüne Mauritius

Jutta Maria Herrmann

Wenn ich den Kopf zur Seite neige, kann ich durch die Glasscheibe der Terrassentür einen kleinen Ausschnitt des Gartens sehen. Mein Blick gleitet über die ausgebleichten Holzdielen der Terrasse zu dem frischen Grün der mit Löwenzahn gelb getupften Wiese. Darüber spannt sich wie ein schützendes Dach ein Stück Himmel, dessen intensiver Blauton mir heute fast schmerzhaft in die Augen sticht. Die Farben des Frühlings, denke ich wehmütig und registriere erstaunt die Träne, die über meine Wange rinnt.

Gestern – oder war es vorgestern, allmählich scheint mich mein Gedächtnis im Stich zu lassen – nahm ich plötzlich eine Bewegung draußen vor der Terrassentür wahr. Die Sonne blendete mich, und ich musste die Augen zusammenkneifen, um etwas erkennen zu können. Ein kleiner Junge stand da, mit hellblauer Schirmmütze, die er verkehrt herum auf dem Kopf trug. Quer über dem verdreckten T-Shirt, das ihm mindestens drei Nummern zu groß war, prangte der Aufdruck 1. FC Köln 1948. Unter dem linken Arm klemmte ein Fußball. Keine Ahnung, wie der Bengel auf das Grundstück gelangen konnte. Wahrscheinlich haben die Männer bei ihrer überstürzten Flucht das Gartentor offen stehen lassen. Mit der freien Hand beschirmte der Kleine seine Augen und drückte sich die Nase an der Scheibe platt. Minutenlang starrte er mir direkt ins Gesicht. Den Ausdruck in seinen Augen konnte ich nicht deuten. Ich war mir nicht mal sicher, ob er mich wirklich wahrnahm. Irgendwann zuckte sein Kopf dann nach rechts. Vermutlich wurden seine Freunde ungeduldig und riefen nach ihm. Er warf einen letzten, wie mir schien, zögernden Blick in meine Richtung und verschwand wieder. Eine Zeit lang hoffte ich, der Junge würde seinen Eltern oder wem auch immer von seiner Entdeckung erzählen. Aber draußen im Garten wurde es

Nacht, dann wieder Tag und nichts geschah. Niemand kam. Auch der kleine Junge ließ sich nicht mehr blicken.

Vorsichtig verändere ich die Position meines Körpers. Seit heute habe ich ein seltsames Gefühl, wenn ich mich zu hastig oder zu abrupt bewege. Etwas tief drinnen in mir scheint im Fluss zu sein. Als würden meine Organe allmählich ihre Position und analog dazu die Form verändern. Aber womöglich bilde ich mir das auch nur ein. Es ist nie gut, wenn man zu viel Zeit darauf verwendet, in sich hineinzuhorchen, seinen Körper quasi von innen nach Schwachstellen abklopft. Leider war Erika in dieser Hinsicht unbelehrbar. Es verging kaum ein Tag, an dem sie nicht in irgendeinem Winkel ihres Körpers eine beunruhigende Veränderung registrierte, die auf eine schwere, wahrscheinlich unheilbare Krankheit hindeutete. Auf Dauer empfand ich das als außerordentlich ermüdend. Und meine Güte, jetzt fange ich schon selber damit an. Ob es etwas damit zu tun hat, dass ich beginne, mich zu langweilen? Wenn wenigstens der Fernseher an wäre. Aber der hat sich gleich am ersten Tag verabschiedet. Zusammen mit der Glühbirne im Flur. Der Knall war derart laut, dass ich dachte, jetzt sprengen sie auch noch das Haus in die Luft. Nachdem ich mich einigermaßen von dem Schreck erholt hatte, fiel mir wieder ein, dass sie ja längst über alle Berge waren. Jedenfalls flog die Sicherung raus, und seitdem sitzen wir hier nachts im Dunkeln. Erika und ich.

Dabei fällt mir ein, dass ich heute noch nicht nach ihr gesehen habe. Sie sitzt auf dem Sessel rechts neben mir. Allerdings leicht versetzt nach hinten. Ich muss den Kopf um fast fünfundvierzig Grad drehen, wenn ich sie sehen möchte, was mir mit jedem Tag schwerer fällt. Und das liegt nicht nur an der körperlichen Anstrengung. Erikas Anblick ist – ich sage es äußerst ungern, aber es entspricht leider den Tatsachen – alles andere als appetitlich. Eine Art innerer Zwang veranlasst mich dennoch, mich wenigstens ein Mal am Tag zu vergewissern, wie es um sie steht. Ihre Zahnprothese hat sich inzwischen vollständig vom Oberkiefer gelöst und ist nach vorne gewandert. Dort hängt sie jetzt quer über der Unterlippe und sieht vollkommen fehlplatziert aus. Auf Erikas Stirn, direkt neben dem Einschussloch, hat sich eine grün schillernde Schmeißfliege niedergelassen. Mit Schaudern verfolge ich, wie sie über das linke Auge spaziert, einen Umweg über den rechten Nasenflügel nimmt, um kurz darauf im linken Nasenloch zu verschwinden. In solchen Momenten bin ich heilfroh, dass Erika nichts mehr von all dem hier mitbekommt.

Ich besitze – oder besser gesagt, besaß bis vor wenigen Tagen – eine Briefmarkensammlung. Ein Familienerbstück. Ursprünglich gehörte sie, glaube ich, meinem Urgroßvater. Nach dem Tod meines Vaters ging sie dann in meinen Besitz über. Briefmarken sammeln gehörte schon damals nicht zu meinen Hobbys, also verstaute ich das gute Stück in einer Schublade und vergaß es.

Leider ist meine Ehe mit Erika kinderlos geblieben. Freunde haben wir so gut wie keine. Wir beide sind uns immer genug gewesen. Wieder beschleicht mich ein wehmütiges Gefühl. Ich scheine auf meine alten Tage doch tatsächlich sentimental zu werden. Nachdem wir aus dem aktiven Arbeitsleben ausgeschieden waren, stellten wir fest, dass es wenig gab, was uns in Deutschland hielt. Und so beschlossen wir eines Abends bei einem Glas Rotwein, unsere Besitztümer zu veräußern und unseren Lebensabend in wärmeren südlichen Gefilden zu beschließen. Beim Aufräumen und Aussortieren fiel mir dann das Briefmarkenalbum in die Hände. Ich schlug es auf, die Trennseiten aus Pergamin knisterten leise, als ich es Seite um Seite durchblätterte. Die Briefmarken waren ordentlich nach Ländern und Datum sortiert. Allem Anschein nach hatte mein Vater die Sammlung zu Lebzeiten weitergeführt. Ich hatte keine Ahnung, wie wertvoll die Marken waren, ob sie außer einem ideellen überhaupt einen Wert besaßen. Da stieß Erika, die neben mir auf dem Sofa Platz genommen hatte und mir über die Schulter blickte, einen kleinen Schrei aus. Mit dem Zeigefinger wies sie auf die Seite, die ich gerade gedankenverloren aufgeschlagen hatte. In der Mitte steckte eine einzelne Marke in der Papierleiste: klein, grün, unscheinbar. Erika schnappte hörbar nach Luft.

Ich sah sie irritiert an. »Was hast du?«

»Lies doch mal, was da seitlich steht – neben den Zacken.« Ihre Stimme klang schrill vor Aufregung.

Ich setzte meine Brille auf und neigte den Kopf: »Mauritius«, las ich.

»Mauritius«, wiederholte Erika in einem fast andächtigen Ton.

»Du meinst ...«, sagte ich.

»Genau«, fiel sie mir ins Wort. »Das ist eine Mauritius.«

»Aber sie ist grün«, gab ich zu bedenken. »Vielleicht eine Fälschung?«

Wir eilten ins Arbeitszimmer, fuhren den Rechner hoch und befragten das Internet. Bei der grünen Mauritius, erfuhren wir, handelte es sich um einen Fehldruck, den es nur drei Mal auf der ganzen Welt gab. Von zweien wusste man, in wessen Besitz sie sich befanden. Die dritte war bis zum heutigen Tag spurlos verschwunden. Der Sammlerwert belief sich auf: Ich zählte die Nullen hinter der 1 und erblasste. In Erikas Augen glitzerte es verdächtig.

»Was hast du vor?«, fragte ich und nahm die Brille von der Nase.

Wir ließen einen Gutachter ins Haus kommen. Um ganz sicher zu gehen, kam er einen Tag später mit einem Kollegen wieder. Nach eingehender Begutachtung der kleinen grünen Marke kamen sie zu dem einstimmigen Urteil: Die Mauritius war echt und ein Vermögen wert. Sie boten uns gegen eine nicht unbeträchtliche Provision an, den Verkauf in die Wege zu leiten. Erika und ich tauschten einen kurzen Blick und lehnten einstimmig ab.

Aus den Augenwinkeln nehme ich eine Bewegung im Garten wahr. Ich neige den Kopf zur Seite und kneife die Augen zusammen. Auf der Wiese entdecke ich ein kleines, hellgraues

Knäuel. Ein Spatz, der kleine Schnabel ist sperrangelweit aufgerissen. Die kläglichen Pieplaute dichte ich mir dazu. Hören kann ich sie nicht. Das Haus ist massiv gebaut, gut isoliert und schalldicht. Kein Laut dringt von draußen herein. Darauf hat Erika damals großen Wert gelegt. Darauf und auf die alarmgesicherte Eingangstür. Genützt hat sie uns letztendlich nichts.

Etwas Rotes, Felliges schiebt sich von links in mein Blickfeld. Der dicke Nachbarkater. In geduckter Haltung schleicht er über die Wiese. Der kleine Piepmatz flattert wild mit den Flügelstummeln, kommt aber nicht vom Fleck. Der Kater setzt zum Sprung an. Ich springe aus dem Sessel hoch, reiße die Terrassentür auf und verscheuche das gefräßige Vieh mit lauten Rufen und einem Händeklatschen. Leider geschieht das alles nur in meiner Vorstellung. In Wirklichkeit wende ich den Blick ab von *meinem Fenster zur Welt*, wie ich es nenne. So sehr ich mich auch mühe, es gelingt mir nicht, meinen Körper aus dem Sessel zu hieven, in dem ich seit Tagen sitze. Oder vielmehr klebe. Er scheint sich immer mehr mit dem Polster zu verweben, eine feste Einheit mit ihm eingehen zu wollen. In den ersten Tagen habe ich ständig versucht aufzustehen. Aber erst waren meine Gelenke zu steif, wie eingefroren, es wollte mir partout nicht gelingen, sie zu beugen. Und dann waren sie plötzlich zu nachgiebig, schwabbelig wie eine weiche Knetmasse. Nicht dafür geschaffen, einen schweren Körper wie meinen zu tragen. Inzwischen habe ich mich damit abgefunden, dass mein Bewegungsradius eingeschränkt ist. Im Alter wird man genügsam. Das hat schon meine Mutter seinerzeit gesagt, als sie ihr großes Haus gegen ein winziges Zimmerchen im Altersheim eintauschen musste. Aber ich schweife ab.

Erika und ich beschlossen, die Briefmarke auf eigene Faust an den Mann zu bringen. Ich gab in einer Fachzeitschrift ein entsprechendes Inserat auf. Natürlich ohne einen Preis zu nennen. Wir rechneten mit einem wahren Ansturm an Interessenten. Er blieb aus. Briefmarken schienen wohl gerade nicht der Verkaufsschlager zu sein. Als wir schon kurz davor waren, uns reumütig wieder an den Gutachter zu wenden, klingelte eines Abends das Telefon in der Diele. Ein Interessent! Wir verabredeten einen Termin für den folgenden Nachmittag. Weder Erika noch ich machten in der Nacht ein Auge zu, starteten vollkommen übermüdet und unkonzentriert in den Tag. Nur so kann ich es mir erklären, dass wir entgegen unserer sonstigen Gewohnheit beim Weggehen vergaßen, die Haustür abzuschließen.

Ich riskiere einen schnellen Blick auf die Wiese. Der dicke Kater ist verschwunden. Auch den kleinen Spatz kann ich nirgendwo entdecken. Was wirbelt der Wind denn da von der Wiese hoch? Sind das winzige, flauschige Federn? *Fressen und gefressen werden.* Die Worte geistern plötzlich durch meinen Kopf. Obwohl sie nicht das Geringste mit dem zu tun haben, was Erika und mir widerfahren ist.

Sie kamen zu zweit. Aber nicht zur verabredeten Zeit. Sie müssen schon im Haus gewesen sein, als Erika und ich von unserem täglichen Einkauf zurückkehrten. Wir waren beide schrecklich nervös wegen des Termins mit dem Interessenten für die *Grüne Mauritius*. Schauten ständig auf die Uhr. Die Zeit verstrich heute quälend langsam. Um uns etwas abzulenken, setzten wir uns im Wohnzimmer vor den Fernseher. Aber statt uns das Programm anzuschauen, ließen wir unserer Fantasie freien Lauf und schmiedeten Pläne, was wir alles mit dem vielen Geld anfangen würden.

Erika hörte sie als Erste. Sie unterbrach sich mitten im Satz, runzelte die Stirn und sagte: »Was war das gerade für ein Geräusch?«

Noch bevor ich: »Ich habe nichts gehört« antworten konnte, standen die Männer in unserem Wohnzimmer. Ganz in Schwarz, wollene Skimützen über dem Kopf, die Hände steckten in Latexhandschuhen. Der eine baute sich breitbeinig vor Erika auf und drückte ihr den Lauf einer Waffe an die Stirn. Erika japste wie ein junger Hund.

»Ein Muckser, Oma, und ich blase dir deine Hirnzellen einzeln aus dem Schädel«, sagte der Mann. Seine Stimme klang, als würde er jedes Wort ernst meinen.

Der andere Mann, breit wie ein Schrank und mit Händen wie Schaufeln, wandte sich mir zu. Ich presste mich tiefer in das Sesselpolster, sah furchtsam zu ihm hoch.

»Wo ist sie?«, bellte er.

Obwohl mir das Herz bis zum Hals schlug und ich natürlich in der gleichen Sekunde wusste, was er meinte, stellte ich mich dumm. »Wo ist wer?«

Rechts neben mir machte es leise *Klick*. Erika stieß einen erstickten Laut aus.

Der Mann beugte sich zu mir herunter. Er roch nach einem billigen Aftershave. Der schwarze Stoff vor seinem Mund bewegte sich im Rhythmus seines Atems. Er flüsterte so leise, dass ich ihn kaum verstehen konnte. »Du willst doch nicht, dass wir deiner Lady«, er nickte in Erikas Richtung, »wehtun müssen?«

Ich krächzte ein tonloses »Nein!«

Plötzlich hatte auch er eine Waffe in der Hand, rammte sie mir gegen den Kehlkopf. Ich stieß einen Schmerzlaut aus. Erika schrie auf.

»Also, wo ist sie?«, fragte der Mann ein zweites Mal und bohrte mir dabei den Lauf der Waffe fester an den Hals.

»In der unteren Schublade der Vitrine.« Ich würgte die Worte heraus, während es in meinem Kopf fieberhaft arbeitete. Mein Blick fiel auf das Handy, das vor mir auf dem Couchtisch lag. Es hätte genauso gut auf dem Mars liegen können. Unbemerkt kam ich da nicht ran.

Ohne die Pistole von meinem Hals zu nehmen, sah sich der Mann in unserem Wohnzimmer um. Vorsichtig rutschte ich in meinem Sessel ein winziges Stückchen nach vorne. »Neben der Tür«, präzisierte ich meine Antwort.

»Eine Bewegung«, knurrte der Mann, »und deine Alte ist tot. Klar?«

Ich nickte. Er nahm die Pistole von meinem Hals und ging zügig zur Vitrine. Der Mann, der Erika in Schach hielt, wandte mir den Rücken zu. Blitzschnell schoss mein Arm nach vorne, ich schnappte mir das Handy und ließ es im Ärmel meiner Strickweste verschwinden. Dabei schlug mir das Herz wie ein Trommelfeuer gegen die Rippen und meine Atmung geriet völlig aus dem Rhythmus. Ich sank in den Sessel zurück und rang mit rasselnder Lunge nach Luft.

»Der Alte krepiert«, hörte ich einen der Männer sagen.

»Umso besser«, antwortete der andere mit einem gemeinen Lachen in der Stimme. »Erspart uns die Arbeit.«

Erika schrie auf. Ich wandte den Kopf. Sie sah mich aus angsterfüllten Augen flehend an. Es brach mir das Herz. Mir war gerade schlagartig klar geworden, dass es für uns keinen Ausweg aus dieser Situation geben würde.

»Ich hab sie!«, rief der Mann, der vor der Vitrine kniete.

»Zeig«, forderte ihn der Zweite auf.

Ich nutzte den Augenblick, ließ das Handy aus dem Ärmel der Weste in meine Hand gleiten, hob es hoch, drückte auf den Auslöser und schoss ein Foto. Meine Erika behielt auch in dieser Situation ihre Geistesgegenwart. Das Klickgeräusch, als ich auf den Auslöser drückte, ging in dem gellenden Schrei unter, den sie genau in diesem Moment ausstieß. Wir tauschten einen schnellen stummen Blick. Es sollte unser letzter sein. Ich ließ das Handy in der Ritze zwischen Sitzpolster und Armlehne verschwinden.

Dann ging alles ganz schnell. Der ohrenbetäubende Knall des Schusses, der Erika traf, dröhnte mir noch in den Ohren, als der Mann mit den Schaufelhänden sich vor mir aufbaute. Ich wollte stark sein, keine Schwäche zeigen, aber ich wimmerte wie ein kleines Kind, flehte mit zitternder Stimme um mein Leben. Meine Blase entleerte sich. Der Mann drückte mir die Pistole in die Hand, führte sie zu meiner Schläfe und drückte ab. Erst im Moment meines Todes wurde mir das ganze Ausmaß ihres perfiden Plans klar.

Wie lange ist das jetzt her? Eine Woche? Zwei? Oder gar drei? Ich habe mittlerweile jegliches Zeitgefühl verloren. Meine Wachphasen werden von Tag zu Tag kürzer. Auch jetzt verschwimmt schon wieder alles vor meinen Augen: Ich spüre, wie ich langsam wegdämmere.

Als ich wieder zu mir komme, wimmelt es in unserem Wohnzimmer von Menschen in weißen, unförmigen Overalls. Alle tragen einen Mundschutz, wuseln geschäftig durch den Raum.

Ich lasse meinen Blick schweifen. Eine Frau und ein Mann stehen etwas abseits. Die Frau hält sich mit der Hand die Nase zu. »Dieser Gestank«, sagt sie mit näselnder Stimme. »Daran werde ich mich nie gewöhnen können.«

Polizei. Endlich! Lange hätte ich sicher nicht mehr durchgehalten.

»Für mich sieht das nach Selbstmord aus«, sagt der Mann, von dem ich annehme, dass er der Kommissar ist. »Erst hat er sie erschossen, dann sich selber.«

Die Frau an seiner Seite nickt. »Das sehe ich genauso. Es gibt keinerlei Spuren eines Einbruchs. Wahrscheinlich werden wir auf der Waffe auch nur seine Fingerabdrücke finden.«

»Was glaubst du, wie lange die beiden hier schon sitzen?«

Der Kommissar verzieht den Mund. »Zwei, drei Wochen schätze ich schon.«

»Die Armen«, sagt sie. »Wie verzweifelt muss man sein, um sich zu so seinem drastischen Schritt zu entschließen.«

»Komm«, sagt der Kommissar. »Für uns gibt es hier nichts mehr zu tun. Lass uns verschwinden.«

Die beiden wenden sich zum Gehen.

Nein! Das Wort formt sich als stummer Schrei in meinem Kopf.

Die Frau stoppt abrupt, dreht sich zögernd um.

»Was ist, Lena?«, fragt der Kommissar.

»Ich habe gerade eine Stimme gehört«, antwortet sie und sieht sich verwirrt im Raum um. »Sie hat ganz deutlich Nein gesagt.«

Ich spüre, wie mein Verstand sich auflöst, der Geist meinem Körper entweicht. Mit letzter Kraft bilde ich die Worte. Vielleicht finden auch sie den Weg in den Kopf der Frau. Und tatsächlich, wie von unsichtbaren Schnüren gezogen, setzt sie sich in Bewegung.

»Lena?« Der Kommissar steht im Türrahmen und beobachtet seine Kollegin mit gefurchter Stirn.

Sie bleibt vor mir stehen, ihr Blick gleitet kurz an mir vorbei zur Seite. »Hat jemand mal Handschuhe für mich?«, fragt sie, ohne den Blick von mir zu wenden. Jemand reicht sie ihr von hinten. Sie streift sie über und greift in die Ritze neben meinem Bein. Sie hat das Handy gefunden.

Ich neige den Kopf zur Seite. Die Terrassentür ist offen. Draußen steht Erika. Mitten auf der Wiese. Umflutet von hellem, gleißendem Licht. Wie schön sie ist. Jetzt hebt sie beide Hände und winkt mich lächelnd zu sich.

»Ich komme, Liebes«, flüstere ich und schließe die Augen.

Erdbeermargaritas forever

Regina Gärtner

Montagmorgen, eine Woche nach meinem letzten Arbeitstag. Noch im Schlafanzug mache ich es mir auf dem Sofa gemütlich. Ich stelle mein Heizkissen auf die höchste Stufe. Seit ein paar Jahren habe ich es im Rücken, wenn es draußen feucht und kalt wird.

Pünktlich um neun sitzt mein Ex-Chef Konrad Claas vor seinem Laptop. Er versucht ein paar Mal vergeblich, sich einzuloggen. Über seine Webcam erlebe ich live mit, wie er immer wütender wird. Er checkt sein Passwort, versucht es wieder. Jetzt fasst er zum Telefonhörer und ruft jemanden an. Sicher muss nun der neue IT Leiter ran, mit dem Claas mich ersetzt hat. Nur wenig später sitzt Herr Neunmalklug, ein milchgesichtiger blonder Jüngling vor dem Laptop meines ehemaligen Chefs. Der Stempel auf seinem Uniabschluss dürfte noch nicht trocken sein, aber auch ohne den Abschluss ist er automatisch durch sein Alter als *Digital Native* qualifiziert. Etwas, was ich von mir nicht behaupten kann. Ich musste mir alles hart erarbeiten.

Ehrgeizig hackt er nun auf die Tastatur ein. Ungeduldig läuft Claas hin und her, immer wieder aus dem Sichtfeld seiner Webcam heraus, die ich mit Hilfe eines *Remote Control* Programmes übernommen habe. Mit diesem Programm, zur Fernwartung von Computern entwickelt, kann ich fremde PCs fernsteuern. So sitze ich mit einem Becher koffeinarmen Kaffees zu Hause und beobachte schadenfroh, was in meiner alten Firma vor sich geht.

Noch vor wenigen Wochen war das anders. Da saß ich morgens pünktlich um neun Uhr an meinem Schreibtisch. In der Armee würde man sagen, ich sei unehrenhaft entlassen worden. Dabei hab ich Claas selbst auf die Sicherheitslücken unseres Mailservers aufmerksam gemacht. Und nicht nur auf diese Lücken. Die Firewall ist zu schwach, unser *Back up*-System sträflich veraltet, die IT Abteilung völlig unterbesetzt. Aber Claas wollte partout kein Geld in Systeme verschwenden, die nicht mit dem direkten Kampf gegen unsere Konkurrenten zu tun haben.

Claas hat vor drei Jahren von seinem Schwiegervater die Geschäftsleitung der Lackfirma übernommen. In den Jahren davor hatte er persönlich an einem neuen Verfahren zum Einbrennen einer Nanoversiegelung auf Fahrzeuglacken gearbeitet. Mit einem haltbaren Lotuseffekt würde die Bahn Millionen einsparen können, weil sie kein Graffiti mehr entfernen müsste. Aber es ist ein Rennen gegen die Zeit. Wer zuerst mit einem brauchbaren Ergebnis auf den Markt käme, hätte gute Chancen, einen Millionenvertrag zu ergattern. Deshalb wurde für Forschung und Entwicklung jede Summe freigemacht.

Als das Telefon klingelt, verschwindet mein Ex-Chef aus dem Blickfeld. Ich nippe genüsslich an meinem Kaffee und warte darauf, dass die Bombe hochgeht. Wie ein wütendes Rumpelstilzchen taucht Claas jetzt hinter der Silhouette seines Angestellten auf. Er hat einen hochroten Kopf und wirft seine Arme in die Luft. »Die ganze Firma liegt lahm. Nichts geht mehr. Alles dreht Däumchen! Was haben Sie da für 'nen Scheiß gemacht? Der Braun wäre so was nie passiert!«

Ah, Balsam auf meine Wunden. Die Braun, das bin ich. Jetzt endlich erkennt er meinen wahren Wert. Zu spät. Konrad Claas selbst hatte mir eine Datenpanne als Kündigungsgrund angehängt.

Fast drei Jahrzehnte, über ein Vierteljahrhundert habe ich in dieser Firma gearbeitet und mitgeholfen, sie groß und bekannt zu machen. Mit einer winzigen Abfindung haben sie mich abgespeist. Eine Summe, so klein, dass ich sie ohne meine Lesebrille kaum erkennen kann. Ich hätte klagen können. Sicher hätte ich gewonnen oder wenigstens eine angemessene Abfindung bekommen. Doch ich war zu betäubt, um zu reagieren. Mein Gehirn war gelähmt, mein Herz geschlachtet. Ein

Privatleben hatte ich nicht, stand ich doch immer für die Firma parat. Mein Erspartes war überschaubar, weil ich glaubte, einen sicheren Job zu haben. Sechs Jahre blieben mir noch bis zu meiner Rente, die jetzt durch die anstehende Arbeitslosigkeit auch noch geschmälert werden würde. Wie undankbar doch der Chef meiner Firma war.

Die gleiche Firma, die ich nun in einen Dornröschenschlaf versetzt habe. Jetzt kann es nicht mehr lange dauern, bis sie der bitteren Wahrheit ins Gesicht blicken.

So wie ich vor drei Wochen, als ich bei meiner zuständigen Sachbearbeiterin von der Agentur für Arbeit saß. Sie warf mir einen treudoofen Dackelblick zu, als sie mir mit mitleidigem Ton verkündete: *kritische Altersgrenze weit überschritten.* Und ein Gründungszuschuss für eine eigene Firma käme in meinem Alter ja auch nicht mehr infrage. Am Ende faselte sie noch etwas über Zeitarbeitsfirmen, bevor sie mich mit einem hoffnungslosen Seufzer entließ.

An diesem Punkt begann ich darüber nachzudenken, wie ich meine aussichtslose Zukunft gestalten wollte. Die Trauer wurde von Wut abgelöst, die Wut von kalter Berechnung. Mir blieben noch zehn Tage, bevor ich die Firma verlassen musste, an die ich meine besten Jahre und einen bedeutenden Teil meines Herzblutes verschwendet hatte.

Auf dem Monitor sehe ich gerade, wie der blonde Neunmalkluge zu seinem Handy greift. Er telefoniert mit Mayer von der Systemkontrolle. Mein Becher ist leer, aber jetzt kann ich mir keinen neuen Kaffee holen. Den will ich nicht verpassen, den Augenblick der Wahrheit. Schon höre ich seine leisen *Hmms* und *Ohs*, die langsam zu einem Stöhnen verschmelzen. *Das ist auch abgestürzt?* Währenddessen tippt er immer schneller Befehle ein. Nutzlos, wie ich weiß. Ich habe sie fest im Griff. Tiefe Falten erscheinen auf der Stirn des blonden Jünglings. Ich kann förmlich sehen, wie eine Hypothese in seinem Hirn aufsteigt.

»Ähm, Herr Claas. Haben Sie in den letzten Tagen von diesem Laptop aus mal was runtergeladen?«

Großer Fehler. »Nein, natürlich nicht!« bellt Claas ihn an. Kleinlaut setzt der neue IT-Leiter nach. »Was ist mit E-Mails? Haben Sie da Dateianhänge geöffnet - Dateien von Fremden?«

»Ich muss doch schließlich arbeiten!« Claas ist sauer, aber in diesem Moment wird ihm klar, dass sein Angestellter die Ursache schon gefunden hat. Mannomann. Wie oft hab ich es eingetrichtert, wie gefährlich es da draußen auf dem Datenhighway ist.

An seinem zweiten Arbeitstag hat der neue Abteilungsleiter seinen Chef dazu überredet, sich entgegen all meinen Warnungen bei einigen *Communities* anzumelden. So was müsse man heute haben, wenn man international agieren wolle. Als hätte ich es nicht geahnt, dass es so kommen würde. Das wollen heute alle, als wäre es ein Allheilmittel. Und ich bin mir sicher, mein Nachfolger hat mich bestimmt sehr rückständig und vertrottelt aussehen lassen, dass ich dafür nicht schon längst alles in die Wege geleitet hatte. Aber auch dafür würde ich mich rächen.

Auf diese Gelegenheit hatte ich nur gewartet. Nichts sollte auf mich hindeuten. Drei Tage später schrieb ich Konrad Claas eine Kontaktanfrage an seinen funkelnagelneuen Account beim größten Businessportal. Unter einem falschen Namen gab ich mich als Mitschüler aus, der mit ihm zusammen Abitur gemacht hat. Den Namen seines Gymnasiums und das Jahr wusste ich seit der letzten Weihnachtsfeier. Ich fragte ihn nach gemeinsamen Bekannten von damals. Er war interessiert, aber da ich das Foto eines Unbekannten eingestellt hatte, erinnerte er sich natürlich nicht an seinen alten Klassenkameraden. Also schickte ich ihm zwei alte Fotos, genauso falsch wie mein eigenes Profilfoto auf diesem Portal. Danach wartete ich gespannt.

Und tatsächlich, ein letzter E-Mail Check am späten Freitagnachmittag. Als Claas seinen Computer herunterfuhr, war das Netzwerk bereits infiziert. In der Fotodatei eines unbekannten Neunzehnjährigen war das *Remote Control* Programm versteckt, mit dessen Hilfe ich die Fernsteuerung von seinem

Computer übernahm. In der Fotodatei der angeblichen Abifeier versteckte sich die *Ransomware*. Schlimme Software. Böse Software. Piratensoftware!

Als Claas seinem neuen Angestellten die Geschichte erzählt, weicht alles Blut aus dessen Gesicht. Dem IT-Leiter ist schlagartig klar, dass ein sehr langer Arbeitstag auf ihn wartet.

»Das kann ich von hier aus nicht checken. Ich muss an meinen Platz!«

Schon steht er und ich sehe nur noch seine Gürtelschnalle. Eine Minute später sitze ich mit einer frischen Tasse Kaffee wieder vor meinem Monitor. Seit ein paar Jahren trinke ich nur noch koffeinarme Sorten. Mein Magen verträgt die Bitterstoffe nicht mehr so gut. Ich switche um auf die Webcam des Admin-Laptops.

Der Raum ist mir vertraut, nur die Bilder an der Wand sind ausgetauscht. Und wie traurig der Ficus in der Ecke aussieht. Seine Blätter hängen herunter, als würde er mich vermissen. Im Hintergrund sehe ich den guten alten Mayer, wie er nach Luft schnappt, während er seinem neuen Abteilungsleiter erzählt, was alles ausgefallen ist. Als eine Minute später Claas wie ein Dampfkessel kurz vor dem Explodieren im Büro seiner neuen Führungskraft auftaucht, verzieht Mayer sich schnell.

Der junge IT-Leiter ist sicher gut, aber er ist erst seit einer Woche an Bord und hat sich noch nicht eingearbeitet. Mein Vorteil! Ich habe nicht viel Zeit verstreichen lassen. Mir war klar, dass der neue Abteilungsleiter genau so sein würde, wie mein Ex-Chef sich einen Managertypen vorstellt: jung, dynamisch und viel billiger als ich. Natürlich ist der Neue ständig mobil erreichbar und in allen wichtigen Communities vernetzt - ein Glaubensgebot seiner Generation. Hätte Claas nur auf mich gehört. Hätte er mir nur mehr vertraut. Hätte er mich nur nicht gefeuert!

Der Neue vollbringt wahre Rekorde auf der Tastatur, aber ich weiß, was dabei herauskommen wird. Nichts, denn ich habe die Firmendaten gekidnappt. Sie liegen noch genau dort, wo sie am letzten Freitag gespeichert wurden, als alle nach Hause gingen. Es ist, als hätte ich dem gesamten Datenmaterial eine Tarnkappe übergestülpt. Alles noch da, aber nichts mehr zu sehen. Das englische Wort *Ransom* bedeutet Lösegeld. Die Daten sind verschlüsselt.

Ich könnte meinen Nachfolger und meine ehemaligen Mitarbeiter jetzt noch einige Stunden lang alle möglichen Tricks versuchen lassen, aber ich will sie ja nicht quälen. Ich will nur meinen Ex-Chef bestrafen, und der hat nicht weniger als die Höchststrafe verdient!

Also dann! Ich stelle den Kaffeebecher beiseite und rufe mein E-Mail-Programm auf. Genau wie bei meinen früheren Mails versteckt sich hinter einer völlig harmlosen deutschen E-Mailadresse ein Labyrinth ins Nirgendwo. Sie werden nie rauskriegen, woher die Mail stammt, die ich gerade schicke.

Wie von Geisterhand öffnet sich jetzt das E-Mail-Programm auf dem Laptop des neuen IT-Leiters. Ihm wird schlagartig klar, was das bedeutet. Sein Kinn klappt herunter und er reißt seine Augen auf.

Claas kapiert allerdings gar nichts. Er steht hinter ihm, bückt sich jetzt in das Sichtfeld der Webcam und grinst auf den Monitor, wo sich endlich etwas tut. »Na also. Geht doch. Sie kriegen das System wieder zum Laufen. Hatte ich auch nicht anders erwartet.«

Er klopft seinem Angestellten wohlwollend auf die Schulter, während sich aus dessen Mund ein gequältes »Das ist gar nicht gut!« quetscht.

Claas runzelt die Stirn. »Wieso? Läuft doch wieder!«

Der Blonde schluckt. »Ja, aber das war nicht ich! Das macht der Hacker!«

Endlich entdeckt er meine Mail. Seine Finger schweben über der Tastatur, wagen es aber nicht, die Mail zu öffnen. Na gut, dann mache ich das eben selber.

Here we go … Meine Lösegeldforderung für die Freigabe der Firmendaten beläuft sich auf 444.444 Euro, meine mir zustehende Abfindung plus Schmerzensgeld. Die Vier war schon immer meine Glückszahl. Sollen die mal froh sein, dass nicht die Sechs oder die Neun meine Glückzahl ist.

Das Geld ist innerhalb von vierundzwanzig Stunden zu überweisen auf ein Konto, das auf den ersten Blick deutsch und seriös aussieht. Ist es aber nicht, doch das werden sie erst später erfahren. Außerdem habe ich mir noch einen kleinen Scherz erlaubt und zusätzlich einen Counter eingebaut, der die Zeit runterzählt: Ihnen bleiben noch 23 Stunden, 57 Minuten und 8 Sekunden, … 7, … 6.

Jetzt reißt Claas seine Augen auf, während der junge Blonde seine schließt. Er weiß, was passiert ist und er weiß, dass er so gut wie gar nichts dagegen tun kann. Mit gedämpfter Stimme versucht er seinem Chef beizubringen, was da läuft.

Claas führt sich auf wie Louis de Funès zu seinen besten Zeiten. Er tobt durch den Raum und will nicht hören, was der Leiter seiner IT Abteilung ihm schonend beibringen will. Na ja, richtig schonend kann man sowas auch nicht formulieren: *Ihre geheimsten Daten sind in fremder Hand.* Oder: *Das noch nicht zum Patent angemeldete Herstellungsgeheimnis der neuartigen Nanoversieglung ist kopiert worden.* Oder: *Selbst wenn Sie zahlen, ist nicht sicher, ob Sie je wieder an die Daten rankommen.*

Claas schreit, er sei nicht erpressbar. »Hier geht kein Cent aus der Kasse. Nur über meine Leiche!«

Ich nehm' das jetzt mal wörtlich, alter Freund. Dein Einsatz gilt! Mit einem Grinsen auf dem Gesicht stehe ich auf. Es wird Zeit für mich.

Keine vierundzwanzig Stunden später befinde ich mich in einem lebendig gewordenen Traum: In meinen Cocktailglas klirren leise die Eiswürfel, während ich von meinem Liegestuhl aus den atemberaubenden Sonnenuntergang genieße. Es ist warm hier, selbst abends um zwanzig Uhr. Schon jetzt habe ich das Gefühl, dass meine alten Knochen weniger schmerzen und auch mein Rücken tut nicht mehr weh. So hatte ich mir meinen Lebensabend immer erträumt: Überwintern an einem warmen, sonnigen Ort, an dem man älteren Herrschaften noch den angemessenen Respekt entgegenbringt.

Von *Jetlag* keine Spur! In der *first class* kann man herrlich schlafen. Pünktlich zum Beginn des zweiten Aktes gehe ich online. Es ist jetzt genau 9.57 Uhr in Deutschland und auf meinem Konto ist noch kein Geld eingegangen. Also verschärfen wir die Situation ein wenig.

Ich logge mich in die Webcam meines Chefs ein. Sein PC ist an, als hoffe er darauf, dass ein Wunder geschieht. Ein völlig übernächtigtes Gesicht erscheint auf dem Monitor. Ein geschlagener Mann, der sicher in den letzten Stunden alles getan hat, um das Schlimmste zu verhindern. Nur nicht das Eine, das Richtige. Ich habe vermutet, dass es so kommt. Im Gegensatz zu seinem Schwiegervater, der einen guten Rat anerkannte, war Claas schon immer unnachgiebig und rechthaberisch.

Also tue ich, was ich tun muss. Mit leisen Plings öffnen sich auf seinem Monitor zwei Mails wie von selbst. Während ich darauf warte, dass Claas den Inhalt der Mails liest, schlürfe ich genüsslich meine allererste Erdbeermargarita.

Ah, wie ich sehe, hat Herr Neunmalklug auch nicht viel Schlaf bekommen. Er muss im Zimmer gewesen sein, denn jetzt schleppt er sich gerade müde zum Schreibtisch meines Ex-Chefs und blickt ihm über die Schulter. Gemeinsam lesen sie den Inhalt meiner Mails, die aber laut dem Adresskopf von Claas selbst geschrieben worden sind.

Plötzlich schießt das Leben zurück in Claas. »So tun Sie doch etwas!«

Er hat kapiert. Kapiert, dass dies sein Untergang ist. Zu spät. Die Mail mit den heiklen Informationen über Herstellung und Verfahren seiner Nanoversiegelung ist schon auf dem Weg zu drei Konkurrenten. Die werden sich freuen. Claas hatte seine Chance. Er hat sie nicht genutzt.

Doch so aalglatt und hinterhältig, wie er mich abserviert hat, reicht mir das noch nicht. Die nächste Mail enthält eine kleine

Einladung. Die Empfänger, Claas' Schwiegervater - noch Inhaber dieser Firma - und seine Tochter werden freundlich auf einen Link aufmerksam gemacht. Über den Link gelangen sie zu einem Online-Fotoalbum, auf dem die Affäre von Konrad Claas mit einer heißen Brünetten zu bewundern ist. Ich habe mir an meinen letzten Tagen in der Firma nochmal richtig viel Arbeit gemacht, die Mails meines Chefs gecheckt und auch alle scheinbar gelöschten Daten wiederhergestellt. Da ist einiges zusammengekommen.

Claas muss den Link gar nicht selbst öffnen. Als er den Text meiner Mail liest, ist ihm die Bedeutung all dessen klar. So ist dann auch das Letzte, was ich sehen kann, ein dicker Gegenstand in seiner Hand, der schnell auf den Monitor zurast. Das war das letzte Mal, dass ich meinen Ex-Chef gesehen habe.

Drei Tage, siebzehn Cocktails und einen Sonnenbrand später gehe ich wieder online. Mit einem angesäuselten Grinsen checke ich mein anonymes Konto auf den Cayman Islands. Mit Claasens Sturheit hatte ich schon gerechnet. Deshalb hab ich mir das Geld einfach selbst überwiesen.

Die blutrot untergehende Sonne bildet die perfekte Kulisse für die E-Mail, die ich nun öffne. Sie ist von meinem ehemaligen Mitarbeiter, Systemadministrator Mayer. Ein warmes Gefühl der Genugtuung durchströmt meine Adern. Endlich! Konrad Claas hat sich von einer Brücke gestürzt.

Mayer hält mich per Mail über den neuesten Klatsch und Tratsch auf dem Laufenden. Natürlich glaubt er, dass ich einsam und ohne Job in meiner Wohnung am Stadtrand hocke und den alten Zeiten nachtrauere. Und ich fabuliere darüber, wie hart es als Endfünfzigerin ist, in der schnelllebigsten Branche der Welt einen neuen Job zu finden.

Doch in Wirklichkeit bin ich ganz zuversichtlich, was meine Zukunft angeht. Man ist nie zu alt, um sich selbstständig zu machen. Die Geschäftsidee ist wirklich toll. Keine großen Investitionen – nur ein Laptop und etwas Zeit. Da ich ihn aus Altersgründen ohnehin nicht mehr bewilligt bekommen würde, werde ich erst gar keinen Gründungszuschuss beantragen. Ich denke mal, ein bis zwei Firmen im Jahr reichen mir ohnehin für meinen bescheidenen Lebensunterhalt.

Die Sonne schickt ein letztes Leuchten über den Horizont und ich leere das Glas mit der bittersüßen roten Flüssigkeit. Ich muss vorsichtiger werden. Dieses Gesöff macht wirklich süchtig.

Mehrfachtöter

Regina Schleheck

Du bist hier: TodFreunde - Diskussionsforum – Aktuelle Themen: 44-jähriger stürzt sich vom 18. Stock in den Außenbereich einer Kaffeehauskette.

Sabibi: »Hey, Leute, ich war live dabei! Da war so ein sausendes Geräusch und ein Schatten, dann hörte es sich an, wie wenn ein überreifer Riesenkürbis neben mir aufplatscht. Die Zeitung klebte mir im Gesicht, und als ich sie wegzog, sah ich, dass ich voller Blut war, und da lag dieser Haufen Matsche neben meinem Stuhl. Es ging alles so schnell, zumindest im Kopf hab ich das nur im Zeitraffer. Der Kellner sagte nachher, ich hätte die ganze Zeit gebrüllt wie am Spieß. Aber ich erinner mich nicht. Nur an das Flackern der Blaulichter. Alles voller Blut! Nie wieder rühre ich bei McKaff ein Getränk an! Ich wollte doch einfach nur in Ruhe die Morgenzeitung lesen. Was für ein Wahnsinniger! Er hätte mich um ein Haar erwischt! Warum legt der sich nicht einfach ins Bett und schluckt ein paar Tabletten?«

Hakunamatata: »Besser, als wenn dir der Himmel auf den Kopf fällt. Freu dich doch, dass ein Kerl so auf dich fliegt!«

xxl: »Sabibi hat Recht. Schlimm genug, wenn einer mit seinen eigenen Problemen nicht zurechtkommt. Warum zieht er andere da mit rein?«

Hyperuser: »Wie egoistisch! Anderen die Frühstückspause zu versauen!«

Kathwanndu: »Ein Grund mehr nicht zu McKaff zu gehen :-)«

Himmisakra: »Sorry, Sabibi, aber das weiß man doch, dass da nur Hartz IV-Positive verkehren! Der Assi hatte es so eilig mit seiner Kaffeebestellung, dass er nicht auf den Fahrstuhl warten wollte.«

Killakwien: »Wer so eine Scheiße labert wie ihr, hat sich den Fahrstuhl in die Hölle verdient!«

Himmisakra: »Hä, wie scheiße bist du denn drauf?«

Add Reply

1 Besucher lesen dieses Thema (Gäste: 1 | Anonyme Besucher: 0)

Borgmann lehnte sich zurück und musterte die Frau, deren Blick noch am Bildschirm hing: »Möchten Sie einen Schluck Wasser, Frau Rabenhorst?«

»Warum zeigen Sie mir das?«, fragte Herma.

»Sie kennen diese Seite?«

»Meine Schwiegertochter hat sie gefunden und mich darauf aufmerksam gemacht.« Sie richtete einen lauernden Blick auf Borgmann.

»Und?«

»Das ist doch *Dreck*! Der reinste Dreck! Ich hab Ellen gebeten dafür zu sorgen, dass dieser Schmutz abgestellt wird«, sagte sie erbost.

»Was hat sie unternommen?«

Die Frau rollte mit den Augen: »Ach Gott, ich versteh doch nichts davon.«

»Versuchen Sie es mir trotzdem zu erklären.«

Die Alte seufzte: »Ellen hat mir gezeigt, dass es da so was wie eine Albumseite bei diesen Freunden gab, auf der mein Sohn eingetragen hatte, was er mag, wer seine Freunde sind und lauter solche Albernheiten. Da waren auch jede Menge Fotos von ihm und allen möglichen Leuten. *Profil* nennt sich das. Obwohl man sich unter *profiliert* ja was anderes vorstellt. Wenn jemand stirbt, kann man von diesem Profil wohl auf eine Seite gelangen, die sich TodFreunde.de nennt, wo man dann über den Toten ablästern kann und umgekehrt«, sie kicherte nervös, »also nicht die Toten können da lästern, sondern ich meine, man kann von der TodFreunde-Seite wieder auf diese Profil-Seite klicken. Ellen hat die Firma, die diese Seiten gestaltet, aufgefordert, Dieters Profil zu löschen, weil er ja tot war.«

»Und die TodFreunde.de-Seite, die damit verlinkt war?«

Herma zuckte die Achseln: »Die meinten, die Seite hätte nix damit zu tun. Wenn das Freunde-Profil weg ist, ist die Verbindung weg. Sie haben Ellen versprochen, dass sie Dieters Namen von dieser Diskussionsseite entfernen, aber die Kommentare wollten sie stehen lassen.«

Sie nestelte ein Tempotuch aus ihrer Handtasche, faltete es auseinander und schnäuzte sich. »Recht auf freie Meinungsäußerung nennt sich das wohl. Man könnte den Leuten nicht das Maul verbieten. Es wüsste ja schließlich keiner mehr, über wen sie da reden.«

»Was hat Ihre Schwiegertochter dazu gesagt?«

Ihre Stimme wurde lauter: »Na, gefreut hat sie sich nicht!«

»Sie war also wütend?«

Herma schnaubte. »Was meinen Sie, wie man sich fühlt, wenn einem erst der Mann genommen wird, und zwar auf diese Weise, und dann muss man auch noch feststellen, dass er nach seinem Tod öffentlich derart in den Schmutz gezogen wird! Diese Menschen da haben nicht nur Rufmord an meinem Sohn begangen, sondern meine Schwiegertochter dazu noch in den Tod getrieben!«

»Sie meinen, sie hat es sich so sehr zu Herzen genommen, dass sie sich dieses Zeug injiziert hat?«, fasste Borgmann nach.

Herma tupfte sich die Augenwinkel. »Sie war doch sowieso schon fix und fertig! Als sie dann den Link von Dieters Profil zu dieser Riesenkürbis- und Matsche-Darstellung gefunden hat, da ist sie völlig abgedreht. Es ist ja wohl nicht das erste, woran man denkt, wenn jemand gestorben ist, dass man seine Spuren im Netz tilgt. Und wer rechnet damit, dass die Betreiber von solchen Netzwerken zulassen, dass man über verstorbene Mitglieder so herfällt? Das ist doch Leichenfledderei!«

»Frau Rabenhorst, war Ihnen eigentlich vorher bekannt, dass Ihr Sohn bei Freunde.de verkehrte?«

»Herr Borgmann«, sagte Herma gereizt, »worauf wollen Sie eigentlich hinaus? Mein Sohn ist aus dem Bürofenster gesprungen. Es liegt auf der Hand, dass es seiner Frau nicht gerade toll ging. Als Krankenschwester hatte sie alle Möglichkeiten, ihrem Leben ein Ende zu setzen, und sie hat sie genutzt. Was wollen Sie nun von mir dazu noch wissen? Ich habe Sohn und Schwiegertochter verloren. Bin ich nicht schon genug gestraft? Da fangen Sie wieder mit diesem Zeug an, das da im Netz verbreitet wird! Ich bin froh, wenn ich das nicht sehen muss!«

Borgmann seufzte. Er stand auf und ging zum Kühlschrank, aus dem er eine Flasche Wasser und Milch holte. Aus dem Regal fischte er Gläser und Tassen und stellte alles auf dem Schreibtisch ab, nachdem er den Laptop mit dem Ellenbogen beiseite geschoben hatte. »Sie können mir glauben, das ist auch für uns sehr unangenehm«, sagte er und ließ den Deckel der Thermoskanne aufspringen. »Kaffee?«

»Wasser«, sagte Herma. Er schenkte sich einen Kaffee ein, dann füllte er ein Glas mit Wasser und bot es ihr an.

»Ein ziemlich unangenehmer Tod, nicht wahr«, fragte er, »für jemanden, der sich auskennt?«

»Vielleicht *wollte* sie sich quälen! Wer weiß? Wenn ein Mensch, dem man so verbunden ist, sich das Leben nimmt, liegt es doch nahe, dass man sich schuldig fühlt!«

»Manche reagieren so, andere so«, meinte Borgmann. »Es liegt auch nahe, dass man Schuld bei anderen sucht.«

Sie sah ihn fragend an, sagte aber nichts. Er nahm den Faden wieder auf: »Es kommt vor, dass Menschen sich das Leben nehmen. Dafür gibt es viele Gründe, die uns nichts angehen. Unser Job ist es vor allem zu verhindern, dass sie sich *gegenseitig* das Leben nehmen. Deshalb hinterfragen wir auch schon mal Dinge, die uns vielleicht wirklich nichts angehen. Das Netz macht es uns leicht. Daher auch meine Frage, was Sie davon wissen.«

Herma nahm einen Schluck Wasser. »Ich habe keine Ahnung von diesen Dingen«, beteuerte sie, »aber die beiden haben sich über Freunde.de vor fünf Jahren kennengelernt, Ellen und er. Anscheinend ist das nichts Ehrenrühriges heutzutage.«

»Keinesfalls«, versicherte der Kommissar, »aber Sie selbst haben da keinen Zugang?«

»Ich bin eine alte Frau«, meinte Herma, »bei uns ging das alles noch ganz anders zu. Wenn ich das richtig verstehe, ist es ungefähr so, wie wenn man früher Brieffreundschaften pflegte. Man kann sich da kennenlernen und mit allen möglichen Leuten unterhalten, es geht nur viel schneller als mit der Post. Das haben sie mir zumindest so erklärt.«

»Und Ellen hat Ihnen diese Seite gezeigt?« Borgmann wies mit dem Kinn in Richtung Laptop.

»Ja.«

»Kannte sie diese Leute, die sich da über den Tod Ihres Sohnes ausgelassen haben?«

»Woher denn? Die haben im Netz doch alle so komische Namen.«

»Die richtigen Namen kann man rauskriegen. - Dieser letzte Eintrag von der *Killakwien*, hat Ellen Ihnen gesagt, von wem der ist?«

Herma runzelte die Stirn: »Woher sollte sie das wissen?«

Er zögerte, sah sie scharf an, dann sagte er: »Sie selbst hat das geschrieben.«

»Hach!«, sagte die alte Frau und hieb mit der Faust auf den Tisch. »Die Ausdrucksweise hätte ich ihr nicht zugetraut, aber in der Sache hat sie ja wohl Recht!« Sie lächelte grimmig.

Wieder musterte Borgmann sie scharf, dann sagte er: »Ihre Schwiegertochter hat Ihnen also nicht gesagt, dass sie sich in die Diskussion auf TodFreunde.de eingeklinkt hat, und sie hat Ihnen auch nicht gesagt, wer die anderen Leute sind?«

In den Augen der Alten blitzte es: »Sagen Sie bloß, das hat sie rausgekriegt!«

»Wollen Sie wissen, wer die anderen Personen sind?« Herma hob abwehrend die Hände: »Mit solchen Leuten will ich doch gar nichts zu tun haben!«, sagte sie im Brustton der Empörung. Nach einer kleinen Pause dann: »Obwohl – neugierig bin ich ja schon.«

»Wie Sie wollen. *Sabibi* steht für eine gewisse Sabina Biermann, 38, Steuerfachangestellte bei einer Kanzlei hier im Friesenviertel, also ganz in der Nähe der Bank, wo Ihr Sohn beschäftigt war.«

»Aha«, sagte Herma.

»Der Mann, der sich *Hakunamatata* nennt, heißt in Wirklichkeit Daniel Pohlmann, lebt in Essen, ist Krankengymnast und Mitte zwanzig. *xxl*: eine Berliner Studentin, 19 Jahre, Nora Toth. *Hyperuser*: Informatikstudent aus Aachen, 22, sein Name: Ingo Noske. *Himmisakra*: Versicherungskaufmann aus Bad Berleburg. 43 Jahre alt.« Der Kommissar beobachtete während der Aufzählung aufmerksam Hermas Gesicht, aber sie saß da wie versteinert. Er beugte sich vor: »Ihre Schwiegertochter hat alle diese Namen nie erwähnt?«

Die Stimme der Alten wurde schrill: »Wie oft muss ich wiederholen, dass ich nichts weiter dazu weiß! Ellen hat mir die Seite gezeigt, ich hab sie gebeten dafür zu sorgen, dass dieser Schmutz verschwindet, und das hat sie getan. Zumindest ist da jetzt nur noch von einem 44-jährigen die Rede, und Dieters Profil ist ja wohl auch weg. Mehr weiß ich nicht. Ellen hat das alles sehr mitgenommen. Wie gesagt, es ging ihr nicht gut. - Nach *mir* fragt ja bei alledem schon gar keiner! Warum quälen Sie mich mit diesen Dingen?«

Borgmann beugte sich vor und sagte gefährlich leise: »Der Schmutz, wie Sie es nennen, Frau Rabenhorst, wurde gründlicher entfernt, als Sie es ahnen: Alle diese Menschen, die ich Ihnen gerade aufgezählt habe, bis auf einen - sind tot.«

Herma riss die Augen auf und schlug sich die Hand vor den Mund: »Was sagen Sie da, Herr Kommissar?«, keuchte sie.

»Sie starben in kurzer Folge. Und alle auf die gleiche Art: Fieber, Übelkeit, Erbrechen, Kreislaufkollaps, multiples Organversagen. Da sie weit auseinander wohnten und scheinbar nichts miteinander zu tun hatten, hat zunächst niemand einen Zusammenhang gesehen. Erst als Ihre Schwiegertochter so kurz nach Frau Biermann mit ähnlichen Symptomen starb und wir bei ihr die Injektionsspritze fanden und als Todesursache eine hohe Rizin-Dosis feststellten, wurden die anderen Todesfälle gründlicher untersucht. Das Gift war bei den anderen schwächer dosiert und wurde daher nicht gleich erkannt. Außerdem sind wir auf dem Rechner Ihrer Schwiegertochter auf den Forumseintrag gestoßen, in dem sie diese Leute zur Hölle wünschte. Sie muss einem nach dem anderen einen Besuch abgestattet und ihnen unauffällig das Gift verabreicht haben.«

»Ellen?«, rief Herma, »doch nicht Ellen! - Wie sollte sie irgendjemandem unauffällig Gift verpassen? Das müssen Sie mir aber erst mal erklären!«

»Es reicht ja, dass man im Vorbeigehen stolpert und jemanden heftig anrempelt. Dabei verabreicht man ihm eine Injektion. Als Krankenschwester dürfte ihr das keine Schwierigkeiten bereitet haben.«

»Ellen - eine Mörderin?«, stöhnte Herma. »Nicht *das* noch!« Sie vergrub das Gesicht in den Händen und schüttelte den Kopf. »Und ich hab ihr das noch eingeredet! Sie solle dafür sorgen, dass dieser Schmutz verschwindet!«

»Sie dürfen sich das nicht so zu Herzen nehmen«, meinte Borgmann, »man sagt schon mal Dinge …«

Die alte Frau schluchzte auf: »Aber das habe ich doch nicht gewollt! Wie konnte ich die arme Ellen bloß zu so etwas Schrecklichem anstiften?«

Der Kommissar klopfte ihr beruhigend auf die Schulter. »In der Hoffnung, dass es Ihnen vielleicht ein bisschen hilft, das Ganze zu verarbeiten …«, versuchte er sie zu beschwichtigen. »Ihre Schwiegertochter war ganz gewiss kein unschuldiges Lämmchen. Sie hat diese Freunde.de-Seite gerne genutzt, um sich ein bisschen Abwechslung in der Ehe zu verschaffen. Wenn Ihr Sohn sich umgebracht hat, dann hat das vermutlich nicht nur mit beruflichem Stress zu tun. Er war den Eskapaden seiner Frau auf die Schliche gekommen, und das hat wohl das Fass zum Überlaufen gebracht.«

»Wollen Sie etwa damit sagen, dass Ellen mit diesen schrecklichen Taten ihr schlechtes Gewissen beruhigen wollte?«, rief Herma entsetzt.

»Wir werden wohl nie erfahren, warum sie es gemacht hat, weil wir sie nicht mehr fragen können«, entgegnete der Kommissar. Unser Job ist hier zu Ende. Den Rest muss sie mit dem lieben Herrgott klären.«

»Ach Gott, ach Gott«, jammerte Herma, »warum meine

Kinder und nicht ich alte Frau?«

»Wollen Sie ein Gespräch mit unserem Seelsorger?«, fragte Borgmann.

Herma schniefte und erhob sich: »Nein, danke«, sagte sie gefasst, »ich muss das alles nur erst mal in Ruhe verdauen.«

»Ich lasse einen Streifenwagen vorfahren, der Sie nach Hause bringt«, bot der Polizist an.

Aber Herma bestand darauf, dass der Fußweg ihr gut tun würde, und verließ bald darauf das Präsidium.

Als sie die Rheinbrücke überquerte, blieb sie stehen und blickte lange nach unten. Vielleicht war das ja die bessere Lösung. Auf jeden Fall sauberer als aus dem 18. Stock springen! Und besser als *Rizin*. Sie tastete in ihrer Handtasche nach der Spritze. Wenn sie daran dachte, wie Ellen sich gequält hatte – verdient hatte die Schlampe es ja! Herma kicherte leise in sich hinein. Dieses schafsnasige Gesicht, als sie Herma an ihrem Rechner erwischte! Sie hatte ihre Schwiegermutter wohl für völlig hinterm Mond gehalten. Den verliebten Dieter konnte die dumme Pute ja an der Nase herumführen, aber nicht sie! Der arme Junge war genau so ein Herzchen wie sein Vater.

Herma seufzte tief und setzte ihren Weg über die Brücke fort. Am Deutzer Bahnhof wollte sie die Linie 6 in Richtung Essen nehmen. Wenn alles gut ging, würde sie es heute noch hinter sich bringen. Dieter Pohlmann alias *Hakunamatata*! Nachdem Ellen so hysterisch reagiert hatte und vorzeitig aus dem Weg geräumt werden musste, hatte sie den letzten dieser Dreckskerle nicht mehr über Ellens Account ausspionieren können, aber dieser dämliche Bulle hatte ihr den Kerl ja auf dem Silbertablett serviert!

Flotte Lotte

Doris Preusche

Die Schlagzeile sprang ihr förmlich entgegen: *»Flotte Lotte« erschlägt Einbrecher mit Nudelholz.*

Das Farbfoto darunter zeigte eine alte, grimmig dreinschauende Frau mit Hängebacken und den breiten, gedunsenen Augenringen einer Herzkranken. Nur die lila gefärbten Haare gaben ihr ein wenig Pfiff. Lotte war entsetzt. Sie war noch nie eine Schönheit gewesen, aber dass ihr Gesicht derart vom Alter und von der Schwerkraft gezeichnet war, machte ihr zu schaffen. Wenigstens war sie körperlich noch ganz gut beisammen, aber der Kopf … Alles entglitt ihr, verschwand in einem schwarzen Loch.

Langsam ließ sie sich auf den Stuhl sinken und stieß dabei unsanft mit ihrem Knie gegen den Wohnzimmertisch. Gefesselt starrte sie auf die Kaffeetasse, beobachtete desinteressiert, wie sich dunkle Flüssigkeit, die über den Tassenrand geschwappt war, auf der beigefarbenen Leinentischdecke ausbreitete und aufgesaugt wurde. Mechanisch führte Lotte ihre Tasse zum Mund, spuckte aber sogleich den Kaffee angewidert aus. Ihre Geschmacksnerven würden sich wohl nie an den bitteren Geschmack gewöhnen. Sie brauchte dringend Milch und Zucker. Das hatte Tom immer für sie besorgt. Tom, dachte sie und richtete ihren Blick zur Zimmerdecke, wo steckst du bloß?

… Nach den Angaben der Polizei hatte der mit Werkzeug ausgestattete 59-Jährige die Wohnungstür der international bekannten ehemaligen Leistungssportlerin Lotte Kellner, auch als »flotte Lotte« bekannt, aufgebrochen …

Die Schrift flimmerte vor Lottes Augen. Reflexartig schnellten ihre Finger nach oben, griffen nach dem silbernen Hut auf ihrem Kopf. Er war schon wieder verrutscht. Sie presste ihre Hände darauf und schob diesen so lange hin und her, bis der

Druck in ihrem Schädel etwas nachließ.

... Die Hofheimerin, 68 Jahre alt und körperlich immer noch fit, hatte beherzt zu ihrem Nudelholz gegriffen, als der Eindringling offenbar versuchte, ihre Wohnung zu durchwühlen ...

Wie war das bloß gewesen? Lotte versuchte krampfhaft, sich zu erinnern. Aber da war nichts. Nur ein immer penetranter werdendes Klopfen war ihr noch gegenwärtig – und dieses grauenvolle Knacken.

»Frau Kellnä, mache Sie doch bitte emal die Dür uff!«

Erleichtert darüber, dass das Pochen nicht in ihrem Kopf zu orten war, lachte sie leise auf. Lautlos wie eine Katze erhob sie sich, tappte mit nackten Füßen durch den schmalen dunklen Flur, vorbei an der versiegelten Küche und spähte schließlich neugierig durch den Türspion. Eine Frau, die in einen geschmacklosen Frotteestoff verpackt war, stand davor. Obwohl sie selbst einen ähnlichen Bademantel trug, fand sie ihn völlig daneben.

War das nicht die Dicke von gegenüber ...? Die Hausmeisterin? Je mehr Lotte grübelte, desto weniger wollte ihr der Name dieser Frau einfallen. Abermals ertönte es von draußen:

»Frau Kellnä!!«

Sicherheitskette wie Eisenstange ließen sich fast lautlos aus ihren Verankerungen entfernen. Als Lotte mit einem kräftigen Ruck ihre Wohnungstür aufriss, trat ihr Gegenüber erschrocken einen Schritt zurück.

»Ihr Dochter.«

Lotte übersah das Handy, das ihr die Frau entgegenstreckte.

»Nehmen Sie das strahlenverseuchte Ding weg!«, zischte sie nur, schob ihren Kopf aus der halb geöffneten Tür, schaute nach rechts und links, dann hoch ins Treppenhaus.

»Wissen Sie, wo Tom steckt?«

Sie bekam keine Antwort. Die Dicke hielt jetzt das Handy ans Ohr und sprach kurzatmig hinein:

»Hörn Sie, Frau Beade ... Vielleischt wärs bessä, wenn Sie hierhär komme däde. Ihr Mudder scheint mer e bissi durschenanner zu sei.«

»Durschenanner zu sei ...«, äffte Lotte unwillkürlich nach, tippte sich an die Stirn und schlug der Frau abrupt die Eingangstür vor der Nase zu. Fremde in ihrer kleinen Dreizimmerwohnung hätten ihr gerade noch gefehlt. Neben Schmutz, Viren und Bakterien brachten sie mit Sicherheit nichts Gutes.

»Isch glaab, die will ned uffmache.«

Lotte schreckte von der Couch hoch. Wieder Klopfen und Stimmen vor der Tür! Panisch tasteten ihre Hände unter der Couch nach ihrem Hut aus Alufolie, der sie vor den Strahlen schützte.

»Ei, do wolle mer doch emol gucke. Isch muss jetzt nur noch de bassende Schlissel finne.«

Das war schon wieder die Hausmeisterin, dieselbe Frauenstimme mit demselben derben hessischen Dialekt von vorhin.

Lotte raffte sich von der Couch hoch, rannte zur bereits leicht geöffneten Wohnungstür und warf ihren Körper mit voller Wucht dagegen. Wie hatte sie bloß vergessen können, die Tür von innen zu verriegeln?

»Frau Kellner, beruhigen Sie sich bitte«, hörte sie eine resolute Männerstimme sagen.

»Ich rufe die Polizei, wenn Sie nicht verschwinden!«, schrie Lotte.

»Die ist schon da. Werner Nilius ist mein Name. Ich bin der Hauptkommissar, der auch vorgestern bei Ihnen war, erinnern Sie sich noch?«

Ein Ausweis wurde durch die Ritze geschoben. Schlagartig schien sich alles in ihrem Kopf zu drehen, als sie das Foto betrachtete, auf dem ihr ein unbekanntes Gesicht entgegen starrte. Nein, sie erinnerte sich nicht.

»Hören Sie, Frau Kellner ...«

Beim Klang der Stimme nestelte Lotte nervös am Kragen ihres Bademantels und fuhr sich mit den Fingern durch die ungekämmten Haare.

»... ich muss Sie dringend noch einiges fragen«, fuhr die Stimme fort.

»Heute nicht. Ich habe Migräne«, entgegnete sie so wehleidig wie möglich und hoffte, dass sich ihre frühere Zugehörigkeit zum Seniorentheater bezahlt machen würde. Den Jammerton hatte sie gut drauf. Einen Moment lang herrschte Stille. Der Ausweis wurde zurückgezogen.

»Gut. Dann eben morgen. Dann erzählen Sie mir noch einmal, was vorgestern Abend mit Ihnen und Herrn Nock vorgefallen ist.«

Lotte kaute auf ihrer Unterlippe herum. Wenn sie das bloß selbst noch so genau wüsste ... Es hatte immer wieder geklopft, und sie hatte nicht aufgemacht ... Hatte Tom nicht das Wohnzimmerfenster reparieren wollen? Sie kramte verzweifelt in ihren Erinnerungen, aber alles war so verschwommen, so schlecht greifbar.

Bereits seit einer Viertelstunde klopfte Lotte mit dem Besenstiel gegen ihre Schlafzimmerdecke. Tom, der direkt über ihr wohnte, rührte sich nicht. Lediglich ein paar Aluschnipsel segelten ihr langsam von oben entgegen. Resigniert setzte sie sich aufs Bett, berührte den Strahlen abweisenden Aluminium-Baldachin, der darüber hing, und registrierte, wie sich das Licht der Laterne von der gegenüberliegenden Straßenseite in der Folie spiegelte. Tom hatte sie an die Decke geklebt. Auch den Maschendrahtzaun hatte er am Kopfende ihres Bettes fixiert und an der Heizung geerdet. Ein Faradayscher Käfig, hatte er gesagt. Seltsamerweise hatte sie sich dieses Wort merken können. Als ihre Kopfschmerzen immer stärker geworden waren und sie sich kaum noch konzentrieren konnte, hatte er sich um sie gekümmert, sogar die Stromzufuhr zur Klingel gekappt und einen Netzabkoppler eingebaut. Wie sollte sie bloß ohne ihn zurechtkommen?

Nachdenklich musterte sie ihren Wintermantel, der seit mindestens zwei Jahren unbenutzt im Schlafzimmerschrank hing. Ihre Hände zitterten, als sie zum Desinfektionsmittel griff und den Mantel damit einsprühte.

Der Kühlschrank war leer und Tom meldete sich nicht. Ob sie es wagen sollte, in die elektromagnetisch verseuchte Außenwelt zu gehen?

Eine unverwechselbare Stimme, die ihr inzwischen verhasst war, drang vom Wohnzimmer her an ihr Ohr.

»De Tom Nock und die Lotte woarn aa Herz un aa Seel. Deshalb könne mer uns aach des Unglück ned erklärn. Sie hat en wahrscheinlisch verwechselt. Aber wenn Se misch fraache ... die Lotte verhält sich seit einischer Zeit e bissi komisch ... die is ziemlisch newer de Kapp.«

Lotte stand wie erstarrt vor dem Fernseher, in dem die Hessenschau lief. Ihre Nachbarin gab ein Interview. Tom Nock …? Der Einbrecher? War das möglich? Verzweifelt versuchte sie sich den Abend vor zwei Tagen in Erinnerung zu rufen. Aber da war nur ein schwarzes Loch. Wenn doch diese unerträglichen Kopfschmerzen endlich nachlassen würden! Sie sollte besser ihren Hut wieder aufsetzen. Wo war er bloß?

Noch ehe Lotte nach ihm suchen konnte, wurde sie von einem schabenden Geräusch abgelenkt. Es kam von der Wohnungstür. Sekunden später meinte sie, den Klang von aneinanderstoßenden Schlüsseln vernehmen zu können. Versuchte etwa diese schreckliche Hausmeisterin wieder bei ihr herumzuspionieren? Der würde sie es zeigen! Allen würde sie es zeigen, die bei ihr einzudringen versuchten! Ohne lange zu überlegen schlich sie durch den dunklen Flur, griff nach dem Nudelholz auf der Kommode und postierte sich mit hoch erhobener Waffe hinter der Tür.

Langsam öffnete sich die Tür, erst einen Spalt, dann immer weiter. Dabei hörte sie ein Atmen und registrierte den Umriss eines Körpers. Die Person flüsterte etwas. Lotte wusste, dass sie jetzt nicht zögern durfte und schlug mit aller Kraft zu. Sie hörte es knacken, als die Gestalt lautlos zusammensackte. Das

Geräusch kannte sie. Hatte es bei dem Einbrecher nicht auch so grauenvoll geknackt?

Erst jetzt wurde ihr bewusst, dass die Person etwas gesagt, sie aber in der Aufregung nicht darauf geachtet hatte. War es möglich, dass sie »Mutter« geflüstert hatte?

Neuzugänge

Ivonne Keller

Emmi Wondraschek saß in ihrem Sessel in der Empfangshalle der Seniorenresidenz Sonnenhof und nippte an einer Tasse Tee. Es war der dritte Dienstag im Monat - der einzige Tag, an dem die Sonnenhofleitung ein Pflichtprogramm für alle Bewohner vorgesehen hatte - und Emmi war insgeheim davon überzeugt, dass dieser Abend allein dazu diente, sich vom ordnungsgemäßen Zustand der Bewohner zu überzeugen. Man traf sich in der Empfangshalle zum Kartenspiel oder Plausch – doch Emmi saß allein. Sie wollte es so. Während sie einen Darjeeling trank, lauschte sie den Erzählungen der anderen Bewohner und hoffte, dass es bald vorbei war und sie ihre Handtasche nehmen und zurück in ihr Apartment gehen konnte.

»Meine Knieoperation ist ganz gut verlaufen«, sagte Willi eben und deutete stolz auf sein Bein. »Sie haben mir das Gelenk aufgeklappt, den Meniskus abgeschnippelt, den Knorpel geputzt, das ganze kaputte Zeug rausgeschmissen und dann die Schose wieder zugenäht.« Die anderen Beistehenden nickten anerkennend, allen voran Gerda, die Willi bereits anhimmelte, seit er im Sonnenhof eingezogen war.

»Wie das damals mit meiner Hüfte war«, schaltete sich Elisabeth ein, »das waren Schmerzen, sage ich euch! Ich konnte mich Wochen nicht richtig bewegen!« Beifall heischend sah sie sich um, doch die Aufmerksamkeit galt weiter Willis Meniskus.

»Tut es denn noch weh?«, fragte Gerda mitfühlend. Willi winkte ab: »Ach was! Ich bin froh, dass ich da wieder draußen bin aus dem Krankenhaus! Nur alte Leute da, schlimmer wie hier!«

Emmi sah aus dem Augenwinkel, wie er zu ihr hinüber schielte. Sie wusste, wie gern er ihr von seinen Beschwerden erzählt hätte, so wie er es anfangs getan hatte, als er erfuhr, dass sie die Witwe eines Apothekers war. Doch sie hatte ihm schnell klar machen können, weder an Fachgesprächen noch an sonstigem Geplauder interessiert zu sein.

Andere hingegen hatten nicht so schnell begriffen. Es hatte Einladungen zu Spazierfahrten gegeben, bei denen Emmi um ihr Leben fürchtete. Manche Herren waren nicht in der Lage, sich ein Glas Wasser einzugießen, ohne etwas daneben zu schütten – aber Autofahren konnten sie angeblich noch! Doch auch diese Herren hatten irgendwann verstanden, dass sie nicht zu haben war – weder für Spazierfahrten noch für sonst etwas. Sie wollte ihre Ruhe. Nicht mehr und nicht weniger.

Emmi schnappte sich ihre Handtasche und presste sie an sich. Sie seufzte. Alles hatte sie im Griff gehabt, bis dieser Neuzugang eingezogen war. Rolf Klein. Immer wieder hatte er von seiner Prostata angefangen. Ob sie als Apothekersfrau nicht einen guten Tipp abseits der üblichen Methoden für ihn hätte? Aber sie hatte geschwiegen. Sie wusste genau: Wenn sie einmal einen guten Rat erteilte, war sie die erste Anlaufstelle für alle. Doch ihre schroffe Absage konnte ihn nicht abschütteln, ganz im Gegenteil: Ihre kalte Schulter mache ihn ganz heiß, hatte er gesagt. Da war Emmis Plan gereift.

Sie lud ihn zum Kaffee in ihr Apartment ein und unterhielt sich in aller Freundschaft mit ihm. Als er zur Toilette ging – bei Männern mit Prostataproblemen nicht gerade selten – träufelte sie ihm mit einer Pipette Tröpfchen für Tröpfchen eines bei schwer Darmkranken sehr wirkungsvollen Bakterienstammes in den Kaffee. Ältere Menschen und solche mit schwachem Immunsystem ließen allerdings besser die Finger davon. Eigentlich hatte sie ihn nur für ein paar Tage ins Bett befördern wollen, damit er sie in Ruhe ließ … doch … bekanntlich lebten Männer nicht so lange wie Frauen.

Als dann der wehleidige Norbert, ebenfalls ein Neuzugang, Gefallen an ihr fand, probierte sie das Ganze noch einmal aus. Und es klappte wieder einwandfrei – bis auf die Tatsache, dass es eine Woche länger dauerte als bei Rolf. Aber dafür konnte Emmi nun wirklich nichts!

Ach Reinhard, dachte Emmi, was warst du nur für ein feiner und zurückhaltender Kerl. Er hatte bis zum Schluss sogar im Bett sein Toupet auf dem Kopf behalten und es erst abgesetzt, wenn das Licht aus war. Immer rücksichtsvoll und ästhetisch. Nicht so wie diese Bande hier.

Emmi versuchte, das Gerede von Willi und den anderen aus ihrem Kopf auszublenden und in die Vergangenheit mit Reinhard abzuschweifen, als mit einem Schlag alle Gespräche verstummten. Sie hörte das Geklacker von Absätzen auf den glänzenden Bodenfliesen und wandte den Kopf in die Richtung, in die die anderen blickten. Der Grund für die eingetretene Stille war die etwa siebzigjährige Dame, die soeben durch die Schiebetür ins Foyer getreten war. Es lag nicht allein an dem roten Kostüm, dessen Rock ihr gerade so über die Knie reichte, dass alle glotzten wie Kühe auf der Weide. Es lag auch nicht an der fast weißen Haarpracht, die ihr locker ums Kinn schwang und exzellent zu ihrem himbeerroten Lippenstift passte. Es lag vielmehr daran, dass in den Ohren der Frau, die erstaunlich leichtfüßig daherkam, zwei weiße Kopfhörerstöpsel steckten, deren Kabel in der an ihrer Schulter baumelnden schwarzen Handtasche verschwanden. In die Stille mischte sich neben dem Klackern der Absätze verzerrte Musik, die aus den Kopfhörern schallte - und es waren nicht die Kastelruther Spatzen, soviel war sicher.

Die Dame wippte zum Empfang, wo sich abends um diese Zeit natürlich niemand mehr aufhielt, sah sich nach einer Klingel auf dem Tresen um und wandte sich schließlich ihnen zu. »Kann mir mal jemand helfen?«, rief sie viel zu laut wegen der Kopfhörer.

Emmi sah sich nach der Sonnenhofleitung um, doch die schien sich bereits verabschiedet zu haben. Auch die anderen wirkten ratlos, was zu tun sei. Nur Willi ergriff die Initiative. Er ließ Meniskus Meniskus sein und humpelte mit ausgestreckter Hand zum Empfang: »Aber gerne doch, ich bin der Willi«, sagte er.

Sie nahm die Hand und schüttelte sie damenhaft. »Marlene Jung«, sagte sie und legte den Kopf schräg wie ein Mädchen. »Ich wohne jetzt auch hier. Apartment 4.« Und da es jetzt jeder gehört hatte, nahm sie die Kopfhörer aus den Ohren und verstaute sie in ihrer Tasche.

Wie sich durch ein kurzes Telefonat herausstellte, war Marlene Jung etwa sieben Stunden zu spät dran: Mit der Empfangssekretärin hatte sie dreizehn Uhr verabredet, nicht zwanzig. Nun musste diese zu Hause alles stehen und liegen lassen und noch einmal kommen.

Emmi hegte den Verdacht, dass dies nicht unbeabsichtigt geschehen war, sondern reines Kalkül, denn es war der Dame keineswegs peinlich. Im Gegenteil, sie inspizierte unverfroren die anwesenden männlichen Mitbewohner, als sei sie Fleischbeschauerin bei einer Viehauktion. Nachdem sie mit ihrer Beschau fertig war, deutete Marlene Jung zielsicher auf den freien Sessel neben Emmi und sagte: »Ich setze mich einfach da rüber und warte dort.«

Emmi richtete sich kerzengerade auf. *Reinhard!*, dachte sie, *Reinhard, hilf mir!* Sie wollte keine Gesellschaft. Und schon gar nicht von dieser lauten Person. Willi ließ es sich nicht nehmen, Marlene unterzuhaken und sie humpelnd zu Emmi zu geleiten.

Als Marlene saß und Willi mit einer Handbewegung entlassen hatte, beugte sie sich zu Emmi und sagte: »Sie machen es genau richtig, dass Sie sich absondern.«

»Ich sondere mich doch nicht ab«, sagte Emmi und griff sich an den Kragen ihrer Bluse. »Ich sitze hier ganz normal …«

»Nein, nein, ich sehe das. Sie sondern sich ab.«

Emmi kniff die Augen zusammen. Diese Dreistigkeit. Für eine Neue!

Marlene Jung beugte sich konspirativ zu Emmi und flüsterte: »Gibt es hier auch interessante Männer oder nur diese alte Mischpoke?«

»Ich bin nicht wegen der Männer hier«, sagte Emmi empört

und wünschte sich plötzlich, bei Gerda und den anderen zu stehen.

Marlene Jung kramte in ihrer Handtasche und holte ein Foto hervor, das sie Emmi hinhielt. Es zeigte einen Herrn, der eine verblüffende Ähnlichkeit mit diesem Schauspieler ... wie hieß er noch ... Sky Du Mont! hatte. Fast schwarzes, mit gleichmäßigen grauen Strähnen durchzogenes Haar krönte sein Haupt. Ein verführerisch spöttisches Lächeln umspielte seine Mundwinkel. Die Augen blitzten unternehmungslustig. Zugegeben, ein durchaus ansprechender Herr.

»*Das* ist ein Mann!«, sagte Marlene Jung und verstaute das Foto wieder in ihrer Tasche. »Lorenz Meyer – mit ihm treffe ich mich morgen.«

Emmi betrachtete sie erstaunt. »Ist das Ihr erstes Treffen?«, fragte sie.

Marlene nickte. »Ich kenne ihn von der Internet-Plattform ‚Elite Senioren'. Kennen Sie die? Nein? Eigentlich wollte ich dieses Treffen unbedingt erledigt haben, bevor ich hier einziehe. Aber leider hat es sich nicht eher ergeben.«

Emmi nickte, obwohl sie den Zusammenhang nicht verstand. Vom Internet hatte sie schon gehört, aber in ihrem Leben noch vor keinem Computer gesessen. Sie war siebenundsiebzig und nur hin und wieder packte sie die Neugierde auf das, was sie verpassen könnte. Das Internet, so hieß es, war ein Kosmos an Möglichkeiten. Die meisten Bewohner des Sonnenhofs hatten schon einen der angebotenen Computerkurse besucht. Willi besaß sogar ein iPhone. Er sagte, es ersetze ihm auf der Toilette die Zeitung. Und sein Enkel hatte ihm erklärt, wie man damit wie mit einem Kompass durch die Stadt laufen konnte. Willi, der alte Trottel, hatte ihr vorgemacht, wie es ging, und war dabei fast gegen eine Laterne gerannt.

»Waren Sie mal verheiratet?«, fragte Marlene.

Emmi senkte den Kopf. »Ja, vierzig Jahre«, sagte sie leise. Sie sprach nicht gerne mit anderen über Reinhard.

»Vierzig Jahre?«, rief Marlene und hob beide Hände. »Verrückt! Ich war schon sechs Mal verheiratet, mit keinem länger als vier Jahre!«

Emmi sah sie mit großen Augen an. »Was? Warum das denn?«

»Na, weil sie alle gestorben sind«, kicherte Marlene und entgegnete selbstbewusst Emmis entsetztem Blick: »Ich kaufe nie die Katze im Sack. Jeder hatte eine tödliche Krankheit, als ich ihn kennenlernte. Das ist eine Voraussetzung bei meinen Recherchen. Genauso wie ein gutes finanzielles Polster.«

Emmi blieb die Luft weg. Ihr fiel nichts ein, was sie zu Marlenes Unverfrorenheit sagen konnte, außer: »Was hat dieser Lorenz Meyer denn für eine Krankheit?«

Marlene lehnte sich zurück und verschränkte die Arme. »Er ist eine Ausnahme. Er ist kerngesund.«

Emmi schwirrte der Kopf. Sie wollte auf ihr Zimmer und ihre Ruhe haben, sich eine CD mit Mozarts Kleiner Nachtmusik in den Spieler einlegen und an Reinhard denken. Mit letzter Kraft und einem Anflug von Neugierde fragte sie: »Und was gedenken Sie gegen seine Gesundheit zu unternehmen?«

Erneut griff Marlene in ihre Handtasche und klimperte mit etwas, das sich wie ein Schlüsselbund anhörte. Emmi hob eine Augenbraue und starrte sie fragend an. Marlene hielt ihr die Tasche unter die Nase und ließ Emmi einen Blick hinein werfen. Emmis Augen weiteten sich. »Handschellen?«, fragte sie. »Was haben Sie denn damit vor?«

Marlene klappte die Tasche wieder zu und sagte: »Wenn Ihnen die Fantasie fehlt ...«

Emmi hatte genug. Sie sah sich verstohlen um. Es gab genügend andere Interessenten, die sich liebend gerne mit Marlene unterhalten würden, vermutlich auch über Handschellen. Willi saß schon seit einiger Zeit auf seinem Stuhl und rieb sich sein Knie. Immer wieder lunzte er zu Marlene und Emmi hinüber – was Gerda mit Argusaugen beobachtete. Emmi gähnte demonstrativ und erhob sich. Dann wünschte sie Marlene eine gute Nacht und ging hoch erhobenen Hauptes zum Fahrstuhl.

Die Nacht verbrachte sie unruhig und schwitzend. Im Traum erschien ihr Reinhard in seinem weißen Kittel und flog wie ein Gespenst vor ihr auf und ab. Als sie erwachte, schwor sie sich, ab sofort einen weiten Bogen um Marlene Jung zu machen.

Doch kaum stand sie am nächsten Morgen in dem kleinen Kiosk der Seniorenresidenz, um sich zum Frühstück ihr Butterhörnchen zu kaufen, erklang eine Stimme hinter ihr. Emmi fuhr herum und blickte auf Marlene Jung, die in einem pinken Jogginganzug vor ihr stand - einer ihrer Ohrstöpsel steckte im linken Ohr, der andere baumelte herab.

»Wissen Sie, woran man merkt, dass man wirklich alt wird?«, fragte Marlene, die leicht außer Atem zu sein schien. »Wenn die Kinder plötzlich so heißen wie man selbst. Da lief ich doch eben da draußen im Park an einer Kindergartengruppe vorbei und gesellte mich einen Moment zu ihnen. Und wie hießen die lieben Kleinen? Johann. Carl. Frieda. Mina. Sogar eine Marlene war dabei!«

Emmi nickte, doch es interessierte sie nicht die Bohne. Sie wollte nicht reden. Sie wollte ihr Butterhörnchen kaufen und es in Seelenruhe in ihrem Apartment in ihren Kaffee tunken!

Doch Marlene war nicht zu stoppen. Sie knuffte Emmi mit dem Ellbogen in die Seite. »Sie kommen doch nachher mit zu meiner Verabredung mit Herrn Meyer, oder? Das machen Freundinnen doch so! Bleiben Sie im Hintergrund und beraten Sie mich nachher – mit etwas Glück habe ich demnächst eine andere Bleibe. In meinem Alter und alleinstehend findet man ja keine Wohnung!«

Emmi starrte sie mit großen Augen an. Marlene war gar nicht freiwillig da? »Warum mussten Sie denn aus ihrer Wohnung raus?«, fragte sie.

Marlene wand sich. »Es hat Ärger mit den Nachbarn gegeben. Sie waren mit meinem Lebenswandel nicht einverstanden. Zum Glück hat sich das hier kurzfristig ergeben.«

Nun wurde die Sache für Emmi interessant. Marlene suchte eine andere Bleibe? Bei diesem Sky Du Mont-Double? Na wunderbar! Sicherheitshalber würde sie mitkommen und ihr den Mann schönreden, falls Marlene einen Haken an der Sache fand. »In Ordnung«, nickte sie. »Wann geht es los?«

Einen halben Tag später saß sie mit Marlene im Café Alte Scheune, das man zu Fuß von der Seniorenresidenz aus erreichen konnte. Es war eigentlich - trotz des Namens - kein Treffpunkt für Senioren und Emmi war das erste Mal hier, aber für Marlene hatte das Lokal genau das richtige moderne Ambiente. Durch das laute Stimmengewirr konnten sie sicher sein, dass niemand allzu neugierig ihrem Gespräch lauschen würde.

Emmi saß auf der Bank neben Marlene an einem Tisch und tat, als sei sie in ein Buch vertieft. Dabei bekam sie jetzt schon Kopfschmerzen von dem Lärm. Sie griff in ihre Handtasche, in der sich ein Sammelsurium an Medikamenten für jeden Anlass befand, außer den Bakterienstämmen selbstverständlich – die hatte sie zu Hause im Kühlschrank. Emmi fischte nach einem Glasdöschen, in dem sie Kopfschmerztabletten aufbewahrte, steckte sich unauffällig eine in den Mund und spülte mit einem Schluck Wasser nach.

Marlene blickte unentwegt zur Tür.

Natürlich konnten sie nicht miteinander reden, doch Marlene raunte jedes Mal, wenn die Tür aufging: »Wo bleibt er nur?«

Als sie bereits eine Viertelstunde gewartet hatten, betrat ein Herr das Lokal, dessen Anblick Emmi den Atem nahm. Fast hätte sie »Reinhard!« gerufen. Zwar fehlte das Toupet und freilich konnte es nicht Reinhard sein. Doch er sah ihm zum Verwechseln ähnlich. Dieselben warmherzigen braunen Augen. Dieselben Lachfältchen. Er trug eine Fliege, so wie Reinhard es immer getan hatte. Im Gegensatz zu Sky Du Mont - denn dass dieser Herr Marlenes Verabredung war, wurde ihr erst in dem Moment klar, als er auf ihre verblüffte neue Freundin zuging und ihr einen formvollendeten Handkuss gab.

»Lorenz Meyer«, stellte er sich vor. »Es tut mir unendlich

leid, dass ich mich verspätet habe, aber in dieser Gegend ist wirklich kein Parkplatz zu finden.«

Marlene blickte ihn mit offenem Mund an. »Sky Du Mont?«, fragte sie knapp und deutete mit dem Finger auf sein Gesicht.

Er hob überrascht die Augenbrauen und sagte: »Das ist selbstverständlich nur mein Avatar.«

»Ihr Ava … was?«

»Mein Avatar. Mein Profilbild. Haben Sie tatsächlich Sky Du Mont erwartet?« Er lächelte und zwinkerte Emmi zu, die aus Versehen zu ihm hingeschaut hatte. Obwohl sie in der Tat nicht ganz sicher war, ob sie ihn nicht bereits anstarrte, seitdem er das Lokal betreten hatte. Beschämt rückte sie ihre Lesebrille zurecht und schaute zurück in ihr Buch. Nur hin und wieder schielte sie über den Rand ihrer Brille. Dass er kein Toupet trug, stand ihm ganz ausgezeichnet. Wenn sie es recht bedachte, hatte sie Reinhard fast nie ohne Toupet gesehen. Jedenfalls nicht im Hellen.

Marlene und er unterhielten sich. Lorenz Meyer erzählte von seiner früheren Tätigkeit als Fotograf. In seinem Atelier hatte er die ganz Großen fotografiert, unter anderem Sky Du Mont, und seine Frau hatte ihm bis zu ihrem Tod an seiner Seite assistiert. Dann berichtete er von seinem Haus und seiner Haushälterin, die ihm seit dem Tod seiner Frau zur Hand ging - rein platonisch selbstverständlich. Er bestellte sich und Marlene eine Portion Waffeln mit Sauerkirschen und Sahne und trank dazu Darjeeling – Emmis Lieblingstee. Beim Heben der Tasse spreizte er den kleinen Finger ab, so wie Reinhard es getan hatte. Emmis Herz schmolz. Dass sie das noch einmal erleben durfte! Ihr wurde heiß, verdammt heiß. Normalerweise fror sie immer, doch dieser Lorenz Meyer brachte ihr Blut in Wallung.

Als er aufstand, um zur Toilette zu gehen - sein »einziger Defekt«, wie er zwinkernd gestand - packte Marlene Emmi am Arm. »Das ist er!«, raunte sie. »Genau richtig. Gut, er ist ein hässlicher Vogel, aber er hat Geld! Ein Haus! Und eine Haushälterin!«

Emmi wurde blass. »Der ist nichts für Sie, Marlene«, hauchte sie. »Viel zu unmodern! Ein Mann mit Manieren. Sie würden sich doch sofort mit ihm langweilen.«

»Ach was«, sagte Marlene, »denken Sie an den Inhalt meiner Tasche!« Sie klopfte auf ihre Handtasche, dass es klimperte. Emmi schluckte. Sie musste diese Verbindung verhindern - unbedingt! Die Vorstellung von Lorenz Meyer in Handschellen brachte sie innerlich zur Raserei. Dieser feine Mensch, an ein Bett gekettet - unvorstellbar! Ihr Blick ging verstohlen zu ihrer eigenen Handtasche und dann zu Lorenz Meyer, der eben mit einem strahlenden Lächeln von der Toilette zurückkam. Marlene erhob sich. »Ich geh' auch mal schnell«, sagte sie und warf Emmi einen auffordernden Blick zu, so als bäte sie darum, Lorenz Meyer zu seiner Begleitung zu gratulieren. Was sie natürlich nicht tun würde - niemals!

Sie und er sahen Marlene hinterher. Als er den Kopf ihr zuwandte, sagte Emmi: »Sie erinnern mich an meinen verstorbenen Mann.«

Er lächelte. »Wissen Sie was?«, sagte er und beugte sich nach vorn, »und Sie erinnern mich an meine verstorbene Frau.«

Ihr Blick ging eine Verbindung ein, die Emmi schweben ließ wie auf Wolken.

»Was war ihr Mann von Beruf?«, fragte er.

»Apotheker«, lächelte Emmi.

»Und Sie selbst, als was haben Sie gearbeitet?«

»Ich war seine Assistentin.« Ihre Blicke verschmolzen, bis Marlene von der Toilette zurückkehrte.

Emmi folgte Marlenes Geplapper nur mit halbem Ohr. Lorenz Meyer war schweigsam und zurückhaltend, genau wie Reinhard es gewesen war. All ihre Gedanken galten einer gemeinsamen Zukunft mit ihm, dessen Blick immer wieder ihren traf.

Emmi griff nach ihrer Handtasche und ging innerlich den Inhalt durch. Es würde sich schon etwas Geeignetes finden.

Wenn nicht in der Tasche, dann in ihrem Kühlschrank.

Allerdings durfte sie eines nicht vergessen: Sie hatte Marlene diese Begegnung zu verdanken. Gedankenverloren rührte Emmi in ihrem Tee. Sie würde Marlene einen ganz speziellen Cocktail mixen. Etwas, das den Verstand auf Dauer schädigte, aber nicht zum Tode führte.

Es würde sicherlich ausreichen, um den Gesprächen von Willi, Gerda und den anderen zu folgen.

Nicht mehr.

Und nicht weniger.

Frische Farben

Jochen Weeber

Wenn sie ihn ab und zu mit etwas überrascht habe, sagt Großmutter - das sei das Größte für ihn gewesen. Wie habe er das geliebt. Überraschungen! Wir hätten das Leuchten in seinen Augen sehen sollen! Als sei Weihnachten und er noch immer ein Kind. Seit dem Frühjahr 1929 habe sie unseren Opa geliebt, und diese Momente mit ihm, wenn Weihnachten in seinen Augen war, ganz besonders.

Es gibt frischen Kuchen, und wie immer wenn sie uns von Großvater erzählt, springt Oma mittendrin auf, geht zur Kommode und holt einen Zeitungsartikel heraus.

Es ist jedes Mal derselbe Artikel, den sie auf den Tisch knallt mit den Worten: »Da! Guck ihn dir an! Kurz nachdems Wohnzimmer neu gestrichen war. Der-Lump-der-alte!« Sie pocht dabei mit dem Zeigefinger aufs Papier, vier oder fünf oder auch zehn Mal hintereinander. Irgendwann wird dieses Pochen schließlich wieder leiser und Omas Erregung legt sich, wie das Segel eines Schiffes, wenn nach und nach der Wind aussetzt. »Der-Lump-der-alte«, murmelt sie noch einmal. Und wir wissen, dass sie nicht unseren Großvater damit meint. Oma hält ein paar Augenblicke lang inne. Schweigen. Die Wanduhr tickt, Großmutters Augen werden ganz still, dann zieht es sie nach innen.

Opa ist damals nicht heimgekommen. Zumindest nicht so, wie ihn alle gekannt hatten. Anfangs schon, da kam er sogar dreimal. Er kam aus Frankreich, aus der Champagne und der Gegend um Chaumont, ohne dass an ihm etwas anders war. Sein Lachen, die Augen, die Beine, er war immer wieder derselbe. Gustav Brand, ein Kerl, von dem Großmutter sich gerne verzaubern ließ. Den sie auf dem Sportplatz bejubelte. Dem sie Überraschungen bereitete. Auf den sie allzu gerne wartete, bis er endlich Fronturlaub hatte und heim durfte und bereits vorne, wenn er beim Rathaus um die Ecke bog, laut ihren Namen rief. »Juuulchen!«, immer wieder, vier, fünf Mal hintereinander. »Juuulchen«, mit diesem langen Heimkehrer-uuu, und die ganze Straße hat es gehört. Und manchen Frauen am Fenster stand es ins Gesicht geschrieben: Warum der und nicht meiner?

Kurz darauf lagen die beiden sich lange in den Armen. Und wenn Oma fragte, wie's ihm gehe, ob er gesund sei, antwortete er: »Ja, so gut wie - mir ist bloß wieder mal der Zehennagel eingewachsen.«

Dreimal war es bloß ein eingewachsener Zehennagel, diese Erbangelegenheit, mit der sich unsere ganze Familie herumzuschlagen hat – und mit einem Tag war dieser Zehennagel einfach nicht mehr wichtig. Beim vierten Mal, als er heimkam, war es anders. Gerade hatte sie alles neu gestrichen, die ganze Wohnung mit frischen Farben, um ihn damit zu überraschen - und jetzt war alles anders. Auf einmal lag da dieser Brief auf dem Tisch, und Oma wusste nicht mehr weiter. Stundenlang saß sie einfach bloß da und weinte.

Das Schreiben hatte oben einen Stempel und unten den Schnörkel eines gewissen Herrn Schlopp. Ein Bein, stand da. Mehr nahm Großmutter nicht wahr. Dass es Invalidenrente gäbe, dass für alle Helden gesorgt sei und dass man ihr das genaue Datum seiner Entlassung in Kürze mitteilen würde - all das erreichte ihr Bewusstsein erst am nächsten Tag.

Fünf Wochen später, es war kurz vor Pfingsten, hat es in der Gasse gehupt. Im Haus gegenüber stand man, wie immer, halb hinterm Vorhang und halb im Licht und beobachtete, wie dem Auto zwei Sanitäter entstiegen und ausluden. Sie griffen Großvater unters Gesäß, einer von links, einer von rechts, und mit einem synchronen »Uuund hopp!« hievten sie ihn schließlich aus dem Wagen. Mein Opa Gustav sagte kein Wort. Er blinzelte im Licht der Sonne, saß einfach so da in seinem Rollstuhl, äußerlich regungslos, während Großmutter zur Tür hinaus stürzte. Sie fiel ihm um den Hals, sie drückte ihn fest an sich, auch dann noch, als der Wagen mit den Sanitätern längst wieder um die Ecke verschwunden war. Dann schob sie ihn ins Haus. Aber auch drinnen sagte er nichts. Sie hielt seine Hand, sie strich ihm über die Wange, sie machte ihm Suppe und Brote mit Schmalz und war euphorisch, weil sie ihn endlich wieder hatte. Und er sagte einfach nichts.

»Es haben schon so viele gefragt, wann du kommst! Der Scharner sogar, der ist auch zurück, und der Mittlere von der Johanna, hörst du? Und jetzt, ich kann das noch gar nicht glauben, jetzt bist du's!«

In den folgenden Stunden hatte Opa die Augen meist geschlossen, während sein Kopf unruhig war. Ununterbrochen vollführte er winzige wackelnde Bewegungen, die man aus drei oder vier Meter Entfernung gar nicht mehr hätte erkennen können. Dann wiederum öffnete er schlagartig die Lider, blickte Großmutter mit Eulenaugen an und gleich darauf aus dem Fenster, und am Ende des Abends, als sie im Dunkeln nebeneinander lagen, glaubte Oma für einen Moment, sie habe ihn ihren Namen flüstern hören. Sie sagte: »Gustav?«, und er wieder nichts. Ihre Finger strichen ihm langsam über die Brust, den Bauch, das Becken und landeten schließlich im Nichts.

Die ersten Nächte verliefen weitgehend ruhig, und sogar ein weiteres Mal noch meinte sie, er habe im Schlaf ihren Namen geflüstert. Tagsüber gab es Unmengen zu tun. Bei fast allem musste Oma ihm helfen. Sie wuchtete ihn auf die Toilette, schob ihn von einem Zimmer ins nächste und mühte sich, ihn an die Krücken zu gewöhnen. Sie wusch ihn und war ihm nah, sie spürte seine Wärme, und wenn sie an seinen Wangen roch, dann war da plötzlich wieder genug Kraft für den Rest des Tages.

»Mein Liebling, mein Gustav, ist dir denn nichts aufgefallen? An den Wänden?«, küsste sie ihn auf den Nacken. »Lass dir Zeit. Irgendwann erkennst du es, da bin ich mir sicher.« Sie redete weiter und immer weiter, auch wenn er keine Antwort gab und die Augen oft nur kurz öffnete. Sie schob ihn von einer

Wand zur nächsten und sagte: »Na? Sind das frische Farben?«

Doch egal vor welche Wand sie ihn auch schob, auf welche Tapete sie mit ihm starrte, weiß, gelb, blau – mein Großvater Gustav blieb stumm. Lediglich der Zeitungsartikel, den sie ihm zeigte, schien ihm, für den Bruchteil einer Sekunde, ein Lächeln zu entlocken.

Nach drei Wochen tat sich etwas. Opa wurde nachts immer unruhiger. Das Zittern seines Kopfes nahm zu. Er redete im Schlaf, er murmelte wirres Zeug, Brocken, Laute, und ab und zu schleuderte sein Kopf in großem Bogen von links nach rechts und rechts nach links. Er machte Geräusche, er zischte und donnerte, als führen ständig Blitze in seinen Schädel, als entlade sich ein Gewitter nach dem anderen in ihm. Und plötzlich schien er aneinander gereihte Silben zu murmeln. Seltsame, fremd klingende Wortteile. Großmutter tastete zum Nachttisch, nahm ihr Tagebuch und versuchte, all die Fetzen aufzuschreiben, sinnvolle Wörter daraus werden zu lassen.

Am nächsten Tag kam der Scharner vorbei, ein Freund, ein Zwei-Meter-Mann, mit dem Großvater hin und wieder ein Dach aufgezogen hatte und am Wochenende auf den Sportplatz gegangen war.

»Kannst du damit etwas anfangen?«

»Ich weiß nicht recht, na ja ... das könnten Namen sein. Vielleicht Orte. Oder Leute. Das kann alles heißen, keine Ahnung. Weiß Gott, was passiert ist.«

»Komm! Streng dich an! Du hast doch bestimmt eine Idee.«

»Weiß nicht, keine Ahnung, vielleicht kroatisch ... oder serbisch, was weiß ich. Das da, das könnte ... Suvaja, Krajina ... Hast du das so verstanden?«

»Glaub schon.«

Scharner ging zum Regal, suchte und zog mit der Linken den Atlas heraus. »Hier«, schlug er nach längerem Blättern eine Seite auf, »da könnte er zuletzt gewesen sein. In der Gegend geht‘s drunter und drüber«, schüttelte Scharner den Kopf. »Und dort, siehst du den Zipfel, der aussieht wie ein kleiner

Wal?« fragte er. »Da hat's mich erwischt.«

Tief über die Karte gebeugt, starrte Oma auf den kleinen Wal. Es schien, als starre sie ihm direkt in die Augen. »Tatsächlich«, sagte sie schließlich, »ein kleiner Wal.«

Für einen Moment legte ihr der Scharner die Hand auf die Schulter. Genau so lang, dass sie spüren konnte, dass seine Hand auch wirklich da war.

»Und da, sieh mal, was der Fluss für eine Biegung macht!«, sagte Großmutter. »Sieht das nicht aus wie eine Giraffe?« Oma versuchte zu lächeln. »Eine Giraffe ...«, sagte sie noch einmal, »das sieht ja ... lustig aus«.

Irgendwo dort unten, wo eine Giraffe aussieht, als wolle sie demnächst über einen kleinen Wal springen, hatte Opa sein Bein verloren.

Nicht irgendein Bein, sein rechtes. Sein Schussbein! Mit dem er Freistöße in den Winkel zirkeln konnte, wie kein anderer. Opa war bekannt dafür. Und gefürchtet. Und jetzt kam der Scharner daher und sagte: »Du und ich, zwei halbe Stürmer ... Überleg mal! Wenn wir uns zusammen täten, wenn das ginge, dann könnte aus uns wieder ein Ganzer werden! Von dir die Arme, von mir die Beine, man bräuchte halt einen, der das anständig zusammenflickt.«

Auch nach über sechs Wochen war bei Großvater keine Besserung in Sicht. Zwar hatte er zwei Nächte hintereinander halbe Worte gemurmelt, doch nach dieser kurzen Hochphase kam nichts mehr. Das Wenige, was er schließlich von sich gab, war bloß Gefasel und Gebrabbel.

Am Tag vor Fronleichnam wachte Großmutter plötzlich mitten in der Nacht auf. Etwas ließ sie auffahren und nach dem Lichtschalter tasten. Sie klickte. Nichts passierte – Stromausfall. Auch von der Straße her kam kein Licht herein, überall war stockfinstere Nacht. Sie tastete nach rechts, um Großvaters Hand zu fassen, sie tastete weiter und tiefer, doch es lag niemand neben ihr. War er aus dem Bett gefallen? Sie versuchte, seinen Atem zu hören. Sie schrie seinen Namen, mehrmals hintereinander. Vergeblich. Sie ging hinüber in die Küche, machte die Petroleumlampe an, und dann durchsuchte sie das Haus bis hinab in den Keller. Aber Gustav war nirgends. Großmutter stürzte hinaus in die Nacht, sie versuchte einen kühlen Kopf zu bewahren, sich nichts Schlimmes auszumalen, doch die Angst ließ sich nicht beiseiteschieben. Über den Dächern war es friedlich. Nichts war zu hören außer Hundegebell von einem der Aussiedlerhöfe.

Nach einer Stunde war es soweit.

Am Sportplatz fand sie ihn.

Er hockte im Sechzehnmeter-Raum und rieb sich mit den Zähnen auf der Lippe. Wie gelähmt saß Großmutter minutenlang dabei, ohne etwas zu tun. Sie hielt ihre Lampe und konnte sich einfach nicht bewegen. Sie starrte ihn an wie einen Fremden. All die gemeinsamen Erinnerungen schienen weg.

Und wenn sie ihm an den kommenden Tagen nah war und an seinen Wangen roch, reichte die Kraft kaum mehr für die kommenden Stunden. Am darauf folgenden Wochenende hat sie ihn morgens stundenlang vor dem Blechwännchen sitzen lassen und ist einfach in die Stadt gefahren.

Als sie zurückkam, war der Fußboden ein See und Opa saß mittendrin wie ein Kapitän. Er saß auf seinem Schemelchen, wie er eben war, all die langen Jahre, stumm und bekloppt.

»Ihr hättet das Leuchten in seinen Augen sehen sollen!«, sagt Großmutter. »Was war euer Großvater schön, wenn er sich freute.« Oma blickt hinaus zum Fenster.

»Einmal, Mitte der dreißiger Jahre muss das gewesen sein, habe ich ihm ein Plakat gemalt und bin damit am Spielfeldrand gestanden«, erzählt sie. *»Vorwärts, Gustav!!* stand da drauf. Ihr könnt euch nicht vorstellen, wie baff er war. Fast eine Minute lang stand er mitten auf dem Platz und staunte. Das Spiel lief natürlich weiter, aber das hat er gar nicht so richtig mitbekommen. Erst als sie ihn über den Haufen rannten, ist er wieder zu sich gekommen.«

Oma lächelt.

Der Ribiselkuchen ist noch warm. Geschmeidig bettet er sich zwischen Zunge und Backentaschen.

Großmutter bäckt für ihr Leben gern Kuchen. Mit der Zeit haben wir ein Gefühl dafür bekommen, wann Oma sich für welchen Kuchen entscheidet. Und Ribiselkuchen gibt es, wenn sie sich nicht so gut fühlt. Manchmal an solchen Tagen, gesteht sie, reiche aber selbst das nicht aus. Dann brauche sie etwas anderes. Dann gehe sie zur Kommode und lege diesen Artikel auf den Tisch. Jenes Zeitungsfoto aus dem Jahr 1942, das sie zwar zunächst wütend mache, ihr anschließend aber ein wirklich gutes Gefühl gebe:

Zum Streichen der Wohnung hatte Großmutter den Boden mit Zeitungen ausgelegt, und auf einer der Titelseiten war ein Foto mit Reichspropagandaminister Goebbels. Von Oma, seit ich denken kann, auch *Der-Lump-der-alte* genannt. Betrachtet man das Bild von Weitem, erkennt man nichts Besonderes. Betrachtet man es von Nahem, weiß man, warum Großmutter glauben möchte, Opa habe damals einen Moment lang gelächelt: Goebbels, nach den Renovierungsarbeiten meiner Großmutter von oben bis unten bespritzt, als habe er Masern oder eine ganz furchtbar schlimme, exotische Krankheit. Oben über dem Bild steht: *Zufällige Sprenkelei, Januar 1942.*

Ob sie so eine Sprenkelei auch von Hitler, *Dem-Oberlumpen-dem-alten* habe, will meine kleine Nichte wissen, und Oma antwortet, nein nein, der habe leider drüben im Bad gelegen. Und da die Farbe unmittelbar davor ausgegangen war, sei der Führer »so« davon gekommen. Ohne Masern, ohne schlimme Krankheit. Auch wenn sie das nachträglich gerne geändert hätte, seufzt sie. Und verschwindet nochmal ein Weilchen nach innen.

Maria und Lukas

Till Lattero

Komm Lukas, setz dich nah zu mir. Ich spüre, dass mir nicht mehr viel Zeit bleibt. Du wolltest immer seine Geschichte kennen. Ich habe nie gern darüber gesprochen, doch nun sollst du sie hören. Entscheide selbst, ob es gut ist, sie tatsächlich so niederzuschreiben.

Um es gleich auf den Punkt zu bringen, ich denke, es hat mit meiner Hasenscharte zu tun, dass sich die jungen Kerle nicht wirklich für mich interessierten. Ich war niemand, mit der man angeben konnte, auch waren meine Eltern arm und ich keine, die auf Festen den Esel zum Tanzen brachte. Immerhin hatte ich eine gute, mollige Figur, war nicht so abgemagert wie nach seinem Tode. Mir hätte der eine oder andere Bursche schon gefallen, aber es gab keinen, der mich hat heiraten wollen. Sie pfiffen zwar hinter mir her, wollten aber nur das eine; dafür jedoch war ich mir stets zu schade.

Als ich mit zwanzig immer noch nicht unter der Haube war, wurden meine Eltern unruhig. Reichlich scheinheilig baten sie mich zu einer Unterredung. Wie ich mir denn meine Zukunft vorstellen würde? Ob ich mal daran gedacht hätte, warum sie schon Lätzchen nähten und Spielfiguren schnitzten? Diese typischen, drängenden Elternfragen. Natürlich wollte ich Kinder. Ich sollte mich nicht so zickig anstellen. Bislang hätten sie mir großzügig freien Fuß gelassen, selbst Vorschläge für einen Bewerber zu unterbreiten. Ach, sie gaben sich so tolerant. Doch in jenem Gespräch meinte mein Vater, dass die Jahre verstreichen und Frauen in meinem Alter dann in eine Heiratsendzeitpanik verfallen würden. Das ganze Gespräch war eine Farce und es war klar, auf was das hinauslaufen sollte.

Schon bald hatten sie die Ehe mit Joseph arrangiert. Ich war empört, zumal er zwanzig Jahre älter war als ich. Er war nicht der Hellste, etwas unbedarft, aber immerhin brav und rechtschaffen; ein selbständiger Zimmermann, wie sie betonten, aber arm, und das nicht nur an Haaren. Für meine Eltern war es ein gelungener Handstreich, da sie mich nun versorgt wussten und zudem keinen Brautpreis zahlen mussten. Er hatte seine Eltern früh verloren und so gab es für sie nicht einmal konkurrierende Großeltern.

Nachdem ich mich abgeregt hatte, konnte auch ich in dieser Ehe manchen Vorteil entdecken. Zu meinem Glück war ich nicht an so einen scharfen Rammler geraten, der jedes Weib beschnüffelte, und er bezog mich in Entscheidungen um die Familie oft mit ein. Allerdings haperte es an seiner Manneskraft, denn mein Bauch rundete sich nicht.

Ich trug eine Menge Sesterzen zu verschiedenen Heilern, schluckte Pillen, nahm Pülverchen, trug auf und rieb ein, aber ein Erfolg wollte sich nicht einstellen.

Als dann noch Elisabeth, meine mütterliche Freundin, schwanger wurde, worauf niemand auch nur einen Pferdefuß gewettet hätte, war es um meine Selbstachtung vollends geschehen. Nicht, dass ich ihr das nicht gegönnt hätte, aber ich konnte plötzlich keine werdenden Mütter mehr sehen, dieses Geschwätz um Tipps beim Stillen, neueste Erkenntnisse zum Wickeln und erste Krabbelversuche nicht mehr hören. Mir wurde schlecht, wenn ich erlebte wie Erwachsene nur noch Brabbellaute ausstießen. Und dann hinter meinem Rücken dieses Getuschel, dessen Inhalt unschwer zu erraten war.

Nun kannst du dir vorstellen, wie erstaunt ich war, als plötzlich dieser himmlisch gut aussehende Jüngling in meiner Küche auftauchte. Gabriel hieß er. Der meinte, er habe eine Lösung für mein Problem: »in vitro Fertilisation« oder so ähnlich. Ich hörte gar nicht richtig zu; ich war hin und weg von seiner Erscheinung. Er sah aus wie ein Engel, wie er so mit seinen blonden Löckchen vor mir stand. Ich griff mir doch tatsächlich ein Messer und schlich um ihn herum; ich hätte ihm glatt die Flügel gestutzt, damit er mir nicht mehr entfliegen könnte. Er aber reagierte zunächst unwirsch, weil ich ihm nicht zuhörte. Ich meinte, ich verstünde nur »fit und fertig«, wovon er denn spreche. Da merkte er kleinlaut auf, er habe sich in Auftrag und Zeit geirrt, sei überarbeitet und verspannt. Er habe das mit der »jungfräulichen Geburt«, so sein Merkwort, falsch abgespeichert. Dennoch, wie es aussehe, könne ich mir ein eigenes Kind wohl abschminken. Ich war reichlich verwirrt und sagte ihm, er sei sehr frech und indiskret. Daraufhin bat er ganz süß um Entschuldigung, ging noch mal vor die Tür, klopfte an und stellte sich augenzwinkernd als Gabriel, Vermittler in Sachen Adoption, vor. Er habe von meinem Problem erfahren, ob ich mir eine solche vorstellen könne? – Sicherlich war mir das auch schon mal durch den Kopf gegangen, aber so direkt darauf angesprochen zu werden, überrumpelte mich. Ich sagte mir, Gabriels Erscheinung sei eine göttliche Fügung. Zwar war es nicht das, was ich ursprünglich wollte, doch ein Spatz in der Hand war mir lieber als die Taube auf dem Dach. Ich bat um mehr Informationen.

Das Kind sei königlichen Geblütes, erklärte mir Gabriel. Da Joseph aus dem Hause Davids stamme, passe es zu uns. Eigentlich dürfe er mir das nicht verraten, weil es um ein Geheimnis gehe. Es sei ein Junge, soviel könne er mir bereits mitteilen, denn es gebe höhere Methoden, das schon im Mutterleib feststellen zu können. Da es aber um eine sehr delikate Angelegenheit gehe, die er im Auftrag von alleroberster Stelle erfülle, sei er auf meine Diskretion angewiesen. »Nix da«, sagte ich, »der Joseph muss davon wissen!« Gabriel wand sich, aber ich setzte mich durch. Der wurde also eingeweiht. Merkwürdig fanden wir Gabriels Forderung, ich müsste ab sofort eine Schwangere spielen. Er werde uns beizeiten über die Hintergründe aufklären und uns das Kind in etwa sieben bis acht Monaten bringen. Vor die Wahl gestellt, willigten wir schließlich ein. Kaum geschehen, war Gabriel auch schon entschwunden. Brav band ich mir in der Folge zunehmend dickere Kissen unter mein Gewand, äußerte Unwohlsein, klagte über Schwindel und entwickelte besondere Gelüste. Tatsächlich war ich allein schon im Geiste so schwanger, ging ich in meiner Rolle so auf, dass selbst Elisabeth nichts merkte.

In gewissem Sinne half uns diese dämliche Volksschätzung, die Augustus erließ. So kamen uns auf die letzten Ellen keine neugierigen Nachbarn ins Haus, hatten alle mehr mit sich selbst zu tun, als blöde Fragen zu stellen. Beschwerlich war das natürlich schon nach Bethlehem zu reisen, aber ich genoss eine Menge Vorzüge; durfte auf unserem Esel sitzen - Joseph war in dieser Hinsicht sehr aufmerksam und zuvorkommend - und war mir der Nachsicht aller gewiss.

Trotzdem hatte er nicht genügend vorgesorgt und uns in Bethlehem nicht rechtzeitig eine ansprechende und meinen Umständen angemessene Unterkunft organisiert. Das war nun halt mal keine seiner Stärken. Es war Spätsommer, ich weiß es noch wie heute. Der kleine Ort glich einem Bienenschwarm und der Wucher um eine Herberge trieb grausame Blüten. Wir waren beide froh, schließlich in einem Stall weit außerhalb unterzukommen, der uns immerhin gegen Zugwind schützte und uns ein Dach überm Kopf bot. In der Not frisst die Ziege auch eine Fliege. Hier konnten wir sogar problemlos den Esel unterbringen. Als ich dann mal austreten musste, sah ich Gabriel wieder. Mein Herz schlug schneller, ich war ganz aufgeregt. Er trug ein Bündel unterm Arm. Tatsächlich war es mein kleiner Junge. Er hieß Jesus. Ein schöner, zudem seltener Name, da würde er unter den Kindern als einziger so gerufen werden; außerdem war sein Anfangsbuchstaben Joseph nachempfunden. Und wie goldig er aussah. Erst auf den zweiten Blick fiel mir auf: Er war strohblond. Ich erschrak. Wie sollte ich das erklären? Man würde denken, ich wäre meinem Josef untreu gewesen. Gabriel erkannte natürlich gleich, was los war. Er beschwichtigte mich und erklärte begeistert, das Kind sei eben etwas ganz Besonderes, ein Wunderkind; da stehe ihm dieser goldene Strahlenkranz gut zu Gesicht. Das war nicht zu leugnen. Wir wussten damals ja nicht, dass das mal so viele Anhänger finden würde, sich die Haare blond zu färben, ja dass man dies sogar auf Glorienbildern herausstrich. Immerhin kamen wir dadurch nie in Versuchung, ihm seine wahre Herkunft zu verheimlichen und erzählten ihm schon früh, sein Vater sei im Himmel. Über seine Mutter hatten wir keine Kunde. Jesus selbst war es immer wichtig zu betonen, ein Jude zu sein; das kennt man ja von Adoptivkindern, sie wollen als voll integriert gelten. Doch ich lenke ab. Natürlich war ich gleich hin und weg von dem Kleinen; auch weil er keine Hasenscharte hatte - wie auch? Doch ich blieb beunruhigt; hinter Gabriels Getue musste mehr stecken.

Schließlich rückte er nach und nach ein paar Informationshappen heraus: Der Knabe entspringe einer Affäre, die eine nahe Verwandte des Königs mit einem Ausländer hatte. Nachdem Herodes davon erfuhr, war er außer sich und ließ jenen Ärmsten gleich um seinen Kopf kürzen. Sie selbst konnte sich noch verstecken und das Kind gebären. Deshalb sei es kein Wunder, dass Herodes im ganzen Land nach einem Neugeborenen suche, um des kleinen Bastards habhaft zu werden. Mein Gott, wie das klingt, wenn ich es ausspreche. Deshalb wäre auch die Maskerade mit der Schwangerschaft notwendig gewesen, um den Verdacht nicht gleich auf uns zu lenken.

Ich war zwar mit Freuden Mutter und bereit, dem Jungen all meine Fürsorge zu schenken, aber das war damals alles reichlich spontan und zuviel auf einmal für mich. Ich hatte stets gern am Abend den Alten gelauscht, wenn sie ihre Verbrechergeschichten, Gruselchroniken und Endzeitdichtungen zum Besten gaben, aber jetzt mitten in so etwas hineingezogen zu werden, das überforderte mich.

Mein Jesukind brüllte nun wie am Spieß, sodass Joseph angerannt kam. Ihm ging es nicht viel anders als mir. Auch er blickte zunächst nicht durch. Gabriel hatte seinen Charme und seine Attraktivität für mich inzwischen eingebüßt. Eher kam er mir vor wie ein abgebrühter Unterhändler. Er merkte es und machte sich bald vom Acker.

Ich fühlte mich inzwischen so schlapp, als wäre ich niedergekommen. Natürlich gab meine Brust nichts her und so scheuchte ich Joseph los, bei den Hirten um Milch zu ersuchen. Er muss ihnen wie von einem anderen Stern vorgekommen sein, so trunken und wirr wie er in jenem Augenblick war.

Jedenfalls brachte der Gute neben den Hirten eine Kuh mit; ein paar Zicken und Milchschafe hatten sie auch dabei. Zusammen mit unserem Esel wärmten die Tiere später unseren Stall und gaben ein himmlisches Konzert zum Besten.

Doch in jener sternenklaren Nacht machten die Jungs erst mal ein schönes Feuer, das weithin sichtbar war. Die Venus stand direkt über uns am Himmel, der Mond schien, an Schlaf war nicht zu denken. Bei dem ganzen Rummel in der Stadt war es kein Wunder, dass wir bald noch mehr Besuch bekamen. Einige hatten Wein, andere Brot und Feldfrüchte dabei; bald befanden wir uns alle in ausgelassener Stimmung, teilten Spaß und Geschichten miteinander. Ich erinnere mich noch an drei verrückte Typen unter ihnen, allesamt aus fernen Landen. Kaspar, ein Dunkelhäutiger, schnitt auf, er stamme aus Abessinien; sein Vater sei dort Häuptling eines kleinen Landstrichs, wo es aber nur Zwiebeln, Lauch und Hirse zu essen gebe. Er selbst sei deshalb auf Erkundungsreise, wolle was von der Welt sehen und sich über neue Gerichte und Gewürze informieren. Die anderen wollten selbstverständlich nicht zurückstehen und ein jeder versuchte den anderen zu übertrumpfen. Melchior gab sich für einen König aus Babylonien aus und erzählte von den Problemen, die sie beständig mit ihren Ausländern hätten. Kaum jemand in der Hauptstadt spreche die Landessprache. Er empfahl, mein Jesus möge Dolmetscher werden, damit könne er in seinem Land ein fürstliches Gehalt verdienen. Er schenkte uns für den Knaben ein Goldstück, und brachte uns zum Lachen, als er behauptete, der Kopf auf der Prägung stelle ihn da. Baltasar, der Dritte, fiel vor dem Kind auf die Knie und bat um Asyl in diesem Stall, um ein paar Nächte hier verbringen zu dürfen. Er stamme aus Antiochia; sein Vater sei ein Scheich, der alle möglichen Kamelrennställe und Amphitheater aufkaufe. Das sei nicht auszuhalten. Er spendierte reichlich übertrieben je eine Räucherprise Myrrhe und Weihrauch, um die Fliegen im Stall zu verscheuchen. Die Zeit mit ihnen tat gut, brachte uns auf andere Gedanken. Ich war selig.

Joseph hatte zudem noch in jener Nacht einen tollen Traum, in dem er einen Engel sah, der zu ihm sprach, er solle treu zu mir stehen. Das war ein tröstlicher, göttlicher Beistand.

Der Knabe wuchs uns schnell ans Herz und lachte mit allen. Er war der Stern, der alle Augen auf sich zog. Jeder wollte ihn bobbeln und knuddeln. Als seine Mutter lief ich mit geschwellter Brust herum und auch Josef war mächtig stolz auf ihn. Die Hirten hatten ihm sogleich aus einer Magenblase einen Trinkbeutel genäht, mit dem wir ihm die Milch einflößten. Alles klappte prima. Und er machte auch brav sein Bäuerchen; er war ein richtig pflegeleichter Bub, der nachts nur alle drei Stunden kam.

Einige Tage später hatte Joseph allerdings einen weiteren Traum, in dem ihn der Engel vor Herodes Tobsucht warnte. Der wolle allen Kindern unter zwei Jahren das Licht ausknipsen. Er riet ihm, mit mir und dem Kind nach Ägypten zu fliehen. Das holte uns in die Wirklichkeit zurück und setzte uns mächtig unter Druck. Joseph brauchte jedenfalls wenig, um mich zu überzeugen gleich aufzubrechen. Und so kam es, dass meine Mutter mir nicht verzieh, umsonst Lätzchen für den Jungen genäht zu haben.

So, jetzt kennst du als einer der wenigen die Geschichte seiner Geburt. Wie willst du damit verfahren?

Ich weiß es noch nicht, Maria; aber danke, dass du sie mir erzählt hast.

Ich wünsche dir Gottes Segen auf all deinen Wegen, Lukas, und denk daran, wenn jemand als Letzter den Raum verlässt und das Licht löscht, muss er im nächsten Raum ein neues entzünden, um weitergehen zu können oder er muss das Licht mit sich in die Welt tragen.

Teresa wird abgeholt

Andrea Spille

Seit sechs Tagen war Eduardo schon unterwegs, von Guadalajara aus immer Richtung Nordosten, ohne das Pferd oder sich selbst zu schonen. Seinen Weg hatte er sorgsam ausgewählt; er führte ihn fernab der Hauptrouten durch einsame Landschaften und kleine Dörfer. Manchmal begegnete er Leuten, die sich nach ihm umdrehten und hinter ihm her gafften, als hätten sie noch nie einen fremden Reiter gesehen. Hatten sie wahrscheinlich auch nicht.

Vielleicht war es verrückt, sich solche Strapazen zuzumuten, nur um an jenen unfreundlichen Ort zurückzukehren! Aber die Sehnsucht nach Teresa war all die Jahre in seinem Herzen geblieben, und nun war der Tag gekommen, an dem er sie endlich wieder in den Armen halten wollte.

Wahrscheinlich hatte ihr Vater sie in der Zwischenzeit verheiratet, und so würde jetzt wohl ihr Ehemann versuchen, ihn mit vorgehaltener Flinte von der Hacienda zu vertreiben. Aber er hoffte, dass sie dieses Mal mit ihm gehen würde. Nach seiner Vertreibung damals hatte er sich in der fernen Stadt eine gute Existenz aufgebaut, und nun würde er ihr ein standesgemäßes Leben bieten können.

Eduardo war mit Staub bedeckt und halb verdurstet, als er endlich unter dem steinernen Bogen hindurch ritt, auf dem der Name »La Graciosa« eingemeißelt war. Es war später Nachmittag und die Sonne stand tief. Niemand kam, um ihn zu begrüßen – niemand außer einem mageren Hund, der ihn staunend ansah, ohne einen Laut von sich zu geben.

Langsam ritt Eduardo hinüber zum großen Wohngebäude. Der einst so prachtvolle Bau wirkte öde und verwahrlost. Eduardo umrundete das Haus, hielt vor der Holzveranda am Hintereingang an und ließ sich aus dem Sattel gleiten. Sein Pferd blieb erschöpft stehen; er würde ihm, wenn möglich, später

Wasser geben.

Mit schweren Schritten und klopfendem Herzen stieg er die drei Stufen zur Veranda empor. Die Fliegentür zur Küche war nur angelehnt. Vorsichtig schob er sie eine Handbreit auf.

»Hallo?«, sagte Eduardo leise. Kein Laut war von drinnen zu hören. »Hallo!«, wiederholte er jetzt lauter. Als noch immer keine Reaktion erfolgte, öffnete er die Tür ganz und trat ein.

Der Raum wirkte trotz einiger neuer Möbelstücke noch immer so vertraut, als hätte er ihn erst gestern verlassen.

Wie oft hatte er sich damals als kleiner Junge hineingeschlichen, um sich von seiner Mutter ein paar Leckereien zustecken zu lassen! Sie hatte als Köchin hier bei der wohlhabenden Familie Ramirez gearbeitet. Mutter und Sohn wohnten zusammen in einer winzigen Hütte auf dem Gelände der Hacienda. Seinen Vater hatte Eduardo nie kennen gelernt.

Später dann, als Jugendlicher, ging er ein paar Mal nachts in die verlassene Küche, um sich dort mit Teresa zu treffen. Teresa Ramirez, die Schönste aller Schönen – und leider auch die Tochter des Großgrundbesitzers! Sie hatten ihre Liebe zueinander gerade erst entdeckt, als Don Manuel sie bei einer ihrer heimlichen Zusammenkünfte erwischte. Mit einer Flinte in der Hand war er in die Küche gestürmt, hatte das entsetzte Liebespaar aufgestört und auseinander gerissen. Teresa war heulend in ihr Zimmer verschwunden. Eduardo wurde mit vorgehaltener Waffe und Schimpfworten wie »undankbarer Bastard« vom Hof gejagt.

Seitdem waren viele Jahre vergangen, doch es schauderte ihn noch jetzt, wenn er an Don Manuels Wutausbruch dachte und an die Todesangst, die er selbst ausgestanden hatte. Er war weggerannt, so schnell er konnte, voller Furcht, dass ein Schuss in den Rücken seine Flucht jäh beenden würde.

Durch seine Mutter, der er regelmäßig schrieb, hatte er Teresa eine Weile Botschaften zukommen lassen.

»Ich werde ein Haus für dich bauen, das noch größer und schöner ist als das deines Vaters«, hatte er geschrieben. »Dann komme ich mit einem edlen Pferd und hole dich, meine Märchenprinzessin!«

Auch sie sandte ihm Nachrichten und versicherte ihm, dass sie ihn ewig lieben würde. Später jedoch, nachdem er seine Mutter zu sich geholt hatte, gab es keine Möglichkeit mehr, den Kontakt aufrecht zu erhalten. Einige Male schrieb er Teresa noch direkt an, doch sicher hatte ihr Vater seine Briefe abgefangen, denn er erhielt nie eine Antwort darauf.

Nun stand er also in dieser Küche, wo damals alles endete, und hoffte auf einen Neuanfang. Zugleich war er unwillkürlich auf der Hut, ob ihm auch dieses Mal hier Gefahr drohen würde. Aber der Raum war still und leer.

Eduardo durchschritt ihn langsam und öffnete die Tür zum Wohnbereich. Ein langer dunkler Flur führte geradeaus von der Küche zum riesigen Salon; daran erinnerte er sich noch. Dazwischen lagen etliche Türen auf beiden Seiten, hinter denen sich mehrere Schlaf-, Gäste- und ein kleineres Wohnzimmer befanden. Eine Marmortreppe führte in sanftem Bogen hinauf ins obere Stockwerk, welches damals das alleinige Reich des Hausherrn war.

Eduardo räusperte sich. »Ist jemand zu Hause?«, fragte er dann laut ins Halbdunkel hinein.

Irgendwo im Haus hörte er ein leises Geräusch. Am hinteren Ende des Flurs öffnete sich eine Tür, eine weibliche Gestalt trat heraus und kam auf ihn zu. Eduardo sah zunächst nur ihre Umrisse, aber sein Herz machte einen Sprung. Immer näher kam sie, und schließlich gab es keinen Zweifel mehr! Die zierliche Figur, die langen dunklen Haare, der Schmollmund und die ungewöhnlichen, leuchtend grünen Augen: Teresa war noch immer eine Schönheit! Aber anstatt sich in seine Arme zu werfen, hielt sie einige Schritte vor ihm inne und betrachtete ihn misstrauisch.

Eduardo räusperte sich erneut und sagte dann mit mühsam beherrschter Erregung: »Ich bin es, Teresita! Dein Eduardo ist wieder da! Erkennst du mich denn nicht?«

Teresa runzelte die Stirn.

»Teresa, mein Liebling«, machte er einen weiteren, verzweifelten Anlauf. Sie konnte ihn doch nicht vergessen haben! »Ich bin gekommen, um dich zu holen! Erinnerst du dich nicht an mein Versprechen, dann zu dir zurückzukehren, wenn ich so reich bin wie dein Vater?«

Die junge Frau starrte ihn weiterhin an. Dann begann sich ihre Stirn jedoch wieder zu glätten und um ihre Mundwinkel zuckte ein Lächeln. Endlich hatte sie verstanden!

Sie wandte sich um und rief zu den hinteren Räumen hin: »Oma, kommst du bitte mal? Ich glaube, da ist jemand für dich!«

Gleich darauf öffnete sich eine weitere Tür und eine kleine, sehr dicke alte Frau schlurfte den Flur entlang in Richtung Küche. Sie trug ein knöchellanges schwarzes Kleid und hatte ihr spärliches graues Haar zu einem Knoten zusammengesteckt. Vorsichtig kniff sie die Augen hinter den Brillengläsern zusammen, um ihn im Gegenlicht auszumachen.

»Da bist du ja endlich!«, krächzte sie dann.

Eduardo erbleichte. »Was nun?«, dachte er. Er hätte wohl doch besser den Jeep genommen, um sie abzuholen. Wie, um Himmels Willen, sollte er sie auf das Pferd bekommen?

Im Himmel der glücklichen Frauen

Paul Pfeffer

1

Sterben, wenn das Leben am schönsten ist. Das wünschen sich viele, aber nur wenigen ist es vergönnt. Lina war eine von diesen wenigen, da bin ich mir sicher.

Ich habe sie am Lago Maggiore kennen gelernt, genauer gesagt am Lido von Cannobio am Lago Maggiore. Ich hatte den halben Nachmittag gesurft. Mir war die elegante ältere Dame im schwarzen, gut geschnittenen Einteiler schon die ganze Zeit aufgefallen, weil sie immerzu in meine Richtung schaute. Als ich meine Surfsachen zusammenpackte, sprach sie mich an und lud mich zu einem Campari Orange ein. Wir tranken ihn zusammen in der Strandbar.

Es war unglaublich, wie gut wir uns vom ersten Augenblick an verstanden haben. Wir brauchten uns nur ein Stichwort zu geben und schon fing das Feuerwerk an. Sie war gebildet und konnte sagenhaft gut mit Worten umgehen. Ich kann das auch, und so kamen die geistreichsten Gespräche zustande.

Sie lud mich gleich in ihr Haus ein. Es war ein altes Rustico, nicht groß, aber stilvoll renoviert. Man merkte sofort, dass hier Geschmack und Geld zusammenkamen. Sie gestand mir ohne Umschweife, dass sie sich in mich verliebt habe. Überhaupt hatte sie die Fähigkeit, in wichtigen Dingen keine Umwege zu machen. Und so landeten wir schon am ersten Abend im Bett.

Wir trafen uns von da an jeden Tag am Lido. Ich konnte spüren, wie sie es genoss, mit mir zusammen zu sein. Auch äußerlich passte es. Von mir kann ich sagen, dass ich recht gut aussehe, sie hatte sich für ihr Alter sehr gut gehalten. Und sie blühte regelrecht auf in unserer gemeinsamen Zeit. Ich glaube, sie gab auch ganz gern ein bisschen mit mir an, vor allem wenn

Frauen in ihrem Alter in der Nähe waren.

Ich hatte damals gerade keinen Job und war ziemlich abgebrannt. Lina war auch in dieser Hinsicht ein Glück für mich. Und sie gab mir das Gefühl, dass ich ein Glück für sie war.

»Frühlingsgefühle«, sagte sie, »mit dir hab ich Frühlingsgefühle.«

2

Wir heirateten noch im selben Jahr. Ihr konnte es gar nicht schnell genug gehen. Sie war schon seit einigen Jahren Witwe. Ihr Mann war ein großes Tier bei der Deutschen Bank gewesen und überraschend an einem Herzinfarkt gestorben. Von ihm erfuhr ich nicht viel, außer dass er ihr eine schöne alte Villa im Frankfurter Nordend und ein dickes Aktienpaket plus Bankkonto hinterlassen hatte. Kinder waren zum Glück keine da.

Unsere Hochzeit feierten wir im kleinen Kreis, weil ihre Verwandten sie allesamt boykottierten. Eine Siebzigjährige, die einen Dreißigjährigen heiratet! Das fanden sie obszön, das war ein öffentlicher Skandal! Lina nahm es erstaunlich gelassen. »Ich habe von dieser Mischpoke nichts anderes erwartet«, sagte sie.

Sie war es auch, die sehr bald ein Testament machte, in dem ich als Alleinerbe eingesetzt war. Ihr Kommentar war: »Wenn ich mal sterbe, sollst du alles kriegen. Diese Heuchler« – damit meinte sie ihre Geschwister plus Anhang – »werden sich schwarz ärgern, wenn sie in die Röhre gucken.«

Aber vorerst konnte von Sterben nicht die Rede sein. Sie würde sicher hundert Jahre alt werden, gesund und fit wie sie war.

Habe ich sie geliebt? War ich glücklich mit ihr? Auch mit etwas zeitlichem Abstand kann ich beide Fragen mit Ja beantworten. Wir hatten zwei wunderbare Jahre, vor allem wenn wir am Lago Maggiore waren. Und wir waren oft da. Wir machten Wanderungen, unternahmen Fahrten in die Umgebung, kochten zusammen und fühlten uns wie zwei frisch Verliebte. Bei jedem unserer Aufenthalte setzten wir uns mindestens einmal in die Strandbar und tranken in Erinnerung an unser erstes Treffen einen Campari Orange, ihr Lieblingsgetränk.

3

Ich habe noch sehr gut unseren letzten Abend im Gedächtnis. Wir wohnten wie immer in ihrem Haus in Traffiume. Nach dem Abendessen machten wir einen ausgezeichneten Barolo auf und unterhielten uns über das Leben, die Liebe und die Vergänglichkeit, die großen Themen der Literatur. Nachdem wir miteinander geschlafen hatten, umarmte sie mich und sagte:

»Wenn ich jetzt auf der Stelle tot umfalle, könnte ich mich über mein Leben nicht beklagen.«

Da wusste ich, dass die Zeit gekommen war.

Beim Frühstück am nächsten Morgen gab ich ihr die zwanzig Tropfen in den Kaffee. Walter hatte mir gesagt, es sei ein neues, sehr starkes Narkosemittel mit verzögerter Wirkung. Er ist Arzt, Anästhesist, und kommt an so etwas heran. Spätestens zwanzig Minuten, nachdem ich sie ihr verabreicht hätte, sollten wir im Wasser sein, hatte er mir eingeschärft. Und so geschah es dann auch.

Es war ein strahlender Morgen mit einem Sonnenaufgang, wie man ihn nur am Lago Maggiore erlebt. Ich schlug Lina vor, zum Lido von Cannobio zu fahren und im See ein Morgenbad zu nehmen. Es war nicht das erste Mal, dass wir das machten. Wir brachen sofort auf. Am Strand war so früh niemand außer uns. Sie hatte wieder ihren schwarzen Einteiler an, der ihr so gut stand. Wir schwammen hinaus, der Sonne entgegen. Sie sagte noch zu mir:

»Schau mal nach unten, der See ist ganz schwarz.«

Als wir ungefähr zweihundert Meter vom Ufer entfernt waren, wurden ihre Schwimmbewegungen langsamer. Sie fasste sich kurz an die Stirn, als wolle sie einen Gedanken verscheuchen, dann versank sie ohne einen Laut.

Beim Zurückschwimmen ließ ich mir Zeit. Später saß ich lange auf den Steinen am Lido. Die Sonne wurde immer stärker und trocknete mich. Erst gegen Mittag, als die ersten Badegäste schon ihre Utensilien zusammenpackten, um zum Essen zu gehen, suchte ich die Strandaufsicht auf und meldete Lina als vermisst.

Sie wurde nie gefunden, obwohl die Polizei und die Guardia di Finanza den ganzen See vor Cannobio absuchten. Als Surfer wusste ich, dass der Lago Maggiore an seiner engsten Stelle starke Unterströmungen hat. Lina war zu der Zeit, als sie mit der Suche anfingen, womöglich schon ein paar Kilometer weiter südlich. Aber selbst wenn man sie gefunden hätte, wäre das Narkosemittel nicht mehr nachweisbar gewesen. Es ist ein Teufelszeug, ideal für einen perfekten Mord. Das hatte ich auch Walter gesagt.

»Natürlich ist es perfekt. Deshalb gebe ich es dir ja«, war sein Kommentar.

4

Ich lebe jetzt schon seit einiger Zeit mit Walter im Frankfurter Nordend. Wir haben die Villa, die etwas altmodisch war, nach unseren Plänen stilvoll renoviert. Es war ja genug auf dem Konto.

Inzwischen haben wir geheiratet. Linas Verwandtschaft schäumte, aber sie konnten nichts machen. Es war alles legal. Eine der wenigen Sachen, die ich Lina verschwiegen hatte, war die, dass ich eigentlich auf Männer stehe. Aber ich kann auch mit Frauen. Wenn Lina mich brauchte, war ich immer da. Sie kam mir aber auch entgegen mit ihrem Typ: jungenhaft, sportlich, wenig Busen, kaum Hüften, das graue, sehr kurz geschnittene Haar …

Als ich sie kennen lernte, gab es Walter allerdings noch nicht. Ihn habe ich im Herbst letzten Jahres am Lido von Cannobio getroffen, als Lina eine ihrer ausgiebigen Shopping-Touren in die Schweiz unternahm. Es war Liebe auf den ersten Blick. Eigentlich habe ich die ganze Sache nur seinetwegen gemacht. Wenn es nach mir gegangen wäre, hätte ich es mit Lina noch ein paar Jährchen ausgehalten. Aber Walter wurde eifersüchtig und drängte. Das mit den Tropfen war seine Idee. Ich kam dann ganz von selbst auf das Schwimmen am Morgen.

Ich werde dieses Jahr zum ersten Mal mit Walter in mein Haus am Lago Maggiore fahren. Gleich nach unserer Ankunft werden wir uns in die Strandbar setzen und einen Campari Orange trinken. Auf das Wohl von Lina, die wahrscheinlich im Himmel ist. Wo sonst sollten Frauen hinkommen, wenn sie glücklich sterben?

Leichenschmaus und Schmetterlinge

Doris Preusche

Hubert ist wie immer betrunken. Seine schmächtige Gestalt steckt in einem viel zu großen Anzug. Er schwankt wie die windgeschüttelten Zweige der Bäume, die ihre Wurzeln tief in die Erde des Hofheimer Waldfriedhofs geschlagen haben. Zwischen uns steht Jan. Äußerlich ist er im Laufe der Jahre ein Abbild seines Vaters geworden.

Ich bin Jan in diesem Moment dankbar. Er ist die Mauer, die mir Halt gibt. Eine Mauer, die mich vor seinem Vater schützt - und seinen Vater vor mir. Denn auf der Beerdigung meiner Mutter sind alte Zwistigkeiten innerhalb der Familie fehl am Platz.

Ich bewahre Ruhe: der Toten zuliebe. Verhalte mich, als seien wir Blutsverwandte, die denselben Schmerz empfinden und sich vielleicht sogar anschließend weinend in die Arme fallen werden. Gleichzeitig komme ich mir wie eine Verräterin vor, die im Begriff ist, ihren Schwur zu brechen.

Oder ähnele ich gar meiner Mutter, die stets auswich, wenn es brenzlig wurde?

Meine Hände sind kalt. Sie bleiben es auch, nachdem sich unzählige vertraute und fremde Hände in meine Rechte gelegt, sie kurz gehalten, gedrückt oder geschüttelt haben.

Ich weiß um die Botschaft dieser Gesten, ignoriere jedoch die Worte. Während ich dieses Ritual schweigend und gleichgültig über mich ergehen lasse, schaue ich zur Seite, beobachte Hubert, der den Augenkontakt mit mir meidet. Den Blicken der Trauergemeinde weicht er ebenfalls aus.

Jan hingegen sucht den Kontakt. Er ist mein Stiefbruder.

Mein großer, geliebter Stiefbruder. Mein großer, verhasster Stiefbruder.

Ich bin mir sicher, dass in absehbarer Zeit Jans Körpergeruch dem von Hubert ähneln wird. Auch er scheint der Familientradition zu folgen und dem Alkohol zu verfallen. Noch kämpft sein Ich ums Überleben, versucht die eigene Identität zu behaupten.

In den vergangenen Jahren ist Jan immer näher an die Seite seines Vaters gerückt, hat sich mit ihm zu einer stummen Gemeinschaft verschworen, gegen die niemand etwas ausrichten kann. Das muss auch meiner Mutter klar gewesen sein. Sie hatte sich nicht gewehrt, als mein Stiefvater sie peinigte. Doch wie blind muss sie gewesen sein, die Wunden ihrer einzigen Tochter zu übersehen?

Der ungewöhnlich kalte und starke Sommerwind treibt mir Tränen ins Gesicht, verschleiert meinen Blick auf das Grab. Angelockt vom Duft der blumigen Abschiedsgrüße flattern unzählige Schmetterlinge umher, lassen sich nieder und bedecken die golden und schwarz gedruckten Namen auf den Kranzbändern von Nachbarn und Bekannten. Dazwischen sticht das knallige Rot und Weiß-Gelb meiner letzten Botschaft hervor. Rosen für meine Liebe und Zuneigung - Chrysanthemen für das Schicksal. Ihres hat sie leider nie in die eigenen Hände genommen, hat sich stattdessen an Hubert festgehalten. Doch seine Hände sind rau und hart. Ich erinnere mich nur allzu gut daran.

Ich habe mich für das Leben entschieden und bin geflüchtet. Nur Mutters Seele ist mir hinterher geeilt.

Auf dem Totenbett habe ich sie wiedergesehen. Und erst da brachte ich es fertig, ihr alles zu erzählen: von Huberts Schlägen, seinen Zudringlichkeiten und seinen übel riechenden Küssen. Doch ihre Ohren waren wie immer taub und ihr Körper kalt ...

»Dort irgendwo ganz tief in mir, verbirgt sich dieses alte Tier. Es ist das Tier, das Sehnsucht heißt. Dass sich durch meinen Körper beißt. Es wütet, kratzt und beißt und kreischt. Und wühlt sich durch mein weiches Fleisch …«[1]

»Anita.«

Jans beruhigende Bass-Stimme unterbricht meinen stummen Trauergesang. Zärtlich greift er nach meinem Arm. Mein Herz rast, klopft mindestens dreimal so schnell wie gewöhnlich. Heiße Tränen rinnen unkontrolliert über mein weiß geschminktes Gesicht. Mit einer flüchtigen Handbewegung versuche ich die allzu offensichtliche Gefühlsregung zu verdrängen, kämpfe mit dem Kloß in meinem Hals.

Meine schwarz geschminkten und gepiercten Lippen flüstern seinen Namen. Die Luft vibriert. Hubert hebt den Kopf. Seine blutunterlaufenen Augen mustern uns hasserfüllt.

»Bald wird die Beerdigung vorüber sein«, sagt mein ehemaliger Geliebter und fügt leise hinzu: »Du siehst immer noch richtig gut aus.«

Von Jan lasse ich mich gerne belügen. Schmetterlinge fliegen über uns hinweg, lassen sich vom Sommerwind treiben – so, wie ich mich für wenige Augenblicke von meinen Gefühlen und Erinnerungen treiben lasse.

Dicht aneinander gedrängt und mit langsamen Schritten folgen Jan und ich der Trauergemeinde und gehen dem Gasthaus in der oberen Hauptstraße entgegen. Beim Anblick der renovierten Fassaden der Hofheimer Altstadthäuser stelle ich fest: Auch ich habe mich äußerlich erneuert. Ich fühle mich wie ein Schmetterling, der aus seinem Kokon geschlüpft ist. Nur die Farbenpracht blieb mir versagt. Ein schlichtes Schwarz ist alles, was meine Flügel ziert.

Erst Kaffee und Kuchen, dann Bier, dann Schnaps. Der Alkohol löst die Zungen der Trauergäste, lässt sie die Wiederkehr der verlorenen Tochter vergessen. Sie plappern jede Menge dummes Zeug daher, ihr Lachen ist hemmungslos.

Huberts Faust saust kraftvoll auf den Tisch. Die Gäste zucken zusammen, warten auf das unbekannt Bekannte. Es folgt nervöses Gelächter, denn die Fäuste meines Stiefvaters schwingen im Takt seiner dumpfen Reden und sein verwirrter Verstand spuckt giftige Galle.

»Mein Beileid«, sagt die Wirtsfrau, nickt Jan und mir zu und reicht weitere, mit Bier gefüllte Krüge. Wortlos lassen wir das Gebräu vor uns stehen. Hubert steht schwankend in unmittelbarer Nähe und lallt. Meine Hände krallen sich am Stoff der Hosentaschen fest. Die Gegenwart soll mich nicht packen, auch wenn's die Vergangenheit tut.

Durch das weit geöffnete Dachbodenfenster meines Elternhauses weht der Abendwind, streicht über meinen kahl rasierten Schädel, der nur von wenigen hoch toupierten Haaren gekrönt wird. Die lederne Jacke und Hose schützen mich vor der kalten Sommerbrise. Erwartungsvoll zupfe ich meine zerlöcherten Lederhandschuhe zurecht, atme tief durch, nehme den Geruch des Getreides wahr, das einst den Holzboden bog und gegen dessen Schwere die jahrhundertealten Holzbalken trotzten.

Jan ist wieder gegangen, leise und ohne sich umzudrehen - so wie ich vor zwölf Jahren fortgegangen bin. Seine Frau und Kinder warten auf ihn. Auf mich hat damals nur die Zukunft gewartet.

Kummer und Kuchen klumpen sich schmerzhaft in meinem Leib. Vielleicht würde ein weiterer Schluck von Huberts selbst gebrautem Schnaps helfen. Seine Flaschen sind zum Greifen nah. Säuberlich aufgereiht stehen sie auf dem Fenstersims - dafür bestimmt, geleert oder zerstört zu werden.

Aus dem mittleren Stockwerk dringt die Musik meiner Frankfurter Lieblingsband ASP. Mit Huberts vom Alkohol verwirrtem Geschrei mischt sie sich zu einem dissonanten Klagegesang und hallt durch die enge Altstadtgasse.

»Die alte Hure, die alte Kuh hat mich verlassen. Sie hat sich einfach davongemacht.«

In dieser Höhe wiegen die gemeinen Worte eines alten betrunkenen Witwers weniger schwer.

»Und dir Miststück werd' ich's auch gleich zeigen.«

Ich lächle in die Dunkelheit hinein, wohl wissend, dass seine Worte nur Worte sind, denn die alten Haustürschlösser gibt es nicht mehr.

Das Licht des Mondes fällt auf Huberts Flaschen. Nur kurz hadere ich mit meinem lang gefassten Entschluss. Auch sein Geschrei soll endgültig draußen bleiben. Vorsichtig packe ich ein Dutzend, stelle sie an den Außenrand der Fensterbank und werfe einen letzten Blick auf den tobenden Tyrannen nur wenige Meter unter mir. Ein kleiner Schubs und ich schließe das Fenster. Der Wind bläst durch die Ritzen. Ein dumpfer Knall und dann ein Klirren. Huberts Stimme verstummt, während ich mich rhythmisch zur Ballade vom »Kleinen schwarzen Schmetterling« wiege: *»Das Vieh, es lässt mir keine Ruh'. Ich lock' es an und greife zu. Jetzt hab' ich dich! Jetzt bist du mein! Ich schlage dir den Schädel ein!«* ...[2]

[1] u. [2] »Die Ballade vom kleinen schwarzen Schmetterling«, Rockband ASP aus Frankfurt, Text von Alexander Spreng (»Asp«).

Windiges Schicksal

Astrid Ingruber

Im wahrsten Sinne des Wortes sitze ich zwischen Seniorenheim und Friedhof, zumindest topographisch. Allerdings bin ich als Mittvierzigerin für Erstes zu jung, für Letztes zu lebendig. Die Aussicht aus meiner Wohnung bietet jedenfalls einen zweifachen Blick in die Zukunft: Küchenfenster und Balkon, auf den man über das Wohnzimmer gelangt, gehen auf einen kleinen Garten hinaus, den eine zwei Meter hohe Hecke vom Park des Altenheims trennt. Vom ostseitigen Schlafzimmer aus sehe ich den Friedhof. Zuerst hat mich dieser Umstand gestört, doch suchen Sie in Wien einmal eine Wohnung, die ruhig und erschwinglich ist, infrastrukturmäßig gut situiert und trotzdem nahe am Wienerwald. Da muss man sofort zugreifen, sonst hat man schnell das Nachsehen und bleibt ewig in einer schlecht sanierten Altbauwohnung mit so hohen Räumen, dass sich sogar die Mitglieder des amerikanischen Basketballteams als Zwerge fühlen würden, und wo Sie den ganzen Winter hindurch verkühlt sind, weil die Kapazität der Gastherme einfach nicht reicht, diese Anzahl Kubikmeter Luft zu erwärmen. Anfangs ließ ich noch die Jalousie herunten, änderte dies zu Gunsten der Morgensonne aber wieder, und nun finde ich die Stille, die den Gräberreihen entsteigt, keineswegs mehr unangenehm. Das Haus in dem ich wohne, bietet für die Senioren den barmherzigen Sichtschutz vor ihrer letzten Ruhestätte.

Wien ist ein richtiges Windloch. Nicht umsonst prägte der Dichter Ernst Molden den Ausspruch »der Wind is a Wiener«, nicht umsonst verfasste der Wiener Schriftsteller Daniel Glattauer den Bestseller »Gut gegen Nordwind«. Auf einer Klimakarte aus dem Jahr 1908, also als die Österreichisch-Ungarische Monarchie gerade Bosnien-Herzegowina annektiert und damit eine Ausbreitung von Vorarlberg bis Siebenbürgen, von

Galizien bis an die montenegrinische Grenze erreicht hatte, belegt die Hauptstadt den dritten Platz der windexponiertesten Orte. Das ist gewissermaßen ein Segen für Asthmatiker, da es kaum zu Smogverdichtung kommt, aber ein Fluch für Hut-, Toupet- und Kontaktlinsenträger. Verzeihen Sie meine Neigung zu Weitschweifigkeit, aber ich möchte Ihnen nur vor Augen führen, dass der Anstoß zu den nachfolgenden Ereignissen einer Wien-typischen Windbö zu verdanken ist.

Meine Großmama liebte es zu sticken. Kein noch so unbedeutendes Stückchen Stoff blieb davon verschont mit kunstvollen Ranken, phantastischen Vögeln, bisweilen sogar mit biblischen oder mythologischen Szenen geadelt zu werden. Ich bin ja nicht der Typ für Deckerl und Teppiche, die ich eher als unliebsame Staubfänger betrachte, aber meinen Küchentisch ziert ständig eine von Großmamas kunstvollen Tischdecken, die sie mir vererbt hat. Und da ist es einmal passiert, dass mir beim Ausbeuteln ein heftiger Windstoß das Tuch aus den Händen riss, das Leinen blähend in die Lüfte trug, es einem fliegenden Teppich aus »Tausend und einer Nacht« gleich in den Garten des Altenheims schweben ließ, wo es sich sanft abwärts gleitend über einen kugelförmig geschnittenen Buchsbaum legte. Immer zwei Stufen nehmend sprintete ich hinterher, aus dem Haus, hinüber ins Seniorenheim, bremste an der Rezeption und fragte atemlos nach dem Weg in den Garten. Dort hatte sich bereits ein Dreiergrüppchen meines Schatzes bemächtigt und faltete diesen gerade akkurat Spitzenborte auf Spitzenborte.

»Puppi, gehört das dir?« Ein schätzungsweise Achtzigjähriger zeigte mit seinem Gehstock in meine Richtung. Ich drehte mich um, das vermeintliche Puppi hinter mir vermutend.

»Verzeihen Sie, gnädige Frau, unser Herr Franz befleißigt sich mitunter einer unangebrachten Wortwahl, doch mögen Sie ihm diese nicht verübeln. Es steckt keinerlei verletzende Absicht dahinter.« Mit einer vollendeten Verbeugung reichte mir ein Grandseigneur der alten Schule in Anzug mit Krawatte und Stecktuch – nur die ausgebeulten Turnschuhe schienen eine Konzession an altersbedingt schlechte Füße – meine Tischdecke. Ehrlich gesagt weiß ich nicht, was mich mehr genierte, das »Puppi« oder die »gnädige Frau«.

»Tja, dann bedanke ich mich, dass sie meine Tischdecke gerettet haben. Auf Wiedersehen.«

»Was, du willst schon wieder gehen? Da verschlägt's einmal so ein knackiges Puppi in diese Trauergesellschaft und dann haut es gleich wieder ab. Können wir das zulassen, Leute?« Die Angesprochenen schüttelten ernst ihr graues Haupt. Jedem anderen Mann hätte ich für sein »Puppi« einen Kinnhaken verpasst. Hier schien mir ein derartiges Verfahren ob des Alters des anzüglichen Sprücheklopfers doch unangebracht.

»Franziska Eigner, Franz Huber – und ich bin Heinrich Kleiber«. Mit eleganten Handbewegungen stellte Letzterer seine Freunde und sich selbst vor.

»Maria Langeder, sehr erfreut.« Ich schüttelte der Reihe nach knochige und fleischige Hände. Ehe ich es mich versah, saß ich mit den Dreien in einer Gartenlaube in eine Partie Poker vertieft, wie die anderen mit einem Glas Wein an meiner Seite. Dies wurde der Beginn einer Freundschaft, die in einer verschwörerischen Interessengemeinschaft gipfeln sollte und eine Art Kreativität in uns freisetzte, von der wir bis dato nicht ahnten, dass sie in uns schlummerte.

Es war ein Mai, der hochsommerliche Temperaturen freisetzte. Die ganze Stadt ächzte und stöhnte unter der vorgezogenen Hitzewelle. In den Straßenbahnen hielten sich die Fahrgäste nicht länger die Handys ans Ohr, sondern wedelten mit Fächern kühlende Luft um Gesichter und Dekolletés. Jedermann wartete auf die Gewitter, die beinahe allabendlich die unerträgliche Schwüle durchbrachen, aber nur kurzfristige Erleichterung schafften. Dankbar nahm ich die Einladung meiner Nachbarn an und floh so oft ich konnte in deren schattigen

Garten, lutschte die Eiswürfel aus der Limonade und lauschte ihren Geschichten. Ihr Seniorenheim ist keine Aufbewahrungsanstalt für unliebsam gewordene Alte, sondern gleicht vielmehr einer Fünf-Sterne-Residenz. Garçonnieren für Singles und Ehepaare inklusive Rundumbetreuung, medizinischer und physiotherapeutischer Versorgung, gemütliche Gesellschaftsräume, ein Hallenbad und selbstverständlich ein Speisesaal, in dem sogar die Diätmenüs haubenverdächtig kredenzt werden, stellen die Ausstattung. »Elterndomizil Magnolie« nennt sich das Anwesen, und ich fragte mich, ob ich als kinderloser Single überhaupt Chancen hätte, darin Aufnahme zu finden; vorausgesetzt natürlich, ich würde den Lottojackpot knacken, denn mein kleines Gehalt als freischaffende Maskenbildnerin reicht nicht für eine anständige Rücklage auf meinem Sparbuch und meine Pension wird sowieso einmal dürftig bemessen sein. Denn dass derartiger Komfort, ja man muss diesen schon als Luxus bezeichnen, seinen Preis hat, können Sie sich wohl vorstellen.

Im Laufe der folgenden Wochen erfuhr ich nach und nach die Lebensgeschichten meiner neuen Freunde und auch diejenige von Clara, der vierten in diesem Bunde. Clara sollte ich erst später kennenlernen, da sie sich zu dieser Zeit noch in einem Rehabilitationszentrum aufhielt. Noch wusste ich nicht, welch tragende Rolle ihr in dieser Geschichte zukommen sollte. Franziska, mit siebzig Jahren die Jüngste der Runde, ist eine wahre Erscheinung. Vor einem halben Jahrhundert war sie ein gefragtes Laufstegmodel mit einer kurzen Karriere, da sie diese zu Gunsten einer Familie aufgab. Nach einem tragischen Unfall, dem Mann und Tochter zum Opfer fielen, verkaufte Franziska ihren stattlichen Besitz und mietete sich der Bequemlichkeit halber – und weil sie es liebt, in Gesellschaft zu sein – in der »Magnolienresidenz« ein. Heinrich, der in mütterlicher Linie auf einen Jahrhunderte alten Adelsstammbaum zurückblicken kann, und Franziska ergeben ein schönes, in Würde gealtertes Paar. Den optischen Gegensatz, so sollte ich später feststellen, bilden Clara und Franz. Beide eher dem pyknischen Konstitutionstyp zuzuordnen, sind laut, fröhlich und warmherzig. Franz zehrt von den Früchten seines sparsamen Lebens, in dem er als Inhaber einer gut gehenden Fleischerei ordentlich etwas auf die hohe Kante legen konnte. Trotz aller Gegensätze sind die vier eng befreundet, haben einen Spieleclub gegründet, in den sie mich aufnahmen, und freuten sich über mein Engagement als Maskenbildnerin, wenn ich sie für abendliche Unternehmungen zurechtmachte. Abends trennen sich manches Mal ihre Wege. Während Franziska und Heinrich ein Theater, Konzert oder eine Oper besuchen, delektiert sich Franz lieber an Wein und Schweinsbraten bei einem Vorstadtheurigen und freut sich darauf, dies bald wieder in Claras Begleitung zu tun.

Trotz unserer häufigen Zusammenkünfte und der wachsenden Vertrautheit spürte ich, dass sie etwas beschäftigte, von dem sie mich ausschlossen. In der dritten Woche unserer Bekanntschaft schließlich ging ich wie gewohnt über den Rasen zu ihrer Laube. Schon von weitem konnte ich sehen, dass etwas nicht stimmte. Nicht wie sonst beugten sich ihre Häupter über den Spieletisch. Alle drei schien eine heftige Erregung gepackt zu haben. Sie sprachen durcheinander, wild gestikulierend, Franz stieß seinen Gehstock mehrmals heftig in den Boden.

»Hallo Leute, habe ich etwas verpasst?« Sie starrten mich an, augenblicklich verstummend. Keiner erwiderte meinen Gruß. Schließlich machte Franziska Anstalten, den Mund zu öffnen. Mit einem heftigen Ruck rammte Franz seinen Stock erneut in den Boden.

»Zieht das Kind nicht mit hinein.« Seitdem Franz aufgehört hatte, mich »Puppi« zu nennen und auf meinen Hintern zu starren, gebärdete er sich als mein väterlicher Beschützer.

»Ich möchte euch nicht stören.« Sechs Augen glotzten mich weiterhin an. »Ich kann ja morgen wieder kommen oder übermorgen, oder ihr ruft mich einfach an.«

»Es tut mir leid, Maria, aber was wir hier besprechen, geht dich nichts an.« Franz schien als einziger die Sprache nicht verloren zu haben.

Ich zuckte mit der Schulter, drehte mich um, mit der Hand einen Gruß andeutend. Was kümmerte mich die Heimlichtuerei von ein paar Alten? Dennoch fühlte ich mich unsinnigerweise beleidigt, wie ein Kind, das ungerechtfertigt vom Sandkastenspiel ausgeschlossen wird. Daheim machte ich mich am Balkon zu schaffen und spitzte die Ohren Richtung Gartenlaube. Unten hatten sie ihre Diskussion wieder lautstark aufgenommen und der Wind trug einzelne Worte zu mir hoch. Mitunter meinte ich meinen Namen zu hören. Als ich gerade dabei war, die dritte Gießkanne in die ausgedörrten Tröge zu gießen, trat Heinrich aus der Laube, formte mit den Händen einen Trichter und rief nach mir. Nach kurzem Überlegen, ob ich die Mimose spielen sollte, sprintete ich wieder hinüber. Die Neugierde ist ja bekanntlich ein starker Trieb.

»Morgen kommt Clara zurück.« Franziskas Miene war sorgenvoll. Das verstand ich nicht. Ich hatte gedacht, sie würden sich freuen, Clara wieder in ihrer Mitte zu haben.

»Natürlich sind wir froh, dass es Clara besser geht. Es ist nur so … Wir machen uns einfach Sorgen.« Und dann begann Heinrich zu erzählen.

Ähnlich wie Franz hatte Clara ihr Leben lang hart gearbeitet, mit ihrem Mann einen Betrieb aufgebaut, ein Sägewerk, das jahrzehntelang florierte. Der einzige Sohn Matthias war ein kränkliches, verzärteltes Kind, ungeeignet, den Betrieb zu übernehmen, sodass sie ihn schließlich studieren ließen. Als Jurist machte er sich auch gut, nur beging er den Fehler, sich in ein fast zehn Jahre älteres Weibsstück zu verlieben. Wie, das weiß der Himmel. Friederike tyrannisierte ihren Mann. Sie war raffgierig, womit sie sich umgab, musste luxuriös sein, ihr Haus, ihr Schmuck, ihre Kleidung. Alles Zureden von seinen Eltern, Freunden, Kollegen in der Kanzlei, doch einmal Tacheles zu sprechen, blieb ungehört. Er war Friederike verfallen. Als bei Matthias plötzlich Unpässlichkeiten aufblühten, die sich immer mehr zu ernsthaften Erkrankungen ausweiteten, mutierte Friederike zur treu sorgenden Gattin, die ihren Gespons kaum mehr aus den Augen ließ, ihm die Medikamente reichte und den Kochlöffel schwang, da Matthias nur noch Diät vertrug. Clara und ihr Mann waren gerührt von der Hingabe der Frau, die sie bislang als das Übel schlechthin im Leben ihres Sohnes angesehen hatten. Als Matthias starb, richteten sie ihr zusätzlich zur gesetzlichen Witwenpension ein monatliches Legat ein. Claras Mann überlebte seinen Sohn nicht lange und damit fingen alle Kalamitäten an.

Zuerst überredete Friederike Clara zum Verkauf ihres Hauses. Sie könne doch zu ihr ziehen, die Villa sei geräumig und komfortabel, in einem gemeinsamen Haushalt seien die Kosten geringer zu halten, man wäre nicht allein, hätte im Notfall Hilfe zur Hand. Steter Tropfen höhlt den Stein und Friederike tröpfelte ihre Einflüsterungen so lange in Claras Ohr, bis diese ihr natürliches Warnsignal ignorierend in allen Punkten nachgab. Und da mutierte die vorgeblich fürsorgliche Schwiegertochter wieder zur herrischen und raunzenden Megäre, die Clara mit ständigen Gehässigkeiten sekkierte. Als Clara eines Tages von einem Arztbesuch zurückkehrte – in letzter Zeit fühlte sie sich unerklärlicher Weise ungewöhnlich erschöpft, lustlos und schlapp, verspürte Übelkeit, ja Brechreiz nach fast jedem Mahl, genau genommen litt sie unter den selben Symptomen, die zu Matthias‘ Tod geführt hatten – fand sie Arbeiter in ihrem Zimmer, die dabei waren, die ganze Längswand aufzustemmen. Leitungen müssten erneuert werden, erklärte Friederike einsilbig. Clara sei nun auch nicht zuzumuten, während der Renovierung im Haus zu bleiben, deshalb habe Friederike vorausschauend einen Platz in einem Altenheim gemietet. Es sei ja nicht für lange. Clara mutmaßte, dass Friederike sie abschieben und nie wieder zurückholen würde. Inzwischen hatten sich Mutlosigkeit und Frustration ihrer allerdings so weit bemächtigt, dass ihr jegliche Kraft zur Opposition fehlte. Wie vorauszusehen, war das Heim eine billige, schlecht geführte Anstalt und Claras Zimmergenossin eine demenzkranke Neunzigjährige. Doch dann kam das Schicksal, ein Zufall, eine höhere Fügung, ganz wie Sie es nennen wollen, ins Spiel. Bei einem Spaziergang im Schönbrunner Schlosspark traf Clara auf Franziska, ihre alte Gefährtin aus dem Gymnasium. Die beiden ließen ihre Freundschaft wieder aufleben und Zug um Zug erfuhr Franziska von Claras Lebensumständen. Das war der Moment, in dem sich die Dreierbande in Claras Leben mischte, ihre Lethargie durchbrach und sie zum Handeln zwang. Zu allererst wurde der Dauerauftrag für das monatliche Legat gestoppt und Clara eine Wohneinheit in der »Residenz Magnolie« besorgt. Als Friederike auf einer ihrer zahlreichen luxuriösen Reisen weilte, gingen sie in Friederikes Haus – aus Ignoranz, Vergesslichkeit, was auch immer, hatte Friederike nie Claras Schlüssel zurückverlangt – und holten Claras Schmuck. Eigentlich, da würden Sie mir wohl zustimmen, Unterfangen, die nur gerechtfertigt waren. Doch für Friederike bedeuteten sie Krieg.

Die »Magnolie« verfügt über ein paar kleine Gästezimmer, tageweise mietbar, für Angehörige gedacht, die von weit her ihre Verwandten besuchen. Unter dem Vorwand neuerlicher Renovierungsarbeiten und um der lieben Schwiegermama wieder einmal etwas näher zu sein, quartierte sich Friederike im Jänner, gerade als die Zentralanstalt für Meteorologie und Geodynamik dem Land rekordverdächtige Minusgrade voraussagte, dort ein. Am Morgen, in dessen vorangegangener Nacht die Temperatur zwanzig Grad unter dem Gefrierpunkt erreicht hatte, fand man Clara bei offenem Fenster, abgedeckt im Fieberdelirium liegen. Sie hatte das Fenster mit Sicherheit nicht geöffnet, sich später, als sie nach wochenlanger Rekonvaleszenz, die der ausgewachsenen Lungenentzündung folgte, wieder klar denken konnte, allerdings gefragt, woher an jenem

Abend der eigenartige Geschmack der Suppe gerührt haben mochte. Was damals geschehen war, liegt wohl auch für Sie auf der Hand, doch versuchen Sie einmal etwas zu beweisen, so ganz ohne Zeugen.

Anfang April lockte Friederike Clara in ihr Haus. Sie habe alte Fotoalben und Tagebücher von Matthias gefunden, die Clara natürlich würde haben wollen. Clara wusste nicht, ob sie es fertig brächte, intime Aufzeichnungen von ihrem Sohn zu lesen, doch würde sie diese keinesfalls Friederike überlassen. Clara verließ das Haus ihrer Schwiegertochter auf einer Tragbahre mit gebrochener Hüfte und angeknackstem Handgelenk. Die oberste Treppenstufe hatte einer Rutschbahn geglichen, der Geruch von Schmierseife war Clara in die Nase gestiegen, als sie hilflos am Fuße der Stiege lag. Ein Glück, dass eine Passantin auf der Straße auf die Schreie aufmerksam geworden war. Friederike hatte ja rücksichtsvollerweise Clara beim Durchsehen der Objekte allein gelassen und war zum Einkaufen gegangen. Ich will mich ja nicht wiederholen, aber wie beweisen Sie ein Verbrechen, wo kein Zeuge ist? Liegt es nicht auf der Hand, dass sich eine ältere Dame ernsthaft verletzt, wenn sie böse stürzt? Wienert eine ordentliche Hausfrau ihr Heim nicht gründlich? Jedenfalls waren Franziska, Heinrich und Franz alarmiert. Clara meinte, sie hätte noch Glück gehabt, dass bei ihrer bekanntermaßen weit fortgeschrittenen Osteoporose nicht mehr passiert war. Heinrich, ein Verehrer von Friedrich Torbergs »Tante Jolesch« meinte trocken, dass Gott uns behüten möge vor allem was noch Glück ist und brachte Clara dazu, ihren blind machenden Selbstschutz abzulegen und der Wahrheit ins Auge zu blicken. Inzwischen regten sich auch immer mehr Zweifel, dass Matthias eines natürlichen Todes gestorben war.

Wahrscheinlich sind Sie nun über Heinrichs Bericht genauso geschockt wie ich es war. Meine Freunde saßen wie geknickte

Pflänzchen in der Laube, die Köpfe gesenkt, die Blicke starr auf ihre altersfleckigen Hände gerichtet. Wieder hatte sich Franz, der Älteste der Runde, als Erster erholt, klopfte mit seinem Stock in den Boden und rief: »So denkt euch schleunigst etwas aus. Wir können doch nicht zulassen, dass diese Verbrecherin weiterhin versucht, unsere Clara um die Ecke zu bringen. Wer weiß, was Friederike ausheckt, wenn Clara wieder hier ist.«

Mir schwirrte der Kopf, ich verstand das alles nicht. »Warum steckte Friederike Clara in ein Altersheim, wenn sie, wie ihr doch andeuten wolltet, schon damit begonnen hatte, sie bei sich zu Hause zu vergiften?«

Franz schüttelte über meinen Unverstand den Kopf und legte alle Schlussfolgerungen dar: »Was denkst du, wie es ausgesehen hätte, wäre Clara wie Matthias bei ihr zu Hause gestorben, noch dazu bei vorherigen ähnlichen Krankheitssymptomen? Zu leicht wäre ein Verdacht aufgekommen, dass da etwas faul sein müsse. Aber Claras Gesundheit erst einmal ordentlich zu schwächen, ihren Lebensmut zu unterminieren und sie dann in ein schlecht geführtes Heim zu stecken, ließ Friederike wohl darauf hoffen, dass dies Clara schon bald von allein umbringen würde und das fern von ihr. Doch dann kam Franziska, kamen wir ins Spiel und Friederike schmiedete neue Mordpläne.«

»Wenn diese Frau tatsächlich so gefährlich ist, scheint es mir unmöglich, die Sache selber zu regeln. Wir gehen zur Polizei, melden unseren Tatverdacht. Wir bringen Clara dazu, dass sie Matthias exhumieren lässt, dann wird man welches Gift auch immer in seinen Überresten feststellen, was zur Folge hat, dass man die Anschläge auf Clara ernst nimmt …«

»Stopp, Maria, Friederike ließ Matthias kremieren. Da kann niemand mehr etwas untersuchen. Wir haben keinerlei Beweise. Man wird uns für verrückt, senil, paranoid halten. Friederike kann schon morgen erneut zuschlagen. Und wir, wir sind alt, können die Radieschen jederzeit von unten sehen. Aber vorher hätten wir gerne noch etwas Aufregung und Action, eine Aufgabe, ein bisschen Spaß. Nein, nein, das nehmen wir schon selbst in die Hand.«

»Was stellst du dir vor?« Franziska legte ihre Hand beruhigend auf die von Franz. Der wollte sich gar nicht abreagieren, fuchtelte mit Stock und Händen. »Auftragskiller, Mafia, Camorra, was weiß ich? Deshalb sitzen wir ja beisammen. Maria, was meinst du?«

»Sorry, aber ich habe leider keine dahingehenden Verbindungen, weder zu den Organisationen, noch zur österreichischen Unterwelt.« Irrsinnigerweise war es mir fast peinlich, hier keine nützlichen Kontakte anbieten zu können.

Franz forderte uns auf, abzustimmen, ob wir Friederike abmurksen sollten. Bis auf ihn selbst waren wir alle dagegen. Schließlich einigten wir uns, dass wir Friederike ein paar unvergessliche Denkzettel verpassen würden. Von nun an trafen wir uns allabendlich zu fünft zur Konspiration, denn mittlerweile war ja auch Clara zu uns gestoßen. Clara war genauso wie von ihren Freunden beschrieben: warmherzig, humorvoll, liebenswert – und wir hatten einander sogleich ins Herz geschlossen.

Ehrlich gesagt wussten wir lange nicht, wie wir einen Rachefeldzug anlegen sollten. Wir mussten Aktionen setzen, die Friederike dermaßen einschüchterten, besser noch in Angst und Schrecken versetzten, dass sie nie mehr, nicht einmal im Traum daran denken würde, Clara etwas anzutun. Als Heinrich diese Prämissen nochmals zusammenfasste, durchzuckte mich bei dem Wort »Traum« ein wahrer Geistesblitz. Warum waren wir nicht eher darauf gekommen? Natürlich, wir würden Matthias in Friederikes Träume schicken. Hatte ich schon erwähnt, dass ich wirklich gut bin in meinem Metier? Allein meine mangelnde Ellenbogentechnik hat es oft verhindert, die wirklich großen Aufträge für Film und Fernsehen an Land zu ziehen. Ich besaß die Gabe Leute zu verwandeln. Das einzige, was wir noch brauchten, war ein Mann, dessen Physiognomie derjenigen von Matthias ähnelte. Bekanntlich ist die Schauspielerei für das Gros ihres Faches eine brotlose Angelegenheit. So fiel mir auch sofort Jonas ein, den ich seit einer gefühlten Ewigkeit kannte, und der sich so recht und schlecht und meist mit Aushilfsjobs, die gar nichts mit dem Schauspiel zu tun haben, durch das Leben schlägt. Auf ihn passte Claras Beschreibung von Matthias und das, was ich von diesem auf Fotos sah, perfekt. Für ein paar Kröten – ich begann mich schon in Gaunersprache auszudrücken – würde Matthias, der rächende Geist, Friederike so richtig einheizen. Die Spiele konnten beginnen.

Es war fünf Uhr früh, als das Läuten des Telefons Friederike aus dem Schlummer riss. »Er ist mir erschienen, Friederike, Matthias ist mir im Traum erschienen!« Mit theatralisch aufgeregter Stimme verkündete Clara ihrer Schwiegertochter ohne ein vorheriges »Guten Morgen«, ohne einleitenden Smalltalk ihr Erlebnis der vergangenen Nacht. »'Alles wird gut, ich passe auf dich auf!' Zweimal hat er das wiederholt. Und er hat so hell geleuchtet, der gute Bub.« Friederike brummte etwas Unwirsches in den Hörer – unschwer sich vorzustellen, was sie nun von ihrer anscheinend vollkommen durchgeknallten Schwiegermutter hielt – und legte auf. Nichts desto trotz, der Samen war gesät. Nun galt es, das Pflänzchen zu züchten und wachsen zu lassen. Bevor wir mit einem finalen Paukenschlag Jonas ins Rennen schickten, würde ich den Boden noch ein wenig weiter bearbeiten.

Sie kennen doch die Fahrradboten, die auf ihrem Drahtesel, todesmutig alle Verkehrsregeln missachtend, Päckchen, die nicht der Post anvertraut werden wollen oder innerhalb kürzester Zeit ihren Bestimmungsort erlangen müssen, von A nach B transportieren. Nachdem Franziska mir ihre fest in eine Schachtel verschnürte Bestellung aus der Friedhofsgärtnerei vorbeigebracht hatte, stopfte ich diese in den voluminösen Rucksack, warf mich in sportliche Schale und radelte zu Friederike. Ich bin ja nicht wahnsinnig durchtrainiert und keuchte wie ein Walross, als ich endlich an meinen Bestimmungsort gelangte, klingelte und als Fahrradkurier um Einlass bat.

»Grüß Gott! Ich hab' da ein Packerl von Ihrem Mann für Sie und soll noch ausrichten, dass er heute erst spät kommen kann. Wenn Sie da unterschreiben wollen.«

Friederike sah mich entgeistert an. »Da liegt wohl ein Irrtum vor. Mein Mann ist tot. Sie haben sich sicher bei der Adresse vertan.«

Von meinem Auftragsblock las ich Friederikes Namen und die Adresse ab, trat zurück, suchte mit Blicken das Hausnummernschild und gab mich ratlos verwundert.

»Wer hat Ihnen das Paket gegeben? Wo war denn das?«

Ich täuschte einen Hustenanfall vor, um einen Vorwand für die Bitte um ein Glas Wasser zu haben. Denn ich wollte ins Haus, ich wollte die Reaktion auskosten, wenn Friederike das Geschenk aufschnürte. Friederike war die Unruhe bereits anzusehen. Natürlich wollte sie möglichst viele Informationen aus mir herausholen und bat mich in ihre Küche. Detailgetreu schilderte ich ihr meinen Auftrag. Ich wäre ins Café Ritter – Clara hatte dies vorgeschlagen, da das »Ritter« Matthias' Stammcafé gewesen war – beordert worden, wo mir ein Herr, den ich dem Aussehen nach genau als Matthias beschrieb, nämliche Schachtel überreicht hatte und mir auftrug auszurichten, dass er später kommen würde. Mit einer fahrigen Bewegung stellte sie mir das Glas Wasser auf den Tisch. Sie solle doch das Paket öffnen, vielleicht kläre das ja alles auf. Inzwischen zitterte Friederike – ich sage Ihnen, Espenlaub ist nichts dagegen – sodass sie mich bat, die Schnur zu lösen. Als sie dann den Deckel zurückklappte, verwandelte sich ihr Gesicht in rohen Semmelteig, bleich und schlaff. Sie begann zu hyperventilieren. In den Küchenschränken suchte ich nach Schnaps, denn sie würde etwas Stärkeres als Wasser brauchen. Friederike hatte mich den Inhalt der Schachtel nicht ansehen lassen. Natürlich wusste ich trotzdem, was sie enthielt. Einen recht kleinen Kranz aus getrockneten Pflanzen, wie man sie zu Allerheiligen auf die Gräber legt, die Trauerschleife trug die Aufschrift: *Ohne Aussicht, ohne Luft liegt*

Friederike in der Gruft. Mit vorgegaukelter Besorgnis schenkte ich ihr einen zweiten Schnaps ein, klopfte ihr beruhigend auf den Rücken und versuchte sie weiter auszuhorchen. Doch Friederike begann nur hysterisch zu schreien und warf mich aus dem Haus.

Friederike hatte mir alles geglaubt, ich hatte eine oscarreife Vorstellung hingelegt und fühlte mich regelrecht beflügelt. Vielleicht sollte ich meinen Beruf wechseln, am Reinhard-Seminar Aufnahme suchen. In Gedanken sah ich mich bereits neben Antonio Banderas auf der großen Kinoleinwand, sah mich über den Roten Teppich in Cannes schreiten und unter Tränen der Rührung den Publikumspreis in Venedig entgegennehmen. Mit einem Kopfschütteln wischte ich diese Tagträumereien beiseite, erstattete meinen Freunden Bericht und nahm zumindest deren Akklamation entgegen.

Verstohlen wischte sich Clara über ihre feuchten Augen, nahm Jonas, den Schauspieler, beim Arm, drehte ihn nach links, nach rechts, zog ihn an ihre Brust und streichelte ihm über den Rücken. Ja, Jonas sah tatsächlich aus wie Matthias. Ich hatte Kinn und Nase eine andere Form verpasst, die Augen mittels Kontaktlinsen mit dem richtigen Farbton versehen, Jonas dichte Brauen in die richtige Form gezupft und Falten um Augen, Mund und auf den Hals gezaubert. Ins Haar hatte ich graue Strähnen gefärbt und die Länge auf Matthias Igelfrisur gestutzt. Das Ergebnis war wirklich verblüffend. In Reih und Glied stellten wir uns auf, wünschten Jonas Hals- und Beinbruch, spuckten ihm über – Franz, der nicht richtig zielte, auf – die Schulter und schickten ihn los. Im letzten Moment drückte ihm Clara den Schlüssel von Friederikes Haus in die Hand. Wir saßen in meinem Wohnzimmer. Clara schnäuzte alle paar Sekunden in ihr Taschentuch, Franziska seufzte in noch kürzeren Abständen mit tiefer Inbrunst, Franz klackte mit seinem Stock eine Delle in mein Parkett, Heinrich drehte den Stiel seines Weinglases zwischen Daumen und Zeigefinger und ich ordnete zum dritten Mal die Utensilien meines Maskenbildnerkoffers. Nachdem wir die dritte Flasche Wein geleert und eine große Servierplatte voll Brötchen verputzt hatten, nachdem die Zeiger unserer Uhren auf halb drei in der Früh standen, klingelte es endlich an der Wohnungstür. Jonas erschien mit stolz geschwellter Brust, als hätte er gerade erfolgreich den König Lear im Burgtheater gegeben und ließ sich nicht lange bitten, uns detailreich seinen Auftritt zu schildern.

Wie besprochen und geprobt war Jonas in Friederikes Schlafzimmer geschlichen, hatte die Schlafende fest an der Schulter gefasst, als sie schließlich hochfuhr, war er einige Schritte zurückgewichen, hatte die kleine Taschenlampe, die in Brusthöhe unter seinem schwarzen Umhang feststeckte, aufgedreht und damit sein Gesicht schwach beleuchtet. Friederike saß mittlerweile mit schreckgeweiteten Augen, die Bettdecke schützend vor die Brust gedrückt, an die Kopfleiste des Bettes gelehnt. Sie begann leise zu wimmern, schloss die Augen, warf die Decke über den Kopf und hoffte wohl, dass der Spuk sich damit auflösen würde. So vergingen einige Minuten, in denen nur Friederikes keuchender Atem zu hören war; Jonas verhielt sich vollkommen still. Dann dachte Friederike wohl, dass es Zeit wäre unter den Bettfedern hervorzutauchen und einzusehen, dass das nur ein Hirngespinst gewesen sein konnte, hervorgerufen durch den albernen Anruf ihrer Schwiegermutter. Doch gleich darauf fiel ihr die Fahrradbotin mit ihrer Botschaft ein. Mein Gott, war es möglich, dass Matthias keine Ruhe finden konnte und so wie im Film »Ghost – Nachricht von Sam« als Untoter zurückgekommen war, um sich zu rächen? Vorsichtig senkte sie die schützende Tuchent. Vor ihr verharrte Jonas wie ein Fels und starrte sie vorwurfsvoll an. Schließlich begann er ein schauriges »Mörderin« zu hauchen, das sich mit jeder Wiederholung bis zu einem anklagenden Crescendo steigerte. Friederike hielt sich die Hände an die Ohren, wälzte sich von der

Matratze und rollte unter das Bett. Jonas drohte: »Warte ab, du wirst mir nicht entgehen!« Dann verfiel er in infernalisches Gelächter, das er schon erfolgreich bei seinem Aushilfsjob als Gespenst in der Geisterbahn im Prater angebracht hatte, drehte die Taschenlampe ab und schlich leise auf unbeschuhten Füßen aus dem Raum, begleitet von Friederikes Flehen um Gnade.

Wir warteten ab, Tage, Wochen, keine Lebenszeichen von Friederike. Ab und zu schlenderte ich an ihrem Haus vorbei. Wie ich bemerkte, hatte sie eine neue Sicherheitstüre einbauen lassen und einmal kam ich dazu, als ihr ein Lieferservice Lebensmittel ins Haus brachte. Es schien fast so, als würde sie sich verbarrikadieren, sich nicht mehr auf die Straße wagen. Vor kurzem erreichte uns nun die Nachricht von ihrem Dahinscheiden. Nein, nein, denken Sie nur nicht falsch von uns. Damit hatten wir nichts zu tun. Weder war es ein Herzinfarkt, der irgendwie auf die Aufregungen zurückzuführen gewesen wäre, noch hat sich Friederike eingedenk ihrer verbrecherischen Handlungen selbst gerichtet. Der Hergang war ein ganz anderer. Inzwischen war so viel Zeit vergangen, dass sich Friederike das Haus zu verlassen getraute. An einem Tag, an dem wieder einmal eine Sturmbö die andere jagte, schlenderte Friederike den stark befahrenen Neubaugürtel entlang, als ihr ein Windstoß den teuren, von einer der letzten Modistinnen Wiens sonderangefertigten Hut vom Kopf riss. Sie sprang auf die Straße, um ihn einzuholen, wobei sie ein entgegenkommendes Fahrzeug erfasste. Ich hoffe, Sie finden uns jetzt nicht herzlos, wenn ich Ihnen verrate, dass wir mit Champagner auf dieses Pech anstießen, das wir einer Wien-typischen Windbö zu verdanken hatten.

Ab ins Beet

Claudia Platz

Peter Grün, Kripobeamter beim K1 des Polizeipräsidiums Mainz, musterte Luis Mahler, den schmächtigen, älteren Herrn, der ihm gegenüber saß. »Sie wollen Ihre Frau als vermisst melden?«

Von »wollen« konnte keine Rede sein, denn er vermisste sie ganz und gar nicht. Im Gegenteil, er war heilfroh, dass sie weg war. Aber das konnte er dem Beamten nicht sagen, ohne sich gleich verdächtig zu machen. Welcher Mann meldete schon das Verschwinden seiner Frau, wenn er sie gar nicht wiederhaben wollte? Nur ein Trottel tat so etwas und er war definitiv keiner. Aber er sah sich dazu gezwungen. Bloß - wie konnte er das dem Kommissar begreiflich machen?

Grün unternahm einen neuen Anlauf. »Also, seit wann ist sie denn verschwunden?«

Luis Mahler schaute ihn aus seinen wässrig blauen Augen an und zuckte die Achseln. Der Polizist bemerkte die milchig eingetrübte Pupille seines Gegenübers und folgerte daraus, dass der Mann an grauem Star litt. Wahrscheinlich war er auch noch schwerhörig und er wiederholte deshalb seine Frage, allerdings deutlich lauter.

»Schreien Sie doch nicht so. Ich höre noch sehr gut«, zuckte Mahler erschrocken zusammen.

»Und warum antworten Sie dann nicht?«

»Weil ich mir dämlich vorkomme.«

Das fand Grün auch, doch seine Ansichten standen hier nicht zur Debatte. Nervös klopfte er mit dem Kugelschreiber auf die Schreibtischplatte. Zeugen wie Mahler, die eine Ewigkeit brauchten, um auf den Punkt zu kommen, waren für ihn mindestens ebenso ein Graus wie Menschen in einer Supermarktschlange, die den Betrag an der Kasse auf die Münze abzählten, um dann festzustellen, dass ein Cent fehlte.

Endlich rang Mahler sich zu einer Erklärung durch. »Es ist eigentlich so, dass Klara, so heißt meine Frau, nicht im klassischen Sinn vermisst wird. Sie ist bloß weg. Von einem Tag auf den anderen.«

Der Polizist schloss in einem Anflug von Verzweiflung kurz seine Augen. Was wollte der Mann dann hier? Langweilte er sich, weil ihm seine bessere Hälfte abhanden gekommen war und ihm nun die Ansprache fehlte? Oder war er einfach nur verwirrt?

Die Ungeduld Grüns ignorierend setzte Mahler erneut an. »Meine Frau hat ihre Siebensachen gepackt und ist einfach fort, ohne es groß anzukündigen. Sie wollte schon immer nach Spanien – ich aber nie! Die sind mir zu kapriziös, die Spanier, und das Essen ist auch nicht gerade eine Offenbarung«, erklärte er noch und schaute dann aus dem Fenster in den nasskalten Junimorgen. Abrupt wechselte er das Thema. »Wussten Sie, dass wir gerade Schafskälte haben?«, fragte er Grün, der zunehmend an Mahlers geistiger Gesundheit zweifelte. »Da ist Vorsicht geboten, es kann selbst nach den Eisheiligen noch zu späten Frostschäden kommen.«

Grün interessierten weder irgendwelche Heilige noch Kältefronten, die unvermittelt über Mitteleuropa hereinbrachen, sondern nur seine Arbeit. Und die fiel ihm im Augenblick äußerst schwer. Innerlich mahnte er sich zur Ruhe und atmete tief durch. »Hat sie irgendeine Nachricht hinterlassen?«

Mahler konzentrierte sich wieder auf den Polizisten. »Ja, diesen Brief hier, in dem sie ihre Absicht kundtut«, meinte er verlegen und schob ihm das zerknitterte Blatt hin.

Grün nahm den Briefbogen in die Hand und las. Die Schrift war altmodisch, aber gestochen scharf – genauso wie der Inhalt. Mahlers Frau ließ kein gutes Haar an ihrem Gatten. Spitzzüngig beschwerte sie sich, dass er sie vernachlässige und seinen Hintern nicht hochbekäme, nie etwas mit ihr unternehme sondern nur in seinem Garten herumkrauche. Es folgte eine detaillierte Liste mit Dingen, auf die sie für den Rest ihres Lebens verzichten wollte. An erster Stelle stand ihr Mann, an zweiter die Unmengen Gemüse, die er anbaute und sie zu putzen und zu konservieren hatte, obwohl es ihr in der Regel nicht schmeckte.

Grün legte den Brief hin und massierte sich die Nasenwurzel. Er verspürte absolut kein Verlangen, diese Anklageschrift zu Ende zu lesen. Ein Funken Sympathie für Luis Mahler glomm auf, denn der Ton kam ihm nur allzu bekannt vor. Es gab eindeutige Parallelen zu seiner eigenen Ehe. Auch seine Frau beschwerte sich, wenn er abends todmüde aufs Sofa fiel, alle Viere von sich streckte, über einen Fall grübelte oder stumpfsinnig durch die Programme zappte.

Etliche seiner Kollegen waren aus diesen Gründen geschieden, das sollte ihm nicht passieren. Deshalb hatten sie einen Kompromiss gefunden. Da sie im Gegensatz zu ihm kulturbegeistert war, begleitete er sie hin und wieder ins Kino, Musical sowie ins Schauspiel und verknüpfte das mit einem schicken Essen. Sie verschonte ihn im Gegenzug mit Oper und Ballett, da er beides weder akustisch noch optisch ertrug. Vielleicht hätte das Ehepaar Mahler das auch tun sollen, dann wäre die Frau nicht geflüchtet.

Er beendete seine stillen Reflexionen und setzte das Gespräch fort. »Ihre Frau hat Sie demnach freiwillig verlassen. So leid es mir tut, aber dann besteht wirklich kein Grund für uns zu ermitteln.«

Luis Mahler nickte zustimmend. »Das weiß ich auch. Aber darum geht es mir ja nicht. Es heißt doch: ‚Die Polizei - dein Freund und Helfer‘, und genau in dieser Funktion brauche ich Sie. Seit Tagen habe ich kaum noch eine ruhige Minute. Wissen Sie, auf dem Land ticken die Uhren anders. Da interessiert man sich noch für seinen Nachbarn. Manchmal ist das von Vorteil, manchmal geht einem diese Anteilnahme aber nur auf die Nerven. So wie in meinem Fall. Zwei Freundinnen meiner Frau, Agathe vom Literaturzirkel und Elwira aus ‚Yoga für Seniorinnen‘, die mir beide ein Gräuel sind und um die ich in der Regel einen weiten Bogen mache, belagern mich regelrecht. Sie fühlen sich zur Miss Marple berufen und observieren abwechselnd mich und mein Haus. Zudem verbreiten sie Unwahrheiten über mich. Sie halten mich für ihren Mörder und tun das überall kund. Und da mein Dorf nicht sonderlich groß ist und beinah jeder jeden kennt, wird natürlich entsprechend getratscht. Wenn das nicht aufhört, wage ich mich bald nicht mehr aus dem Haus. Es wird immer mehr zu einem Spießrutenlauf. Meine Beteuerungen, ich hätte nichts mit ihrer Abwesenheit zu tun, verpuffen. Den Brief halten sie für eine Fälschung«, bemerkte er frustriert.

Grün fühlte sich entfernt an Hitchcocks »Fenster zum Hof« erinnert. »Und was wollen Sie von mir?«

»Eine offizielle Bestätigung, dass ich kein brutaler Mörder, sondern einfach nur ein verlassener Ehemann bin. Können Sie mir nicht meine Unbedenklichkeit attestieren?«.

Der Polizist kratzte sich am Hinterkopf. Endlich verstand er Mahlers Dilemma, aber dergleichen fiel nicht in seinen Zuständigkeitsbereich, er behandelte Kapitaldelikte und nicht die seelischen Nöte verlassener Ehemänner. »Wir sind keine Bescheinigungsstelle, sondern eine Ermittlungsbehörde. Ich kann Ihnen nicht helfen.«

»Gut, wenn das so ist, werde ich die Damen wohl wegen Stalkings anzeigen müssen. Dafür sind Sie doch zuständig, oder? Ich habe mir auch schon alles minutiös notiert!«, meinte der rüstige Senior und präsentierte einen ganzen Stapel an Zetteln.

Der Beamte stöhnte auf. Eine solche Anzeige bedeutete eine Menge Arbeit mit fraglichem Nutzen, denn die Frauen handelten aus »Berufung« und schienen der Kategorie der Unbelehrbaren anzugehören. Grün kapitulierte. Es war einfacher, eine diplomatische Lösung anzustreben, als den Behördenweg zu gehen. »Ich schlage etwas anderes vor!«

Mahler lehnte sich lächelnd zurück.

»Zunächst vergewissere ich mich, ob Ihre Frau tatsächlich

heil in Spanien angekommen ist. Dann werde ich die beiden Damen überzeugen, dass kein Verbrechen vorliegt und mache ihnen unmissverständlich klar, dass sie mit einer Anzeige wegen übler Nachrede rechnen müssen, sollten sie weiterhin gegen Sie wettern.«

»Mehr will ich ja gar nicht!«, beteuerte Mahler.

»Dann geben Sie mir bitte Namen und Adressen und ich kümmere mich darum.«

»Noch heute?«

»Nein, morgen. Ich muss erst Erkundigungen einziehen.«

Am nächsten Tag machte Kommissar Grün sich im Streifenwagen auf. Mit eingeschaltetem Blinklicht fuhr er langsam vor das Haus von Agathe Schröder. Ihm entgingen dabei weder die sensationslüsternen Blicke der Fußgänger noch die Vorhänge, die erst sacht angehoben und dann schnell wieder fallen gelassen wurden.

Grün hatte Glück und traf die beiden Hobbydetektivinnen zusammen an. Sie kochten gerade Erdbeermarmelade für den Landfrauenbasar. Der Kommissar gab sich betont »offiziell« und machte den Frauen die Lage unmissverständlich klar. Ziemlich kleinlaut versicherten sie schließlich, Klaras Ehemann ab jetzt nicht mehr zu behelligen.

Der Polizist war zufrieden und machte noch einen kurzen Abstecher zu Mahler. Dieses Mal achtete er noch mehr darauf, dass die Nachbarn seinen Aufmarsch mitbekamen. Sie sollten sehen, dass alles in bester Ordnung war. Am Hoftor blieb er stehen und redete kurz mit dem Strohwitwer. Zum Abschluss klopfte er ihm jovial auf die Schulter, winkte ihm vom Auto noch zu und fuhr dann davon.

Ab jetzt hatte Luis Mahler seine Ruhe – zumindest vorläufig. Wenn er das Haus verließ, folgten ihm keine ältlichen Damen mehr. Beim Bäcker und Metzger wurde er so freundlich bedient wie eh und je, und auch die Postbotin grüßte ihn wieder. Was er allerdings nicht wusste, war, dass ihm der weibliche Teil des Dorfes aufgrund seines bemitleidenswerten Schicksals seine Fürsorge angedeihen lassen wollte.

Bereits zwei Tage später klingelte eine von Klaras Freundinnen aus der Rückengymnastik. Sie hielt eine dampfende Terrine in den Händen. »Ich dachte, jetzt, wo Sie allein sind, muss sich doch jemand um Sie kümmern.«

Luis war so überrumpelt, dass er sie hereinließ. Kurz darauf saßen sie am Küchentisch, die Frau füllte den Teller bis zum Rand und schaute ihn erwartungsvoll an. Erst jetzt bemerkte er, dass sie ihm ein Hühnerragout mit klumpigem Reis gekocht hatte und Luis Mahler verabscheute Huhn. Angewidert rümpfte er die Nase, nahm höflichkeitshalber ein paar Bissen, behauptete dann, satt zu sein und jetzt seinen Mittagsschlaf halten zu müssen.

Die Enttäuschung stand der Frau ins Gesicht geschrieben. »Ich lasse Ihnen den Rest da. Sie können sich ihn in der Mikrowelle aufwärmen. Pro Teller zwei Minuten bei 800 Watt.«

Den guten Ratschlag vergaß Mahler augenblicklich. Kaum war der ungebetene Gast verschwunden, ging er in den Garten, holte seine Schaufel, hob ein Loch aus und schüttete das Essen hinein. Dann machte er sich ein Leberwurstbrot, gönnte sich ein kleines Bier und setzte sich auf seine Terrasse.

Natürlich blieb dieser Besuch in der Nachbarschaft nicht unbemerkt, und es schien eine Art Konkurrenzkampf unter den Seniorinnen auszubrechen. Bereits am nächsten Mittag stand Agathe mit einem Topf und einer Tupperdose vor der Tür.

Dieses Mal war Luis besser vorbereitet. »Ich habe schon gegessen«, entgegnete er bestimmt.

»Dann nehmen Sie es für morgen!«, meinte sie in gebieterischem Ton, drückte ihm den Kartoffelstampf und Frikadellen in die Hand und machte auf dem Absatz kehrt.

In der Küche hob er beide Deckel. Der klumpige Kartoffelbrei schimmerte weißlich, und die Frikadellen schienen kaum Fleisch zu beinhalten, denn sie waren hellgrau. Kein Wunder, dass Agathes Kochkünste im Ort keinerlei Erwähnung fanden.

Auch dieses Essen wanderte umgehend in den Garten. Das gleiche Schicksal erlitt Elwiras steinharter Marmorkuchen.

Weitere Damen wollten ihm ihre Gaben aufdrängen, doch er schlug sie vehement aus, wobei sein Ton von Mal zu Mal barscher wurde. Bald gaben seine Nachbarinnen auf. Nur Agathe und Elwira, die das schlechte Gewissen noch immer drückte, zeigten sich davon unbeeindruckt und legten eine Hartnäckigkeit an den Tag, die ihn beängstigte.

»Sie brauchen doch bestimmt jemanden, der Ihnen die Wäsche macht und bügelt«, drängte Elwira sich auf.

»Ich komme gut klar«, bellte er und warf die Tür zu.

»Soll ich Sie nicht einmal mit dem Auto zum Einkaufen nehmen, damit Sie sich auch gesund ernähren, wenn Sie schon mein Essen nicht annehmen?« schlug Agathe vor.

»Sehe ich aus, als wäre ich am Verhungern?«, fragte er genervt, worauf sie bestätigend nickte. »Außerdem habe ich mein eigenes Gemüse, absolut pestizidfrei und Bio!«

Er ging nicht mehr zur Tür. Doch seine Verweigerung bewirkte nur, dass die Damen ihre Tätigkeit verlagerten und ihm auflauerten. Konsequent legte er seine Besorgungsgänge und kleinen Ausflüge in die Zeit ihrer Yogastunden oder der Treffen des Literaturkreises. Aber sie bekamen es spitz und ließen sie einfach ausfallen. Irgendwann störten sie ihn in seinem Garten. Dieses unerlaubte Eindringen in sein persönliches Refugium nahm Luis als Kampfansage und beschloss, dem ein Ende zu bereiten.

Eines Nachmittags lud er Agathe auf einen Tee in seinen Garten ein und mimte ganz den Gentleman.

Sie hatte sich extra herausgeputzt und konkurrierte in ihrem bunt geblümten Kleid mit seinen prächtigen Stauden. »Schön haben Sie es hier. Richtig gemütlich, und Ihre Beete sind eine echte Pracht.«

Das schmeichelte ihm, brachte ihn aber nicht von seinem Vorhaben ab.

Agathe, die zwar in Literatur bewandert, dafür aber in Botanik mit Ahnungslosigkeit gestraft war, heuchelte Interesse. »Was sind das dort für blaue Blumen?«

»Blauer Eisenhut oder auch Aconitum napellus«, antwortete er, hielt es aber nicht für wichtig, sie über die Giftigkeit der Pflanze aufzuklären. Überhaupt war sein Garten ein Füllhorn an pflanzlichen Toxinen. Beginnend mit der frühblühenden Christrose über Fingerhut, Maiglöckchen, Seidelbast, Rizinus, Pfaffenhütchen bis zur späten Herbstzeitlose hatte er das ganze Jahr über Zugriff darauf. Aber auch das verschwieg er wohlweislich.

»Wollen Sie zum Abschluss noch ein selbst angesetztes Likörchen?«, schlug er vor und sie fühlte sich geschmeichelt.

»Ein Schnäpschen in Ehren kann keiner verwehren«, kicherte sie, ihre Unkenntnis demonstrierend. Likör und Schnaps waren immer noch zwei Paar Schuhe.

»Sie trinken keinen?«, flötete sie und klimperte mit den Augen.

»Nein, er ist mir zu süß. Genießen Sie ihn nur in aller Ruhe.«

»Na, dann Prost«, sagte sie und leerte das Glas mit gezierten Schlucken.

Noch am selben Abend verschied Agathe friedlich in ihrem Zuhause. Keine zwei Wochen später erlag auch Elwira einem Herzanfall, nachdem sie von Luis zu einer Gemüsequiche eingeladen worden war, deren Zutaten genau wie die des Likörs aus seinem Garten stammten.

Im Dorf wunderte sich niemand über dieses plötzliche Dahinscheiden. Schließlich waren beide Damen nicht müde geworden, bei jeder passenden Gelegenheit ihre Herzschwäche ins Spiel zu bringen. Luis nahm – wie es sich als guter Nachbar gehörte – auf ihren Beerdigungen Abschied und legte einen Strauß aus seinem Garten als Zeichen der Ehrerbietung ab.

Seine Befürchtungen, Kommissar Grün könnte wegen der Tode Verdacht schöpfen und sich nach den näheren Umständen erkundigen, bewahrheiteten sich nicht. Er ließ nichts mehr von sich hören und Luis nahm an, dass die »Akte Mahler« wohl endgültig geschlossen war.

Der Sommer ging dahin und der Herbst kam. Luis hatte sein Heim inzwischen nach seinen eigenen Vorstellungen umgestaltet. Klaras Nippes, Kerzen und Deckchen warf er weg. Die Schrankwand im Wohnzimmer erfuhr ohne Rücksichtnahme auf optische Ästhetik eine Umgestaltung. Er sägte einfach zwei Bretter heraus, um Platz für den neuen Flachbildfernseher zu schaffen. Zu guter Letzt orderte er ein Entertainment-Paket. Es war ein unbeschreibliches Gefühl endlich uneingeschränkter Herr über die Fernbedienung zu sein und Fußball schauen zu können, ohne die gelangweilten Kommentare seiner Frau hinnehmen zu müssen.

An einem der letzten milden Herbstabende saß er bei einem Glas Wein in seiner Laube und musterte zufrieden sein kleines Reich. Die dämlichen Solarleuchten seiner Frau hatte er längst entsorgt und richtige Lampen gekauft. Rechtzeitig zum Saisonabschluss würde er das bereits ausgehobene Schattenbeet mit Rhododendronerde füllen und entsprechend bepflanzen.

Ihm wurde kühl und er ging ins Haus. Gerade als er eintrat, fiel die Vordertür ins Schloss. Er verschluckte sich fast, als Klara ihm gegenüberstand.

»Was tust du denn hier?«, fragte er, ohne sich die Mühe zu machen sein Entsetzen zu verbergen.

»Du bist genauso wenig charmant wie immer! Ich darf das, es ist immerhin auch mein Haus – noch. Aber du kannst beruhigt sein. Ich bleibe nur so lange, bis die Bude verkauft ist. Ich ziehe nämlich ganz nach Spanien und brauche für meine neue Wohnung entsprechendes Eigenkapital.«

»Und was ist mit mir? Wo soll ich hin?«

»Du kannst mich ja ausbezahlen und hier wohnen bleiben!«

»Dafür reicht mein Geld nicht.«

»Eben, und deshalb bleibt nur der Verkauf. Morgen früh rufe ich einen Makler an, damit er das in die Hand nimmt.«

»Wie bist du eigentlich hergekommen?«

»Flugzeug, S-Bahn, Bus.«

»Weiß jemand, dass du wieder da bist?«

»Nein, ich will Agathe und Elwira überraschen. Ich habe schon lange nichts mehr von ihnen gehört. Wie geht es ihnen?«

»Soweit ich weiß ganz gut«, schwindelte er, denn der Zeitpunkt, sie über das Ableben ihrer Freundinnen zu unterrichten, erschien ihm nicht gerade günstig. »Ist dir unterwegs eigentlich jemand begegnet?«

»Nein, um diese Uhrzeit sind in dem Nest doch die Bürgersteige hochgeklappt. Was soll diese blöde Fragerei überhaupt?«

»Nichts, ich wollte mich eben einfach nur nach deiner Reise erkundigen. Immerhin bist du Hals über Kopf abgehauen und ich konnte es ausbaden. Agathe und Elwira hielten mich für deinen Mörder.«

Sie ließ ihr hartes Lachen erklingen und schaute ihn aus blitzenden Augen an. »So ein Quatsch! Dafür fehlt es dir doch an Mumm!«

Das war genau der berühmte Satz zu viel. Sie hatte ihr Schicksal besiegelt. Seine Verärgerung verbergend gab er sich beschwichtigend.

»Lass uns reden. Vielleicht findet sich ja ein anderer Ausweg, der jeden von uns zufriedenstellt. Wie wäre es, wenn wir das in aller Ruhe bei einem Holunderblütenlikör besprechen?«

Klara nickte. Sein »selbstgemachtes Gebräu« – wie sie es immer nannte - fand als einziges Produkt seines gärtnerischen Könnens Gnade vor ihren Augen. »Ich denke zwar nicht, dass das viel bringt, denn mein Entschluss ist unumstößlich. Aber einen Schlummertrunk lehne ich nicht ab«, meinte sie und setzte sich auf das Sofa im Wohnzimmer.

Er nahm sie beim Wort, ging in die Küche und holte zwei Gläser. In ihres schenkte er wegen der Farbgebung ein wenig Holunderblütenlikör und füllte es dann auf. Mit einem Lächeln kam er zurück, reichte ihr den Trank und prostete ihr zu.

»Dieses Mal ist er dir zu süß geraten!«, kritisierte sie.

Luis lächelte, Klara musste nicht wissen, dass der Zucker notwendig war, um den Geschmack des Akonits zu überdecken. »Schmeckt er dir nicht?«

»Doch«, meinte sie und leerte ihn ganz. »Krieg ich noch einen?«

»Aber sehr gern.«

Bei seiner Rückkehr lief der Fernseher.

»Wirklich gutes Bild«, gestand sie widerwillig ein.

»Voll HD«, erwiderte er und setzte sich in seinen Sessel.

Nach einiger Zeit ertönten vom Sofa schmatzende Geräusche. »Irgendwie fühlt sich mein gesamter Mundraum taub an«, bemerkte sie und fuhr mit der Zungenspitze über die Lippen.

»Bildest du dir das nicht ein?«, lächelte er.

»Nein, ich habe wirklich kein Gefühl mehr.«

Große Gefühle hatte sie noch nie gehabt, vor allem ihm gegenüber nicht.

»Wie viel Alkohol ist denn in dem Gesöff?«

»Nur ein bisschen. Daher kann es also nicht kommen.«

Klaras Kopf rötete sich und sie stieß auf. Als sie ihre Hand heben wollte, fiel sie schlaff auf ihre prallen Oberschenkel zurück.

»Ist dir warm, Liebes? Du scheinst zu schwitzen. Ich dachte, die Wechseljahre wären vorbei.«

»Sinn se auch«, entgegnete sie mit schwerer Zunge. »Miiiir isss üüüübl«, stöhnte sie und krümmte sich.

»Das wird von dem ganzen Knoblauch in dem spanischen Essen kommen.«

Sie wollte ihm widersprechen, brachte aber nur noch ein Lallen zustande.

Er nahm die Fernbedienung und schaltete auf einen Sender, der ihm gefiel. »Gut, dass du auf den Schlummertrunk bestanden hast! Weißt du, er enthält gewisse Ingredienzen aus meinem Garten, die richtig dosiert eine pflanzliche Heilwirkung haben, aber in zu hoher Dosis tödlich sind. Bald schläfst du, tief und fest.«

Klara versuchte aufzustehen, um ans Telefon zu gelangen. Doch ihre Muskeln versagten ihr den Dienst und sie plumpste ungelenk auf das Sofa.

»Tja, meine Liebe, ich glaube nicht, dass jemand dich vermissen wird und die Polizei sucht ganz bestimmt auch nicht nach dir. Dafür hast du selbst gesorgt. Dank deines Briefes gehen sie davon aus, dass du im sonnigen Süden weilst. Und da dich niemand hat kommen sehen, deine besten Freundinnen leider vor kurzem verschieden sind und sich in Spanien höchstwahrscheinlich auch niemand für deinen Verbleib interessiert, besteht kein Anlass zu weiteren Nachforschungen.«

Sie starrte ihn aus glasigen Augen hasserfüllt an, das erste Mal in ihrem Leben konnte sie ihm kein Widerwort geben. Dann fielen ihr die Lider zu. Sie sackte in sich zusammen.

Luis drehte den Apparat lauter und wartete, bis sie ihren letzten Schnaufer getan hatte. Dann packte er sie an den Füßen und zog sie unter großen Anstrengungen hinaus vor die Terrassentür, holte den Schubkarren und legte sie hinein. Er fuhr seine Fracht vor das ausgehobene Schattenbeet, wo er erst einmal Luft holen musste.

Klara passte aufgrund ihres Charakters hervorragend in das saure Milieu der Rhododendronerde, und wenn sie nach und nach ihre organischen Düngergaben freisetzte, war die Symbiose perfekt. Die Pflanzen würden prächtig gedeihen.

Er schenkte ihr einen letzten Blick. »Du hast Gartenarbeit stets gescheut, meine Liebe. Aber nun heißt es für dich: Ab ins Beet!«

Der Tod des blauen Hasen

Frauke Schuster

Die Königsberger Klopse auf dem Teller erkalteten in ihrem See aus heller Soße, aber Martha Kraneder merkte es nicht. Dabei waren die Klopse ihr Lieblingsgericht, schon seit der halb vergessenen Kindheit in Schlesien. Während die alte Frau ihren Rollstuhl näher ans Fenster manövrierte, rutschte der abgegriffene, kitschblaue Plüschhase auf ihrem Schoß hin und her, als warte er ungeduldig darauf, das Spiel zu beginnen. Martha hatte Mühe, das Tier mit ihren rheumatischen Fingern zu fassen, doch endlich hob sich die Hand der Frau langsam, und der Hase presste seine weiße Plastiknase gegen die Scheibe, wie um hinauszuspähen. Zwei Stock tiefer ratterten die LKWs vorbei, brachten die Mauern des alten Hauses zum Beben, und die Fahrer sahen stur vor sich hin, ahnten nichts von dem lustigen Hasen oben.

Doch Martha Kraneder interessierte sich ihrerseits auch nicht für die Lastwagen mit ihrem Krach und ihren Abgasen. Gespannt blickte sie auf die schmuddelig gelben Vorhänge einer Wohnung im Haus gegenüber. Ebenfalls im zweiten Stock. Als eine magere Hand den Vorhang teilte, umspielte ein Lächeln die Lippen der Frau, runzlige Lippen, gekennzeichnet von den mannigfaltigen Enttäuschungen eines langen, arbeitsreichen Lebens.

Wie ein blasser Mond leuchtete das kleine Gesicht im Fenster gegenüber auf, ein Kindergesicht mit zahnlückigem Mund. Die alte Frau ließ den Hasen vor der Scheibe tanzen, wartete sehnsüchtig auf eine Reaktion, ein Zeichen der Freude, ein Winken. Irrte sie sich, oder waren diese bleichen Wangen wieder schmaler geworden? Das Kind muss krank sein, dachte die Frau, schon längere Zeit, denn es war immer zuhause, wenn sie ans Fenster kam, schien nie in den Kindergarten zu gehen oder überhaupt je die Wohnung zu verlassen. Bestimmt war es eins von jenen Kindern, bei denen beide Eltern arbeiteten, denn seit schier ewiger Zeit hatte Martha keine Erwachsenen mehr in dem Zimmer gegenüber gesehen. Der einsame, kranke Junge tat ihr leid, und sie erinnerte sich flüchtig daran, dass auch ihr Rainer einst so ein süßer Bub gewesen war. Und nach ihm sein Sohn, ihr einziger Enkel, von dem der alten Frau nichts geblieben war als dieser blaue Hase, der versehentlich zurückgelassen wurde, als Rainer und seine Familie nach Südamerika aufbrachen, in das ferne Land, aus dem Rainers Frau stammte. Seither lebte Martha von den spärlichen Telefonaten und noch selteneren Fotos. Und von dem Spiel mit dem Kind gegenüber … Das nun das Gesicht zu einer Grimasse des Weinens verzog, obwohl seine Augen weiter unverwandt auf den Plüschhasen blickten.

Der Wodka brannte im Hals. Wie die Verzweiflung in Noras Seele. Und das Schuldgefühl. Hätte sie bloß Kartoffeln gekauft statt des Alk! Oder Milch oder wenigstens eine Tüte Chips! Vielleicht hätte sie sich dann nach Hause getraut, aber so …? Und doch: War es denn ihre Schuld? War es nicht Harry gewesen, der sich aus dem Staub gemacht und das mühsam ersparte Geld aus der Dose im Küchenschrank mitgenommen hatte? Nora erinnerte sich genau an das Schwächegefühl, das sie befiel, als sie die verbeulte Teedose öffnete und auf den glänzenden Blechgrund hinabsah, der eigentlich von kleinen Scheinen hätte bedeckt sein sollen. Und an Robbis Geschrei …

Und jetzt? Die Lichter der Kneipe verschwammen vor ihren Augen zu einem gelben, trüben Meer.

»Wir schließen.« Die grantige Stimme des Wirts drang erst bei der dritten Wiederholung in Noras Gehirn. Wenige Minuten später fand sich die junge Frau auf der Straße wieder, eine fast leere Flasche in der Linken. Regentropfen rannen über ihre Wangen, ersetzten ungeweinte Tränen. Frierend stolperte Nora nun doch nach Hause. Als sie an dem hässlichen Wohnblock hinaufblickte, das Licht im zweiten Stock sah, wurden ihre

Sinne schlagartig klarer. Die Stromrechnung war überfällig, die Miete ebenso, das Telefon seit Wochen abgeschaltet.

Nora merkte kaum, wie der blanke Hausschlüssel, den sie ins Schloss hatte schieben wollen, ihrer Hand entglitt, auf den nassen Gehsteig fiel. Allein beim Gedanken an die enge Wohnung droben, an das, was sie dort erwartete, fühlte sie Übelkeit aufsteigen. Rasch trank sie den letzten Schluck, schleuderte die Flasche fort, unter ein geparktes Auto, wo sie in hundert Scherben zerbrach. Scherben, für die sich niemand zuständig fühlen würde. Die junge Frau drehte sich um und schwankte zurück in die Nacht, aus der sie kam. So, wie sie auch die Tage zuvor weggelaufen war. Vor der Angst, der Schuld und dem Elend in der Wohnung, dem sie nicht mehr ins Auge zu sehen wagte.

Martha Kraneder aß die übriggebliebenen Klopse zum Frühstück. Sie mochte sie auch kalt gern, und überhaupt gehörte das plastikverpackte Essen, das der freundliche, aber immer abgehetzte Zivi dreimal die Woche brachte, zu den wenigen Freuden, die das Dasein der alten Frau noch zu bieten vermochte. Wenn nur Rainer nicht fortgegangen wäre! Sicher, er hatte für alles gesorgt: Den Rollstuhl, die Ukrainerin, die jede Woche durchputzte – immer stumm, denn sie verstand kaum Deutsch –, das Essen auf Rädern, den Lieferservice des Lebensmittelhändlers, der Martha auf ein Telefonat hin alles, was sie brauchte, in den zweiten Stock hinauf schaffte. Eine Packung Tee, ein kleines Brot, Käse, ein paar Joghurts, eine Tüte Äpfel und die Schokolade, von der die alte Frau den größten Teil regelmäßig an den Zivi und die Ukrainerin verschenkte, um den beiden wenigstens ein kurzes Lächeln zu entlocken.

Einmal, vor langer Zeit, hatte Rainer vorgeschlagen, Martha solle zu ihm nach Brasilien ziehen, aber als sie ablehnte, hatte die alte Frau deutlich die Erleichterung aus seiner Stimme herausgehört. Was sollte sie in Brasilien? So viele Jahre schon lebte sie in dieser Stadt im Ruhrgebiet, und selbst wenn ihre Freundinnen und alle langjährigen Bekannten bereits auf dem

Friedhof ruhten, blieb es trotzdem ihre Stadt. Und wenn es einmal so weit war, wollte sie nicht zwischen Fremden liegen, mit denen sie nicht einmal eine gemeinsame Sprache verband. Nein, sie wollte hier auf dem städtischen Friedhof ruhen, wo ihr Heinz, tot seit über zwanzig Jahren, auf sie wartete!

Seufzend sah Martha zum Fenster. Heute würde der Zivi nicht kommen, und es war auch nicht Putztag. Hoffentlich war wenigstens der Junge da, der Kleine von gegenüber. Sie rollte an die Scheibe, blickte hinaus. Der Regen hatte aufgehört, aber kalter, unfreundlicher Nebel hing zäh zwischen den Häusern. Martha ließ den Plüschhasen tanzen, bis ihr Arm schmerzte, doch das Kind zeigte sich nicht. Vielleicht war es wieder gesund, musste in den Kindergarten. Die alte Frau wartete eine volle Stunde, den Hasen auf dem Schoß, dann rollte sie ihren Stuhl zurück, schaltete den Fernseher an. Das Einzige, was ihr blieb.

Am nächsten Tag zeigte sich das Kind auch nicht und ebenso wenig am übernächsten. Doch der Zivi brachte wieder Essen, auch Rindsroulade, und Martha Kraneder freute sich über sein jungenhaft fröhliches Gesicht und über das Pfeifen, mit dem er sein Kommen ankündigte, während er die Treppe heraufrannte. Wie immer bot sie ihm einen Kaffee an, wie jedes Mal lehnte er ab, musste weiter. Nicht nur sie war einsam in dieser Stadt; der Zivi hatte viele Menschen zu versorgen.

Martha holte den Hasen, der auf dem Sofa lag, fuhr zum Fenster. Von dem kleinen Jungen nichts zu sehen. Früher, vor einer Woche, war er jeden Tag am Fenster gesessen, manchmal bis zum Dunkelwerden … Doch jetzt? Vermutlich begann ihn das Spiel mit dem Hasen zu langweilen. Wahrscheinlich hockte er lieber vor dem Fernseher. Oder hatte einen dieser Computer bekommen, für die sich die heutigen Kinder so interessierten.

Die alte Frau begriff, dass ihr keine Wahl blieb als zu akzeptieren, dass sie für den Jungen unwichtig geworden war, aber das Wissen schmerzte. Gerade wollte sie sich vom Fenster zurückziehen, da –! Angespannt beugte sie sich vor, bis ihre Brille mit einem kleinen Klirren gegen die kalte Scheibe stieß. Ein Krankenwagen! Unten auf der Straße. Ohne Sirene zwar, aber mit Blaulicht. Und jetzt hielt er genau vor dem Haus gegenüber. Sanitäter hasteten zur Tür, der Notarzt mit seinem Köfferchen hinterher.

Was war passiert? Sicher wohnten auch in diesem riesigen Klotz dort ältere Leute; vielleicht hatte jemand einen Herzinfarkt erlitten? Martha Kraneder schauderte. Sollte ihr so etwas zustoßen, an einem der Tage, an denen weder der Zivi noch die Putzfrau kam, würde es niemand merken. Der Raum schien plötzlich kälter zu werden und die alte Frau holte eine Decke aus dem Schlafzimmer, um sie über ihre Beine und den blauen Hasen zu breiten. An diesem Tag ging sie nicht mehr ans Fenster, wollte nicht sehen, was geschehen war, nicht nachdenken müssen.

»Vier Jahre alt!«, sagte der Zivi, während er die Kartoffelpuffer auf dem Tisch abstellte. »Stellen Sie sich das mal vor! Vier Jahre alt und in der Wohnung verhungert, mitten in unserer Stadt. Wo die Mutter abgeblieben ist, weiß kein Mensch.«

»Tot?«, flüsterte die alte Frau, und die eisige Kälte schien sich noch eine Spur zu verstärken.

Doch der Zivi war bereits wieder auf dem Weg zur Tür. Langsam rollte Martha Kraneder ihren Stuhl zum Fenster, starrte auf die gelben Vorhänge gegenüber, die stumm und leblos an ihrem Platz hingen. Die alte Frau seufzte.

Fast fünf Minuten saß sie völlig regungslos, dann fuhr sie in die Küche und begann, die Plastikfolie von den Kartoffelpuffern abzuziehen. Der blaue Hase war von ihrem Schoß gefallen, lag unbeachtet auf dem hässlich-grauen Fußboden, das Gesicht nach unten. Wie tot.

Der letzte Aufbruch

Ricarda Oertel

Herbst, denkt er. Wie ein Herbstblatt senkt sie sich neben mich.

Sie spricht mit ihm. Er versteht kaum, was sie sagt. Zu lang war Nacht. Er hört ihre Atemzüge zwischen den Worten, Sätzen, sie reihen sich.

Ihre Finger greifen ineinander. Bewegen sich. Er betrachtet sie, die jetzt verstummt, eine Frage an ihn gerichtet hält.

»Ich bin müde«, flüstert er. »Immer.«

Ihre Finger zeigen zum Sonnenlicht, das ihn blendet. Sie sagt etwas. Lächelt. Wirft ihr Haar zurück und das Haar die Sonne.

Sie spielt, denkt er. Er weiß nicht, was sie von ihm will. Warum sie sich zu ihm gesetzt hat.

Ihr Blick durchdringt ihn. Das Licht spiegelt sich in ihren Augen, Grün leuchtet auf.

Die Blutbahnen ihrer Hände sieht er, feine Blattadern. Golden die Haut, mit braunen Sprenkeln. Sie berührt seinen Arm, er fühlt einen Stich, und irgendetwas glänzt. Seine Lider drücken schwer wie Steine.

»Aurelie«, murmelt er, »was, wenn der Winter kommt?«, und sie hält inne. Hätte er eine Lupe, er würde ihren Blick darin einfangen, dass sich alles Grün über ihn ergießt, ihn umkleidet. Seine Glieder strecken sich unmerklich. Ihr Lachen dringt an sein Ohr, kitzelt ihn, fast spürt er einen Hauch.

»Bis dahin ist noch Zeit«, sagt sie.

Sie schaut ihn an, er will sich zu ihr neigen, ihr Antwort ins Ohr flüstern, damit auch sie seinen Atem spürt, aber ihm fällt keine ein. Zu zäh die Gedanken. Wehrlos liegt er, sein Schatten mit dem Laken verwachsen.

Jetzt sieht er das Weiß, das ihren Teint schimmern lässt. Er möchte die Hautspur zwischen Ärmelsaum und Handgelenk berühren, diesen Streifen Gold, eine schmale Schwelle zum Rest gefühlten Lebens. Sie ergreift seine Hand, ihre ist warm und erstaunlich zart, und die Stimme klingt, als habe sie die Sonne vertont.

»Sie haben auch Zeit«, sagt sie.

Er blinzelt. »Warum siezt du mich?«

»Ich bin nicht Aurelie. Aber Sie werden sie bestimmt eines Tages wiedersehen.«

Nun steht sie auf. Er ist überrascht - die Frau in Weiß, sie trägt einen Kittel.

Er möchte sie aufhalten, dringend. Sie geht zum Fenster, erfasst die Vorhänge, zieht vergilbte Gardinenösen durch die Schienen an der Decke, bis der Stoff die Sonne verschleiert. Der Mann lauscht dem schleifenden Geräusch, rollenden Zügen ähnlich, zigmal gehört in den Bahnhöfen, auf den Gleisen, den vielen Wegen über Jahre. Und nun hier, schlussendlich, in diesem Bett. Er bemerkt es erschrocken.

»Sie müssen schlafen. Sich ausruhen. Morgen fahren wir Sie spazieren.«

»Wer ist wir?« Schweiß tritt ihm aus. »Ich möchte aufstehen.«

Sie drückt seine Schulter hinunter, die sich vom Laken abhebt. Diesmal fühlt er keinen Stich, aber ihre Hand ist fest. Er will sich an ihr hinaufziehen, helfen soll sie ihm, einmal zurück noch.

»Morgen. Beruhigen Sie sich. In der Frühe wird die Sonne wieder scheinen.«

Er sinkt erschöpft ins Kissen. Sie stellt ihm ein Glas Wasser auf den Nachtschrank, mühsam erkennt er das kühle Grau der metallenen Möbel, sie schaukeln wie Meereswellen.

»Träumen Sie schön.«

»Es ist doch noch Tag«, sagt er matt.

»Das kommt Ihnen nur so vor, im Sommer bleibt es lange hell. Schlaf wird Ihnen guttun.«

Sie verlässt ihn.

Es dämmert.
Die Schatten verschwimmen.
Er hört nur seinen eigenen Atem.
Die Sonne hinter dem Vorhang, sie geht.
Sein Herz bricht auf, flimmert ihr zu.

Der Raum wird still.

Schwedische Gardinen

Gina Greifenstein

Wieder einmal Sonntag.

Wieder einmal ein schrecklich langweiliger Sonntag.

»Sonntage sollten für alte Leute abgeschafft werden, besonders die Sonntage für uns alte Leute in Altersheimen!«, sagte Mathilde Rosendörfer zu Heribert Blum, der seinen Rollstuhl trotz seiner dreiundachtzig Jahre mit kraftvollen Armbewegungen neben ihr her rollen ließ.

Seine Gummireifen quietschten gottserbärmlich auf dem uringelben Linoleum und so war sie sich gar nicht sicher, dass er überhaupt verstand, was sie zu ihm sagte. Sein Hörgerät hatte er ja sicherlich an, schließlich waren sie auf dem Weg zum Fernsehsaal, und er würde sich bestimmt kein Wort des Sonntags-Tatorts entgehen lassen wollen. Die ganze Woche freute er sich auf den Sonntagabend, denn er liebte Krimis über alles. »Die Wochentage sind für uns Heimbewohner ja schon langweilig, aber die Sonntage sind noch viel, viel schlimmer!«, bestätigte er. Er hatte sie also verstanden.

»Du hattest doch Besuch«, wunderte sich Mathilde.

»Eben, ich hasse diese Besuche meiner Kinder genauso wie meine Kinder sie hassen. Die kommen doch nur alle drei Wochen, um nachzusehen, ob ich nicht bald abnipple!«, spuckte er verächtlich aus.

Mathilde kicherte.

»Ich an deiner Stelle würde darauf bestehen, dass sie jeden Sonntag kommen. Nur, um sie zu ärgern.«

Heribert sah zu ihr hoch.

»Du bist ja ein richtig hinterhältiges Biest!«, stellte er grinsend fest.

»Das hat mein Alfred – Gott hab ihn selig! – auch immer gesagt.«

Sie erreichten den Fernsehsaal, in dem sich schon etwa fünfzehn ihrer Heimkollegen eingefunden hatten und starr auf den noch nicht eingeschalteten Fernseher blickten.

Heribert fuhr zielstrebig nach vorne und parkte seinen Rollstuhl äußerst geschickt rückwärts in den Durchgang zwischen zwei Stühlen.

Missmutig rutschte daraufhin Flora Bäuerlein einen Stuhl weiter, denn sie wusste genau, dass Mathilde neben Heribert sitzen wollte. Die wollte ja immer neben ihm sitzen. Diese blasierte Pute hatte sich sofort auf ihn gestürzt, als er vor gut einem Jahr hier im Heim eingezogen war, und jetzt waren sie unzertrennlich. Das war ja fast schon peinlich, wie die immer beieinanderhockten … Im Heim wurde gar gemunkelt, die beiden hätten mehr als nur eine platonische Freundschaft! Fehlte nur noch die aufgeblasene Blankewitz, die dritte dieses greisen Kleeblattes. Ob die es zu dritt trieben? Allein der Gedanke war widerlich!

Mathilde bedankte sich höflich und setzte sich auf den frei gewordenen Stuhl, nicht ahnend, was in dem Kopf ihrer Nachbarin vorging. Und hätte sie es gewusst, es wäre ihr auch egal gewesen.

»Heute gibt es einen Ludwigshafen-Tatort. Mann, Ludwigshafen kenne ich wie meine Westentasche«, freute sich Heribert Blum.

Mathilde nickte nur, denn das sagte er immer, wenn das Ermittlungsteam aus Ludwigshafen über die Mattscheibe flimmerte. Sie sah sich um – wo blieb Johanna nur? Ein Blick auf die große Uhr an der Wand verriet ihr, dass der Film gleich anfangen würde.

Schwester Monika, die von allen gefürchtete Schwester Monika, deren massiger Körper einen Sumo-Ringer neidisch machen könnte, trat vor den Fernseher.

»Meine lieben Krimi-Freunde«, sprach sie zu den versammelten Altenheiminsassen, anstatt den Fernseher einzuschalten. »Nach Absprache mit der Heimleitung werden WIR heute auf den Tatort verzichten.« Sie schenkte den Alten ein kühles Lächeln.

Ein Raunen erfüllte den Raum.

»Das ist gemein!«, kam ein empörter Ruf von hinten, Mathilde konnte ihn niemandem zuordnen.

»Aber Herr Burger, wir wollen uns doch nicht aufregen«, versuchte Monika den Aufrührer zu beschwichtigen.

Alois Burger hatte also so mutig seinem Unmut Luft gemacht, alle Achtung, das hätte Mathilde dem alten Duckmäuser gar nicht zugetraut! Sie warf einen bewundernden Blick zu ihm in die letzte Reihe, wo er mit hochrotem Kopf saß.

»Genau das ist auch der Grund, warum wir heute den Tatort ausnahmsweise ausfallen lassen: Wir wollen uns nicht aufregen. Es geht darin nämlich um brutale Morde in einem Altersheim und dann können wir wieder die ganze Nacht nicht schlafen!«

Kein Sonntags-Tatort? Heribert Blum dachte genau in diesem Moment auch an einen brutalen Mord in einem Altersheim.

»Schwester Monika, wir sind doch schon groß!«, begehrte er deshalb auf.

»Nichts zu machen – beschlossene Sache von der Heimleitung!«, verkündete Monika in einem Ton, der keine Widerrede duldete und den sie allesamt nur zu gut kannten. »Aber das heißt natürlich nicht, dass wir gar nicht fernsehen dürfen!« Sie drehte sich mit einem gönnerhaften Lächeln um und schaltete den Fernseher ein.

»*Dürfen*!«, äffte Mathilde die ungeliebte Schwester halblaut nach. »Da muss ich tatsächlich neunundsiebzig Jahre alt werden, um mir einen Film verbieten zu lassen! Das ist die Höhe! Das muss ich gleich Johanna erzählen.«

Zornig stand sie auf und stapfte demonstrativ aus dem Saal.

Auf der Toilette sperrte sie sich in eine Kabine ein und nestelte ihr Handy aus der Tiefe ihrer Handtasche – auch so was Verbotenes: Heimbewohner durften keine Handys haben! Aus welchem Grund auch immer, vielleicht, um nicht heimlich verschwörerische Gespräche führen zu können, wie sie es gerade vorhatte? Die Telefonate über den normalen Festnetzanschluss wurden gelegentlich kontrolliert, das wusste Mathilde, und genau deswegen hatte sie sich verbotenerweise eines dieser Minitelefone zugelegt, genauso wie Johanna von Blankewitz und Heribert Blum. Mit Prepaidkarten natürlich, denn auch die Abbuchungen auf ihren Kontoauszügen wurden von der Heimleitung akribisch überwacht. Bisher waren ihre Geheimtelefone bei den regelmäßig durchgeführten Zimmerkontrollen noch nicht entdeckt worden.

»Johanna, wo bleibst du denn?«, flüsterte sie in den kleinen Apparat, als die Angewählte sich meldete.

»Ich habe keine Lust auf Krimi«, kam die Antwort etwas zögerlich.

»Es gibt keinen Krimi, Johanna, den haben sie uns gestrichen!«, klärte Mathilde ihre Freundin auf.

»Gestrichen? Wie meinst du das?«, wunderte sich Johanna von Blankewitz am anderen Ende der Leitung.

»Na, wir DÜRFEN ihn nicht sehen! Weil uns das zu sehr aufregen könnte«, erklärte Mathilde das Verbot und merkte, wie sie genau dieses Verbot mehr als alles andere aufregte.

»Das ist ja infam!«, drang Johannas aufgebrachte Stimme an ihr Ohr. »Ich bin schon im Bett«, ergänzte sie noch, was Mathilde unmissverständlich vermitteln sollte, dass sie auch dort zu bleiben gedachte.

Als Mathilde Rosendörfer zurück in den Fernsehsaal kam, lief irgendeine Reportage.

»Das ist wirklich hochinteressant!«, zischte Heribert ihr zu, als sie sich setzte. »Es geht um Gefängnisse!«

Mathilde hatte keine Lust auf Berichte über Gefängnisse, schließlich saß sie selbst in etwas Ähnlichem.

»Schau dir das an!«, ließ Heribert nicht locker. »Da hat jeder einen eigenen Fernseher in der Zelle. Ich will auch einen eigenen Fernseher in meinem Zimmer.« Fast hätte er Zelle gesagt.

Neben Mathilde begann Flora Bäuerlein gottserbärmlich zu schnarchen, wie immer, wenn sie zehn Minuten vor dem Fernseher hockte. Mathilde hatte von da an Schwierigkeiten, der

Reportage akustisch zu folgen. Ein Wunder, dass Heribert alles zu verstehen schien.

»Da, die Inhaftierten bekommen alles, was sie brauchen«, raunte er ihr zu, ohne den Fernseher aus den Augen zu lassen. »Vom Gefängnis, die bekommen alles vom Gefängnis: Bettwäsche, Zahnpasta, sogar neue Schlafanzüge, wenn einer kaputtgeht! Und sie haben alle einen eigenen Fernseher«, sagte er noch einmal zutiefst beeindruckt.

Mathilde wunderte sich, dass der Mann, der da in seiner Zelle gefilmt wurde, alt war – mindestens so alt wie sie.

»Bist du sicher, dass es da um Gefängnisse geht?«, raunte sie deshalb zurück. »Das sind doch lauter alte Leute, die man da sieht!«

»Es geht natürlich um Gefängnisse – alte Menschen im Gefängnis. Verbrecher werden schließlich auch mal alt«, klärte er sie auf.

Ein paar Schnarcher mehr schlossen sich dem Konzert der Bäuerlein an.

Mathilde konnte von da an nichts mehr vom Fernseher hören, aber was sie sah, genügte vollkommen.

»Sind das Einzelzellen?« Ihr Interesse war nun doch geweckt. Nun, sie mochte Johanna wirklich gerne, sie war immerhin ihre beste Freundin hier im Heim, aber in ihrem gemeinsamen, nicht gerade geräumigen Zimmer ging sie ihr schon gelegentlich auf die Nerven.

Heribert nickte. »Die müssen noch nicht mal was dafür bezahlen, übernimmt alles Vater Staat!«

»Aber uns nehmen sie bis auf die paar Kröten Taschengeld die komplette Rente ab!«, entrüstete sich Mathilde. »Und das auch noch für miese Doppelzimmer und mieses Essen. Himmel, ist das ungerecht! Da ist man doch echt blöd, wenn man sein ganzes Leben anständig ist, arbeitet und sich nichts zu Schulden kommen lässt!«

Ein Blick auf Heribert, der mit verträumtem Blick auf den Fernseher starrte, verriet ihr, dass er genauso dachte wie sie.

»Den Knastbrüdern geht es viel besser als uns«, sagte er ein paar Minuten später und sah ihr fest in die Augen. »Ich will unbedingt ins Gefängnis!«

»Ich auch«, antwortete Mathilde entschlossen. »Wir müssen mit Johanna darüber reden!«

Gemeinsam verließen sie den Fernsehsaal mit den friedlich darin schlummernden Mitbewohnern und fuhren mit dem Aufzug nach oben.

Johanna von Blankewitz fuhr erschrocken aus dem Schlaf hoch, als das grelle Licht angeknipst wurde.

»Es gibt Wichtiges zu besprechen«, verkündete Mathilde und schloss hinter Heribert die Tür. Dann setzte sie sich auf ihr Bett.

Während Johanna ihren verblassten und an den Manschetten leicht ausgefransten Schlafanzug unter ihrem abgewetzten Morgenrock zu verstecken suchte, berichtete Heribert von der Gefängnis-Reportage, die sie soeben gesehen hatten.

»Einzelzellen UND einen eigenen Fernseher? Wirklich?« Johanna war wie erwartet von den Gegebenheiten in deutschen Gefängnissen genauso beeindruckt wie die beiden anderen.

»Deswegen sollten wir uns überlegen, wie wir schnellstmöglich da rein kommen können!«, schloss Mathilde resolut den Bericht.

Johanna sah sie aus erschrocken aufgerissenen Augen an. »Willst du etwa jemanden umbringen?«

»Ausgezeichnete Idee - wir könnten mit Schwester Monika anfangen«, kicherte Heribert albern, und hektische rote Flecken machten sich auf seinen ansonsten eher blassen Wangen breit.

»Heribert!«, rief Johanna spitz und ihr schmales Gesicht spiegelte Entsetzen wider.

»War doch nur ein Scherz!«, beruhigte er sie, auch wenn er überzeugt war, dass das der sicherste Weg wäre, an eine Einzelzelle im Gefängnis zu kommen.

»Wir haben doch keinerlei Erfahrung auf diesem Gebiet«,

meldete sich Johanna zaghaft zu Wort.

»Umso besser, dann werden wir eher geschnappt!«, frohlockte Mathilde. »Je dümmer wir uns anstellen, desto schneller werden wir verhaftet. Das ist doch ganz simpel!«

»Und bei welchem Verbrechen sollen wir uns dumm anstellen?«, wollte Johanna wissen.

Sie erhielt nur Schweigen und Schulterzucken als Antwort. »Uns wird schon was einfallen«, sagte Heribert gerade, da wurde die Tür aufgerissen.

»Was ist denn hier los?«, polterte die gnadenlose Stimme

Schwester Monikas in den kleinen Raum. »Herrschaften, es ist nach zehn Uhr, Schlafenszeit!« Hinter der Tür entdeckte sie Heribert, der vergeblich versuchte, sich unsichtbar zu machen. »Sieh an: der Herr Blum. Sagen Sie jetzt bloß nicht, Sie haben sich verfahren«, blaffte sie böse. »Sie glauben wohl, dass das *Herrenbesuchsverbot* für Sie nicht gilt? Na, das wird hier ja immer doller!« Sie packte den Rollstuhl bei den Griffen und bugsierte Heribert unsanft um die Tür herum aus dem Zimmer. »Eine Woche lang keinen Kaffee für die drei Musketiere!«, rief sie noch triumphierend, bevor die Tür laut ins Schloss knallte.

»Kannste gerne selber trinken, die ungenießbare Plörre!«, zischte Johanna hinter Monika her, denn mit Bohnenkaffee hatte das entkoffeinierte Gesöff, das ihnen hier als Kaffee vorgesetzt wurde, wenig zu tun. »Herrenbesuchsverbot, dass ich nicht lache!«

»Das ist doch nur zu unserem Besten!« Mathilde beugte sich vor und tätschelte der Freundin die altersfleckige Hand. »Das schützt uns vor ungewollten Schwangerschaften.«

Beide prusteten vor Lachen.

Später hockten die beiden alten Mädchen auf ihren Betten und sahen sich an.

»Ich will mit euch ins Gefängnis gehen«, sagte Johanna nach ein paar Minuten einvernehmlichen Schweigens entschlossen.

Schon am nächsten Morgen saßen sie nach dem Frühstück

– ohne Kaffee – in dem an das Heim angrenzenden, nicht besonders gepflegten Garten und schmiedeten eifrig Pläne.

»Was haltet ihr von einem Bankraub?« Mathilde Rosendörfers Augen blitzten unternehmungslustig.

»Und wie wollen wir das anstellen? Um eine Bank zu überfallen, bräuchten wir auf jeden Fall Waffen«, gab Heribert zu bedenken. »Ich habe, ehrlich gesagt, keine Ahnung, wo man sowas kaufen kann.«

»Waffen?«, rief Johanna schrill. Aufgrund der warnenden Blicke ihrer Mitverschwörer fügte sie mit deutlich gedämpfter Stimme hinzu: »Das ist doch viel zu gefährlich, am Ende werden wir noch erschossen!«

»Also, erschossen will ich nicht werden«, stellte Mathilde fest.

»Wir könnten einer alten Dame ihre Handtasche entreißen«, war Heriberts nächster Vorschlag.

»Und dann? Schnell wegrennen?«, kicherte Johanna ausgelassen. Sie war froh, wenn sie überhaupt irgendwie vom Fleck kam.

»Wir können doch einer alten Dame nicht die Handtasche wegnehmen – am Ende hat sie ihre gesamte Rente im Geldbeutel und weiß nicht, wovon sie den Rest des Monats leben soll!« Mathilde schüttelte energisch den Kopf. »Wir Alten müssen doch zusammenhalten und dürfen uns nicht gegenseitig berauben!«

»Wir lassen uns doch dabei schnappen, sonst kommen wir ja nicht ins Gefängnis«, führte Heribert ins Feld. »Die alte Dame bekäme ihre Tasche mitsamt dem Geld also wieder.«

»Ich beklaue keine alten Damen, da könnt ihr machen, was ihr wollt!« Johanna verschränkte entschlossen die Arme vor ihrer Brust.

»Am schönsten wäre es doch, wenn wir dem Heim irgendwie schaden könnten«, sinnierte Mathilde.

»Willst du etwa Klopapier stibitzen und heimlich in deinem Schrank bunkern?«, fragte Johanna höhnisch. »Dafür gibt‘s bestimmt keinen Knast, höchstens einen Monat Fernsehverbot!«

»Wir könnten den Safe im Büro des Heimleiters ausräumen!«, sagte Heribert unaufgeregt, als habe er ihnen eben mitgeteilt, dass er kurz aufs Klo müsse.

»Na klar, nichts einfacher als das!« Mathilde rollte genervt die Augen. »Wo wir doch alle drei gerade einen Safe-Knacker-Lehrgang besucht haben!«

»Ich bin für Sprengen!«, fügte Johanna spöttisch hinzu.

Rote Flecken erschienen auf Heribert Blums blassen Wangen, ein untrügliches Zeichen dafür, dass er doch erheblich aufgeregt war.

»Meine Damen, ich meine das vollkommen ernst.« Er sah sie triumphierend an. »Ich hatte schließlich mal eine eigene Firma, und dreimal dürft ihr raten, was die hergestellt hat!«

Die Frauen sahen sich ratlos an und zuckten mit den Schultern.

»Sprengstoff?«, frotzelte Johanna und kicherte albern.

»Geldschränke, Safes, Geldschließfächer, Panzerschränke, Tresore – egal, wie ihr es nennen wollt!«, klärte der ehemalige Firmenbesitzer sie auf.

»Und wie soll uns das weiterhelfen?«

»Nun, jeder Tresor verlässt das Werk mit einer voreingestellten Zahlenkombination, mit der man ihn öffnen kann«, erklärte Heribert den Mädels. »Der Kunde kann diese Zahlenfolge später beliebig ändern. Viele verwenden die Zahlen ihres Geburtstages oder das Datum des Hochzeitstages …«

»Und woher willst du wissen, mit welchen Zahlen sich der Safe des Heimleiters öffnen lässt?«, unterbrach ihn Mathilde ungeduldig.

»Dazu wollte ich ja gerade kommen: Nicht alle Kunden ändern die vom Werk eingestellte Zahlenfolge …«

»Aber woher willst du den vom Werk vorgegebenen Code wissen?«, wurde er nun von Johanna unterbrochen.

»Dürfte ich vielleicht mal zu Ende reden?«, blaffte er die Damen an, die daraufhin erschrocken von ihm abrückten.

Nach einer dramatischen Pause fuhr er fort: »Der Zahlencode vom Werk ist immer derselbe, was die Kunden natürlich nicht wissen. Wenn also der Safe im Büro ein Safe aus meinem Hause ist und der Heimleiter die Zahlenfolge nicht geändert haben sollte, können wir ihn ohne Weiteres öffnen!«

Die Frauen zogen zweifelnd die Augenbrauen in die Höhe.

»Und woher bekommen wir diese immer gleiche Zahlenkombination?«, erkundigte sich Mathilde vorsichtig.

Grinsend tippte Heribert sich mit dem Zeigefinger an seine Stirn.

»Alles da drinnen gespeichert!«

»Genial«, murmelte Mathilde.

»Phänomenal!«, hauchte Johanna.

»Wir werden also heute Nacht in das Büro einbrechen und den Safe ausräumen!«

»Wenn es einer deiner Geldschränke ist, der da unten steht«, gab Johanna zu bedenken.

»Und wenn Westermann den Nummerncode nicht geändert hat«, fügte Mathilde hinzu.

»Das sind die nötigen Voraussetzungen«, bestätigte Heribert.

»Aber wenn wir das nachts machen, werden wir vielleicht gar nicht dabei erwischt«, bemängelte Johanna den Plan.

Damit hatte sie nicht unrecht.

»Der Heimleiter wird sicher die Polizei holen, wenn er den Einbruch bemerkt«, sagte Heribert nach kurzem Überlegen. »Dann stellen wir uns freiwillig und beziehen unsere kostenlosen Einzelzellen!«

Damit war Johanna endlich zufrieden.

Der Rest des Tages zog sich wie Kaugummi. Sie konnten es fast nicht erwarten, bis es Abendessen gab, dunkel wurde und alle Mitbewohner endlich in ihren Betten schliefen.

Der Zeitpunkt für den Einbruch war mehr als Erfolg versprechend: Schwester Monika, die mit Hingabe wie ein scharfer Wachhund durch die nachts verlassenen Gänge streifte, hatte diese Woche keinen Nachtdienst, und Schwester Rosi pflegte ihre nächtlichen Dienste mit Fernsehen und Schlafen abzuleisten.

Kurz nach Mitternacht trafen sie sich schließlich im Erdgeschoss vor dem Fahrstuhl. Durch das große Fenster am Ende des Ganges schien ein kugelrunder Vollmond herein und tauchte alles in gespenstisches Licht. Die langen Bademäntel der Damen warfen übergroße Schatten an die Wand, die ein Vampir mit Umhang nicht besser hätte hervorbringen können.

Während Mathilde und Johanna so leise wie möglich den Gang entlang zum Büro des Heimleiters schlichen, quietschte Heribert mit seinen Gummireifen lautstark neben ihnen her. Ständig sahen sich die drei ängstlich um. Wenn sie jetzt schon erwischt würden, wäre ihr ganzer schöner Plan im Eimer!

Unbehelligt erreichten sie das Büro.

Die Tür war allerdings verschlossen – daran hatten sie bei der Planung des Einbruchs natürlich nicht gedacht!

»Ich brauche zwei Haarnadeln«, flüsterte Heribert und Johanna löste diese sofort aus ihrem Dutt.

Minuten später schwang die Tür auf.

»Heribert, du erstaunst mich immer wieder aufs Neue!«, lobte ihn Mathilde.

Dann verschwand er mit seinem Rollstuhl im Büro, und die beiden Frauen standen draußen Schmiere.

»Mein Herz schlägt wie verrückt«, wisperte Johanna ängstlich.

»Und ich mache mir vor Angst gleich in die Hose«, flüsterte Mathilde zurück.

»Was macht der bloß so lange da drinnen?«, wunderte sich Johanna wenig später. »Ob das ein schlechtes Zeichen ist?«

Wie auf Kommando öffnete sich die Bürotür, und vor Schreck hätten die Damen beinahe synchron einen Herzinfarkt erlitten.

»Kommt mal rein, das müsst ihr euch unbedingt ansehen!«

Quietschend rollte der Rollstuhl zurück in das Zimmer. Heribert hatte die Schreibtischlampe angeknipst und so erblickten sie in deren magerem Lichtkegel den Safe, dessen Tür weit offen stand. Die Zahlenkombination war also nicht verändert worden – doch worauf wartete Heribert dann noch?

»Schaut mal in den Safe!«, forderte er seine Komplizinnen auf.

Vorsichtig näherten sie sich der dunklen Öffnung, als ob diese plötzlich zuschnappen könnte.

Sie sahen Geld. Aber nicht nur ein bisschen: Bergeweise stapelten sich gebündelte Scheine im Tresor! Natürlich waren sie hier, um den Safe auszurauben, aber mit einer solchen Geldmenge hatten sie nun wirklich nicht gerechnet. Nicht mal eine Tasche hatten sie dabei.

Unschlüssig standen sie im Büro des Heimleiters und überlegten krampfhaft, was zu tun sei.

»Wir packen alles ein!«, entschied Heribert pragmatisch und begann, sich die gebündelten Geldscheine auf den Schoß zu häufen. Johanna stopfte sich die Taschen ihres Bademantels voll. Mathilde tat es ihr gleich, doch als ihre Taschen schon fast aus den Nähten platzten, war der Safe noch immer nicht leer. Kurzentschlossen hob sie den vorderen Saum ihres Nachthemdes und ließ sich von Johanna das restliche Geld in die so gewonnene Tasche füllen.

Wie das Mädchen im Sterntaler-Märchen kam sie sich vor.

Derart bepackt verließen sie das Büro und gelangten unentdeckt in das Zimmer von Johanna und Mathilde. Dort warfen sie alles Geld auf den kleinen Tisch und schichteten es zu ordentlichen Stapeln.

Dann zählte Heribert ihre Beute. Noch einmal und noch einmal.

»Vierhundertfünfundachtzigtausend Euro«, verkündete er atemlos. »Fast eine halbe Million!«

»Das muss doch locker reichen, um ins Gefängnis zu kommen!«, frohlockte Mathilde und betrachtete ihre Beute genussvoll. So viel Geld hatte noch keiner von ihnen besessen.

Nachdem sie sich alle drei daran sattgesehen hatten, verstauten sie die Früchte ihres Einbruches in der untersten Schublade der Wäschekommode.

Zutiefst zufrieden gingen sie zu Bett und freuten sich jeder für sich auf den bevorstehenden Umzug in eine gemütliche Einzelzelle mit Fernseher in einem wunderschönen Gefängnis.

Von da an warteten sie gespannt auf das Eintreffen der Polizei und ihre daraus resultierende Verhaftung.

Doch nichts geschah.

Nicht in der darauf folgenden Woche, nicht im darauf folgenden Monat.

Der Heimleiter konnte das Fehlen von fast einer halben Million Euro doch unmöglich nicht bemerkt haben – zumal sie ja den Safe nicht wieder verschlossen hatten!

Und dann, eines Tages, kam doch noch die Polizei. Sogar Zivilfahnder waren dabei. Endlich!

Mathilde und Johanna überlegten gerade, ob sie schon mal vorsorglich ihre Koffer packen sollten, als Heribert mit hochrotem Kopf ihre Zimmertür aufriss.

»Verhaftet, sie haben gerade den Heimleiter verhaftet!«

Er rollte herein und rang nach Luft.

»Wegen Veruntreuung und Unterschlagung. Der Kerl hat seit Jahren die Konten unseres Altenheims leergeräumt!«, ergänzte er etwas ruhiger.

Enttäuscht sank Mathilde auf ihr Bett.

»Jetzt bekommt also der Westermann eine Einzelzelle mit eigenem Fernseher, und nicht wir?«

»Sieht ganz danach aus«, bestätigte er ihre Befürchtung.

»Und wir müssen hier bleiben …« Sie hätte heulen können!

So war das nun wirklich nicht geplant!

Johanna setzte sich kerzengerade auf das andere Bett und machte ein wichtiges Gesicht.

»Was haltet ihr zwei Hübschen davon, wenn wir uns selbständig machen?«

Mathilde und Heribert verstanden kein Wort.

Johanna warf einen demonstrativen Blick auf die unterste Schublade der Kommode, in der die Beute ihres Einbruchs verwahrt war.

»Wir könnten unsere eigene Senioren-WG eröffnen. Es gibt da eine kleine Stadtvilla ganz in der Nähe, die zum Verkauf steht. Die können wir uns locker leisten …«

Und so packten Mathilde Rosenberger, Johanna von Blankewitz und Heribert Blum ein paar Wochen später doch ihre Koffer.

Ob der inhaftierte Heimleiter zufrieden mit seiner Einzelzelle ist, darüber liegen derzeit noch keine Informationen vor.

Der Schlaganfall

Volker Bitzer

Ein Schlaganfall ist eine üble Sache. Ganz übel. Das kann ich Ihnen sagen. Jetzt wieder. Vorher ja nicht. Da hab' ich keinen geraden Satz mehr rausgebracht. Und das ist noch gar nicht lange her. Ich erzähl' Ihnen die Geschichte jetzt ganz persönlich. Wenn Sie sowas von jemand anderem hören, glauben Sie das gar nicht.

Einundsiebzig Jahre alt bin ich. Und vor mir steht dieser Schnösel von Arzt. Keine dreißig Lenze. Zeigt mir einen Kugelschreiber und fragt mich:

»Was ist das, was ich in der Hand halte?«

Ich starre auf das Ding in seiner Hand und denke: »Ich weiß, was das ist. Ich weiß, was man damit macht, wie es funktioniert.« Aber das Wort für das Ding: Es fällt mir nicht ein. Es will nicht aus mir raus.

Der Arzt lächelt milde. Er hebt seine andere Hand. Auch darin hält er einen Kugelschreiber – nur in einer anderen Farbe. Ich denke: »Will der mich jetzt für dumm verkaufen?«

»Was ist das?«, fragt der Schnösel wieder ohne rot zu werden.

»Der ist gelb«, sage ich.

»Gut«, sagt der Arzt. »Und was ist es?«

Ich gebe auf. »Herr Doktor, das Wort fällt mir nicht ein. Ich weiß nur, dass man das zum Schreiben benutzt«, nuschel ich artig.

Aber ich denke: »Wenn er nicht aufhört zu fragen, schieb' ich ihm das Ding sonst wo hin!«

»Machen Sie sich keine Sorgen«, sagt der Arzt. »Es ist ganz normal, dass Sie sich noch nicht erinnern.«

Dann ist er verschwunden. Und ich sitze da mit meinen Gedanken. Wissen Sie, in so einer Situation denkt man über sein Leben nach. Ich war früher bei der Kriminalpolizei – als einzige Frau in unserer Stadt. Heute ist das vielleicht nichts

Besonderes mehr. Aber in meiner Generation? Das war schon was. Ich war blitzgescheit. Fast immer wusste ich als Erste, wer der Täter war.

Ich sag's Ihnen ehrlich: Oft habe ich damals die bösen Jungs beneidet. Die sind mit Dingen davongekommen ... Ach, das hätt' ich mir auch mal gewünscht. Ich hätte so gerne gewusst, wie sich das anfühlt. Die waren aber auch verdammt durchs Ohr gekniffen, wenn Sie wissen, was ich meine. Und die hatten Anwälte. Gute Anwälte. Jedenfalls die richtig, richtig bösen Jungs. Die kannten alle juristischen Winkelzüge. Besonders häufig haben die ihre Mandanten mit dem Argument der »Unzurechnungsfähigkeit« rausgeboxt. Oder mit »Affekthandlung«. Diesen Jungs einen Mord nachzuweisen, war fast unmöglich. Dafür hätte man beweisen müssen, dass der Täter den festen Vorsatz hatte, sein Opfer zu töten. Dann ist es Mord.

Aber einen Vorsatz zu beweisen, das ist schwierig. Es geht nur, wenn Sie es schaffen, dem Täter die Planung der Tat nachzuweisen. Dann ist es Vorsatz. Und Mord. Eben nicht »im Affekt«, sondern »geplant«. Aber nur, wenn er zurechnungsfähig war. Und das beweisen Sie denen mal. Ich sag's Ihnen: Das war immer schwierig. Ist es bis heute.

Was man im Laufe der Jahre verbessert hat, sind die Untersuchungen. Also die Rechtsmedizin. Die kriegen da alles raus. Ob einer am Tatort war oder nicht. Ob er das Opfer berührt hat. Ob er, ob er, ob er ...

Aber die Staatsanwälte? Die sind immer noch schlechter als die Strafverteidiger. Ist ja klar. Wenn sie was draufhätten, hätten sie längst die Seite gewechselt. Als Strafverteidiger kann man sich eine goldene Nase verdienen, wenn man die richtigen Mandanten und Fälle kriegt. Als Staatsanwalt lebt sich's eher bequem. Selbstverständlich wird das ordentlich bezahlt. Aber Reichtum ist was anderes.

Während ich so über die alten Zeiten grübele, merke ich, dass plötzlich ein paar Dinge wiederkommen. Es fühlt sich an, als hätte jemand irgendwo in meinem Kopf einen Stöpsel herausgezogen. Und so platzt es aus mir raus:

»Kugelschreiber!«

Ich muss nicht mehr nuscheln. Es kommt ganz klar.

Ich bin so glücklich!

Aufgeschreckt von meinem Ausruf eilt der Arzt durch die Tür. Er sieht mich an und kramt in seiner Tasche. Dann holt er seinen Kuli raus und hält ihn mir unter die Nase:

»Wollen Sie mir jetzt sagen, was das ist?«, fragt er grinsend.

Blitzschnell entreiße ich ihm den Stift und ramme ihn mit voller Kraft in sein linkes Auge.

»Das ist ein Montblanc-Kugelschreiber. Mit Drehmechanik, Korpus aus schwarzem Edelharz und Diamant im Kappenkopf«, sage ich ganz ruhig, während der Arzt zu Boden geht.

Zweimal zuckt er noch. Dann ist er tot.

Oh ja, ihr bösen Jungs: Jetzt weiß ich, wie es sich anfühlt!

Einmal im Jahr

Antje Fries

Einmal im Jahr trafen sich die Schwestern Ludovika, Genoveva und Irmintrude. Einmal im Jahr, nur für ein Wochenende, ganz ohne Anhang. Das hatten die drei all' die Jahre durchgehalten und nicht bereut. Meist sahen sie sich bei Ludovika, die mit ihrem Mann im Elternhaus in der Binger Oberstadt geblieben war, einer alten Villa mit verwunschenem Garten und Blick auf Rhein und Niederwalddenkmal.

Ihre Eltern waren streng katholisch gewesen, weshalb für keine der drei Töchter in Frage gekommen war, einen Protestanten zu heiraten. Irmi als die Jüngste hatte es versucht, aber das war ihr schnell ausgeredet worden, damals vor vierzig Jahren. So hatte sie sich den schmucken blonden Rheinschiffer aus dem Kopf schlagen müssen und den Erwin aus Vaters Weinbruderschaft bekommen, der gerade dabei war, den umsatzstarken Weinhandel seiner Vorfahren in Köln zu übernehmen.

Ludos Richard gehörte der Weinbruderschaft ebenfalls an. Außerdem war er nach wenigen Jahren schon Kompagnon in Vaters Anwaltskanzlei geworden, was ihn in dessen Augen endgültig dazu berechtigte, mit Ludo in der Villa auf dem Berg zu residieren.

Angesichts der Scherereien, die die Eltern mit Irmi und ihrem Matrosen gehabt hatten, hatte Geno gehofft, man werde sie bei der Vergabe einfach vergessen und sie brauche nicht zu heiraten, wenn sie schon nicht selbst aussuchen dürfe. Aber natürlich wurde auch für die mittlere der drei Töchter ein gläubiger und anständiger Gatte gefunden, der Frankfurter Apotheker Distelkorn. Dass er ein Bein nachzog, bereits verwitwet und Vater zweier Kinder war, machte ihn für Genos Eltern nicht weniger interessant.

Einmal im Jahr trafen sich also Ludovika, Genoveva und

Irmintrude. Oft hatten sie sich einfach für zwei Nächte in einem kleinen Hotel auf der anderen Rheinseite, drüben in Rüdesheim, eingemietet. Sie mussten ja nicht weit weg von zu Hause, nur weit genug, um unter sich zu bleiben. Manchmal waren zwei der Schwestern auch weiter gereist, um die dritte zu besuchen, die gerade zur Kur weilte. Oder aber man hatte sich, da die Bildung der Damen ja schließlich auch den Gatten am Herzen lag, am Rande einer wichtigen Kunstausstellung getroffen, diese schnell durchlaufen und danach anderthalb Tage im Schwesternkreis genossen.

Ludo konnte immer weg. In der kinderlosen Ehe mit Hauspersonal fiel es Richard hinter seiner Tageszeitung nicht einmal auf, wenn sie für ein, zwei Tage nicht am Esstisch gegenüber saß.

Das war bei Geno schon anders: Zu den zwei Kindern des Apothekers hatte sie zwei weitere bekommen, sodass sie in den ersten Jahren oft heftigen Streit mit ihrem Mann bekam, wenn sie für das eine Wochenende im Jahr verschwinden wollte.

Irmis Sohn war pflegeleicht gewesen und hatte sich auch von der Schwiegermutter hüten lassen. Sie konnte sich meist irgendwie freimachen zu den Treffen, selbst wenn sie dafür beißende Kommentare von Erwins Mutter zu hören bekam.

Sie trafen sich einmal im Jahr. Diesmal wieder in Rüdesheim. Ludos Fünfundsechzigster musste geplant werden, denn nur zu solch' denkwürdigen Festen konnten die Schwestern sich nochmals im Jahr treffen. Abgestiegen waren sie wie seit fast fünfunddreißig Jahren in der altehrwürdigen Pension Schiffer am Rheinufer, und alle drei waren heilfroh, dass sich nach Gottlob Schiffer und seiner Tochter Rosalinde nun auch Marthe, die Enkelin, entschlossen hatte, die Pension weiter zu führen. Marthe servierte den Schwestern Sekt, als sie sich im März an einem grau verhangenen Tag zur Mittagszeit am hintersten Tisch direkt am Fenster trafen.

»Aber Marthe!«, rief Geno aufgeregt. »Willst du uns betrunken machen?«

»Ach was!«, lachte Marthe und stellte die Gläser ab. »Ein Willkommensschlückchen, meine Damen. Schließlich haltet ihr uns schon so lange die Treue. Auf euer Wohl!«

Die Schwestern kicherten und nippten am Sekt. Marthe goss nach. Beizeiten füllten die drei Damen den trüben Nachmittag mit ihren Lebensgeschichten. Nach dem Abendbrot, das Marthe mit am Tisch der Schwestern eingenommen hatte, fragte sie: »Aber was ich nun gar nicht verstehe: Wenn ihr doch alle drei nicht aus Liebe geheiratet habt, warum seid ihr schon so lange mit diesem Männern zusammen?«

»Wir sind katholisch!«

»Eine Scheidung würde meinen Ruf ruinieren!«

»Andererseits bin ich ja auch finanziell bestens versorgt.«

Kopfschüttelnd faltete die Wirtin die Ecken ihrer Serviette zu kleinen Dreiecken. Dann hob sie den Kopf und sagte: »Aber jetzt, wo Ludo fünfundsechzig wird, da solltet ihr endlich was ändern!«

»Wie meinst du das?«, fragte Irmi mit gerunzelter Stirn.

»Na, so, wie ich's sage. Zwanzig Jahre habt ihr bestimmt noch, vielleicht auch dreißig oder mehr, aber eure Männer doch auch. Nehmt euer Leben endlich selbst in die Hand und macht, was ihr wollt. Lange genug habt ihr brav getan, was von euch erwartet wurde!«

In Genos Augen blitzte es plötzlich auf: »Ja, ich hab ja immer gedacht, dass mein Apotheker früh genug das Zeitliche segnen würde, sodass mir noch ein paar Jährchen bleiben. Immerhin ist er Choleriker mit Bluthochdruck. Aber den Gefallen will er mir einfach nicht tun.«

Irmi setzte ihr Rieslingglas, das dritte bereits, ab und kicherte: »Nachhelfen müsste man, wie im Roman!«

Ludo hob ihre linke Augenbraue und brummte: »Mädels, wenn euch einer hört!«

»Ach, wenn ich nochmal jung sein könnte!«, rief Irmi. »Ich würde mich glatt auf die Suche nach dem schönen Matrosen von damals machen!«

»Das kannst du auch heute noch tun«, meinte Marthe. »Übers Internet kriegst du doch von fast jedem raus, wo er abgeblieben ist.«

»Nur das nicht!«, schimpfte Ludo lachend. »Erinnert euch daran, was das für ein Drama war, damals! Die Jüngste vom Herrn Advokaten will mit einem protestantischen Flussschiffer durchbrennen, hieß es da. Unsere Eltern haben sich fast zu Tode geschämt und schon deshalb ganz schnell den guten Erwin aus dem Hut gezaubert.«

»Und bei dem bist du all' die Jahre geblieben?«, staunte Marthe.

»Was blieb mir denn übrig?«, seufzte Irmi.

»Na, durchbrennen und den Matrosen finden!«

»Ach, aber nicht zu den damaligen Zeiten. Heute, ja, da würden die jungen Mädchen sowas machen!«

»Und was hält dich davon ab, es nochmal zu versuchen?«

»Nun stell' dir das doch bloß mal vor: Am blonden Hermann sind ja sicher auch die Jahre nicht spurlos vorüber gegangen. Der wohnt vielleicht längst im Pflegeheim und schiebt einen Rollator vor sich her. Nein, da kann ich auch beim Erwin bleiben!«

»Oder dir Hermanns jüngeren Bruder anlachen!«, riet Marthe grinsend.

»Zugegeben, reizen würd's mich ja ...«

»Na also! Wartet mal eben, ich hole mein Laptop her, dann gucken wir gleich!« Marthe stand auf, lief um die Theke herum und verschwand im Gang dahinter.

Einmal im Jahr trafen sich Ludovika, Genoveva und Irmintrude. So viel gelacht wie in diesem Jahr hatten sie schon lange nicht. Und so viele Zukunftspläne geschmiedet auch nicht. Das lag eindeutig an Marthe, der jungen Wirtin, die in Windeseile den blonden Hermann ausfindig gemacht hatte. Mittlerweile war aus dem Matrosen von damals ein stattlicher Kapitän geworden. Obwohl er annähernd das Rentenalter erreicht hatte, fuhr er noch zur See. Und zwar so richtig: Hermann war Kapitän der MS Atlantis, eines riesigen Kreuzfahrtschiffes einer deutschen Reederei.

»Er sieht immer noch gut aus!«, stellte Irmi fest, als die vier Frauen gebannt auf den Bildschirm von Marthes Laptop starrten.

»Da siehst du mal, was du verpasst hast, weil du damals nicht mit ihm durchgebrannt bist!«, bemerkte Geno. »Also, ich an deiner Stelle, ich wäre ja ...«

»Nichts wärst du!«, entrüstete sich Irmi. »Du hast auch ohne größeren Protest den Distelkorn genommen, den sie dir vorgesetzt haben!«

»Hast ja recht.«

Ludo war still gewesen während der letzten Minuten. Immer wieder aufs Neue musterte sie eingehend das Bild des Kapitäns. Dann fragte sie: »Irmi, wann hast du eigentlich den Erwin geheiratet?«

»Genau sechs Wochen, nachdem die Eltern den Hermann bei seinem ersten und einzigen Besuch bei uns zu Hause vor die Tür gesetzt hatten.«

»So schnell?«, staunte Marthe.

»Jetzt wird mir das alles auch erst richtig klar«, sagte Ludo leise und sah ihre jüngste Schwester an. »Dein Sohn ist Hermann wie aus dem Gesicht geschnitten!«

Irmi schüttelte den Kopf: »Der kam als Frühchen auf die Welt, das wisst ihr doch.«

Nun warf auch Geno noch einen Blick auf den Bildschirm: »Und ich habe mich seinerzeit gefragt, warum alle so ein Gewese darum machen, dass du eine Frühgeburt hattest, wo das Kerlchen doch trotzdem ein satter Sechspfünder war.«

Irmi knetete unter dem Tisch ihre Hände und sagte leise: »Aber der Erwin weiß bis heute nichts davon, und das soll auch so bleiben.«

»Und deinem Sohn willst du seinen richtigen Vater vorenthalten?«, fragte Marthe.

»Die beiden verstehen sich bestens. Warum sollte ich also einen Keil zwischen sie treiben?«

»Aber den Hermann, den werdet ihr euch trotzdem ansehen!«, beschloss die Wirtin.

Ludovika, Genoveva und Irmintrude trafen sich immer einmal im Jahr. Nur in diesem Jahr war das anders. Sie hatten eine weitere Verabredung für den Herbst, zu Ludos Fünfundsechzigstem. Den würden sie gemeinsam auf der MS Atlantis verbringen: Einmal Hamburg, Madeira, Gibraltar, Genua.

Einmal im Jahr fuhr der angesehene ehemalige Rechtsanwalt Dr. Richard Bechtolsheimer aus Bingen mit seiner Gattin zum Wandern in die Alpen. Er liebte die einsamen Täler, in denen sich winters die Massen zum Skifahren drängten, in denen einem im Sommer aber nur dann und wann einmal ein anderer Wanderer begegnete. So fiel es auch nicht auf, als seine Gattin ihm an einer geeigneten Stelle einen kräftigen Schubser gab und er erst zweihundert Meter tiefer mit zerschmetterten Knochen am Fuße einer Geröllhalde liegenblieb. Völlig panisch war die arme Frau Bechtolsheimer eine Stunde später in der nächsten Berghütte erschienen und hatte atemlos um Hilfe gebeten: Ihr Mann sei beim grandiosen Rundblick über das Tal abgerutscht und liege nun weiß Gott wo da unten, man müsse ihm helfen, die Bergwacht müsse ganz schnell, und er habe doch Asthma, und wenn sie doch nur ein Handy, und ach und ach und ach. Die völlig verzweifelte Frau wurde mit mehreren Enzianschnäpsen ruhiggestellt, während der Hüttenwirt sich mit zweien seiner Söhne auf die Suche nach dem verunglückten Urlauber machte. Doch Bechtolsheimer war nicht mehr zu helfen gewesen. Nachdem die Bergwacht sich bis zu seinem geschundenen Körper abgeseilt hatte, war klar, dass er den Sturz höchstens wenige Minuten überlebt haben konnte. Jegliche Hilfe wäre zu spät gekommen. Der Tourismusverein schilderte den Wanderweg daraufhin neu aus, von gelber (»aussichtsreich«) zu roter (»anspruchsvoll«) Markierung.

Einmal im Jahr klagte der Apotheker Distelkorn dermaßen über seine Gicht, dass seine Gattin ihm eine Kur empfahl. Diesmal hatte er tatsächlich zugesagt und war bereit, im Sommer drei Wochen im Allgäu zu verbringen. Für die Apotheke hatte er einen jungen Kollegen gefunden, der begeistert die Vertretung übernahm. Am Vorabend seiner Abreise in die Kur nahm Distelkorn ein Wannenbad, wie jeden Freitag. Diesmal verwöhnte ihn seine Gattin mit einem Tee aus der eigenen Apotheke, einer Kräutermischung gegen Gicht. Verwundert ob der ungewohnten Fürsorge schlürfte Distelkorn seinen Tee, genoss das warme Wasser und wurde immer schläfriger. Die sieben im Tee gelösten Schlaftabletten hatte er nicht bemerkt. Dass kurz darauf das Wasser abgelassen und durch eine ätzende Flüssigkeit ersetzt wurde, fiel ihm ebenfalls nicht mehr auf. Auch, dass immer wieder abgelassen, nachgegossen und umgerührt wurde, um die Zersetzung zu beschleunigen, entging ihm natürlich. Aber dem Abwasserwerk entging ja auch die erstaunliche Menge an Salzsäure, die, verdünnt durch enorm viel Wasser, immer mal wieder durch das Frankfurter Abwassernetz floss. Nur der Kurklinik entging nicht, dass der Patient Distelkorn nicht erschien. Doch der hatte sich ja auch telefonisch höchstpersönlich abgemeldet, glaubte jedenfalls die junge Dame an der Rezeption.

Einmal im Jahr fuhr der Kölner Weinhändler Erwin Unkerath nach Spanien, um dort Rotweine aller Art zu verkosten und zu bestellen. Diesmal hatte er die Fahrt gestrichen, weil wegen der Wirtschaftskrise sowieso die einheimischen, erschwinglicheren Weine besser gingen. An einem lauen Sommerabend genoss er einen selten guten Dornfelder aus dem Barrique, ein Gewächs aus Rheinhessen, der Heimat seiner Frau und zeitweise auch seiner eigenen, als er in jungen Jahren eine Ausbildung zwischen Rhein und Nahe gemacht hatte. »Ich verstehe ja immer noch nicht, warum du nicht mal kosten willst!«, sagte er zu seiner Frau, die sich, man stelle sich das vor, wirklich und wahrhaftig ein alkoholfreies Kölsch eingeschenkt hatte. Später am Abend ärgerte sich Unkerath dann ganz plötzlich, dass er den Wein getrunken hatte. Eigentlich nicht den Wein, sondern den Sud aus Tabak, den seine Gattin beigefügt hatte. Die Nacht überlebte er nicht, und seine Körperteile landeten, im Gartenhäcksler fein geschreddert, nach und nach in einem Wildschweingehege, über dessen Zaun man auch spät abends noch gut die eine oder andere Portion für die netten Tiere werfen konnte. Unkeraths Auto war mit monströsem Blubbern in einem nahen Baggersee geflutet worden und wurde nie gefunden. Den Gartenhäcksler und eine alte Plastikwanne nahm alsbald die Kölner Sperrmüllabfuhr mit, während die ratlose Frau Unkerath, bedauert von sämtlichen Freunden und Bekannten, noch immer darauf wartete, dass ihr Gatte endlich aus Spanien zurückkehren möge, denn wie in jedem Jahr sei er schon vor vierzehn Tagen aufgebrochen, habe aber leider sein Handy vergessen, weshalb sie nun überhaupt keinen Kontakt zu ihm aufnehmen könne. Schließlich reise er schon immer spontan durch die Gegend. Hoffentlich sei ihm nur nichts passiert!

Zweimal trafen sich in diesem Jahr Ludovika, Genoveva und Irmintrude. Das majestätische Schiff ragte hoch über die meisten Häuser der Hansestadt hinaus, und wie in einem Bienenstock schwirrten aufgeregte Wesen hinein und hinaus, räumten, schleppten, summten und flatterten. Getrennt waren die Schwestern aus ihren Heimatstädten angereist, um sich erst in der geräumigen Kabine auf der MS Atlantis zu treffen. Ludos Fünfundsechzigster war einfach ein angemessener Anlass. Die Schwestern ließen sich Sekt bringen und stießen auf den Beginn ihrer großen Freiheit an. »Was haben eigentlich eure Kinder gesagt?«, fragte Ludo, die als kinderlose Witwe ja keine Fragen aus der Familie zu erwarten hatte.

»Nichts«, kicherte Geno. »Zu den Distelkorn-Kindern habe

ich ja sowieso schon seit Jahren keinen Kontakt mehr, seit sie ihren Vater aus der Apotheke raushaben und das Gebäude verkaufen wollten. Und meine Große ist ja in Amerika, der Kleine in China. Denen habe ich längst unter Tränen erzählt, wie senil ihr Vater mittlerweile geworden ist. Sie machen sich mit mir Sorgen, wo er abgeblieben sein könnte, weil er irgendwie nicht im Kurhotel ankam, aber sie haben mir auch zugeraten, die Reise anzutreten. Ich solle mir mal was Gutes tun, mich ablenken.«

Ludo schüttelte den Kopf: »Unfassbar, dermaßen durchtrieben! Und wie war's bei dir, Irmi?«

Irmi grinste. »Vater und Sohn haben sich ja immer gut verstanden, aber wie bei euch in der Apotheke wollte auch bei uns der Senior nicht aufhören. Das hat den Junior natürlich gestört, und so ist er gar nicht übermäßig böse darum, dass sein Vater vermutlich irgendwo in Spanien verschollen ist. Ich fand's unglaublich leicht, das alles.«

»Kommt mit an Deck, wir legen gleich ab!«, rief Geno aufgeregt nach einem Blick durch das Fenster der Kabine.

»Und die Koffer?« Ludo hatte es gern ordentlich.

»Später!«

Zu dritt winkten die Schwestern der Stadt Hamburg, als die MS Atlantis ablegte und Kurs aufs Meer nahm. Plötzlich stieß Geno Irmi in die Seite: »Da ist er, guck mal!«

Und wirklich, Irmi erkannte in dem schmucken Mann in Uniform ihren Hermann wieder. Da stand er nun, nach so vielen Jahren. Damals hatte er Baumwolltrikots und Arbeitshosen getragen, heute zierte ihn Marineblau mit vielen goldenen Streifen.

»Ein Bild von einem Mann!«, seufzte sie.

»Mehr Falten als im Internet«, konstatierte Geno trocken.

»Aber die schicke Uniform!« Ludo war begeistert.

»Den treffen wir später noch. Und jetzt ab in die Kabine, endlich die Koffer auspacken!«, befahl Geno und scheuchte ihre Schwestern vor sich her.

Sie hatten sich alle drei neu eingekleidet. Das war das Mindeste, was sie sich als reisende Witwen leisten mussten. Nur Irmi hatte wohl etwas übertrieben.

»Herrje, du bist sogar mit Hutschachtel angereist?«, fragte Ludo. »Ich hab dich noch nie mit Hut gesehen.«

Irmi sank auf den Sessel neben ihrem Schrank und hielt die Hutschachtel auf dem Schoß.

»Wie soll ich‘s euch sagen?«, begann sie. »Ich wusste halt nicht, was ich mit ihm machen sollte.«

»Mit dem Hut?«, fragte Geno erstaunt.

»Mit dem Kopf.«

»Mit dem Kopf?« echoten die älteren Schwestern entsetzt.

»Er hat nicht in den Häcksler gepasst. Da hab ich ihn eben mitgenommen, wie immer. Aber macht euch keine Sorgen. Ich hab ihn ganz dicht in Folie eingeschweißt. Er riecht nicht und nichts!«

Bleich fasste sich Ludo ans Herz und japste: »Spinnst du?«

Irmi blickte zu Boden. »Wahrscheinlich.«

Ludovika, Genoveva und Irmintrude hatten sich zum zweiten Mal in diesem Jahr getroffen. Ihre Kreuzfahrt genossen sie sehr, wenngleich Ludo und Geno darauf achteten, Irmis Schrank nicht zu nahe zu kommen. Den Kapitän beobachteten sie aus der Ferne und nahmen sich vor, sich darum zu kümmern, einmal abends an den Kapitänstisch gesetzt zu werden.

Kurz vor Madeira erklärte Irmi nach dem Abendessen: »Es ist soweit!«

Als die meisten Passagiere längst schliefen und die Decks sowieso völlig leer waren, weil die letzten noch aktiven Mitreisenden an den Bars hingen, schlichen die Schwestern mit der Hutschachtel aufs Oberdeck.

»Meinst du, er geht unter? Ich hab mal gelesen, dass Gärgase Leichen wieder nach oben treiben«, sagte Geno unsicher.

»Aber nicht, wenn er eingeschweißt ist. Und durch die Löcher im Boden wird die Schachtel schon volllaufen! Außerdem hoffe ich, dass ein netter, größerer Hai seinem Ruf entspricht und die Aufgabe ordentlich erledigt.« Irmi stellte die Schachtel auf die Reling, klopfte leicht auf den Deckel und sagte: »Ab mit dir!« Dann schubste sie die Fracht von Bord und zu dritt sahen sie zu, wie die schwere Hutschachtel von den Wellen verschluckt wurde.

»Nanu, was machen Sie denn da?«

Die Schwestern fuhren herum. Dass der Kapitän hinter ihnen aufgetaucht war, hatten alle drei nicht bemerkt. Ludo riss erschrocken die Augen auf, aber Geno lächelte den Kapitän an und sagte: »Ach, wissen Sie, wir haben endlich gemerkt, dass unsere Irmi kein Hutgesicht hat. Da haben wir beschlossen, dass sie sich von einigem Alten trennen sollte. Immerhin haben Sie hier an Bord auch ein ganz nettes Angebot!«

»Irmi? Ach, da kannte ich vor langen Jahren auch mal eine. Ein Jugendflirt. Ein völliger Irrtum, im Nachhinein besehen. Nun ja. Guten Abend, die Damen.«

Und glücklich, dass die Bord-Boutiquen offensichtlich dem Geschmack seiner Passagierinnen entsprachen, tippte der Kapitän an seine Mütze und wollte sich wieder auf seinen nächtlichen Rundgang machen.

Er war bekannt für seine einsamen Touren an Deck. Dass drei unbescholtene deutsche Witwen ihn als Letzte sprachen und er unfreiwillig über Bord gegangen war, vermutete später niemand. Immerhin war in der Nacht ein starker Sturm aufgekommen.

Reif für den Inselmord

Guntrun Reinke

Die Hände tief in den Jackentaschen vergraben, rückte sie frierend näher an die schützende Wand des Pavillons. Sie bereute es, keine Wolldecke mitgenommen zu haben. Aber wer dachte schon im August an derartige Vorkehrungen?
Mit klammen Fingern krempelte sie den linken Ärmel der Windjacke hoch. Es war 5.55 Uhr. In zehn Minuten würde der Mann, auf den sie hier wartete, das Apartmenthaus am Westerloog verlassen, wo er mit der Besitzerin Edine Janssen eine neue, sehr ertragreiche Liaison pflegte. Durch den Park, der in knapp zwei Minuten zu erreichen war, führte seine tägliche Walkingrunde Richtung Friederikenweg zur Wattseite.

Seit sie Ende der letzten Woche auf Spiekeroog angekommen war, um sich näher mit ihm zu befassen, hatte sie viermal diese Strecke in seinem Windschatten zurückgelegt. Trotz ihrer aktuellen gesundheitlichen Probleme hatte sie keine Mühe, bei ihren Beschattungsgängen das von ihm vorgegebene langsame Tempo einzuhalten. Sie war Ende achtundsechzig, er fünf Jahre jünger, doch im Gegensatz zu ihr, der ehemaligen Sportlehrerin, war er Zeit seines Lebens ein Bewegungsmuffel gewesen.

Gestern war sie in Vorfreude auf das bevorstehende Finale leichtsinnig geworden. In einem Zwischenspurt hatte sie ihn überholt, dabei seine immer noch vertrauten Körperausdünstungen prüfend eingeatmet – und für eklig befunden. Sie hatte es sich nicht verbeißen können, warnend zu zischen:

»So riecht Angstschweiß!«

Von seiner Seite erfolgte keine Reaktion. Selbst wenn sie ihm ihre Perücke vor die Füße geworfen hätte, wäre sie nicht von ihm beachtet worden. Zu erbittert führte er den Kampf mit seinem in die Jahre gekommenen, übergewichtigen Körper.

Der Wind wurde stärker und rüttelte an den Wänden des Pavillons. Sie erhob sich von der Bank, um ein paar Schritte in die Richtung zu gehen, aus der er kommen müsste. Da sah sie ihn auch schon. Unverwechselbar war sein schwerfälliger Laufstil. Ein Mann fester Gewohnheiten! Wind und Wetter können ihm nichts anhaben, stellte sie fest. Ohne ein Geräusch zu verursachen, zog sie sich auf ihren Beobachtungsposten zurück. Erneut prüfte sie die Zeit: 6.08 Uhr. Noch eineinhalb Stunden, bis es so weit war. Entspannt kauerte sie sich in ihre Ecke und zündete sich einen Zigarillo an. Seit sie wusste, wie es gesundheitlich um sie stand, hatte sie wieder mit dem Rauchen begonnen.

»Je oller, desto doller!«, lautete ihre Antwort, wenn sie gefragt wurde, warum es denn unbedingt so harter Tobak sein musste, um sich die Lunge zu ruinieren. Nachdenklich inhalierte sie den ersten Zug. Ihre Gedanken schweiften ab. Wie lange würde es wohl noch dauern, bis sie sich nichts sehnlicher wünschte als zu walken, und sei es im Schneckentempo der letzten Tage? Als sie ihren Zigarillo fertig geraucht hatte, ließ sie den ausgetretenen Stumpen auf dem Boden liegen. Den Papierkorb neben der Bank ignorierte sie. Sie hatte anderes, wirklich anderes zu entsorgen!

Abermals ein Blick auf die Uhr. Es ging los! Sie durchquerte den Kurpark und schlenderte durch den menschenleeren Ort. Ihr Ziel war der Hellerpad, wo sie kurz hinter dem Künstlerhaus in einen Wanderweg einbog. Es dauerte nicht lange, bis sie die Stelle erreicht hatte, an der ein schmaler Trampelpfad durchs Niederholz zu einem Tümpel führte. An dieser Abzweigung entdeckte sie im Gebüsch als Hinterlassenschaft der letzten Fußballweltmeisterschaft eine Deutschlandfahne. Ohne zu zögern, angelte sie das ramponierte patriotische Machwerk aus dem dichten Blattwerk der Knüppeleiche. Eine Fahne zur letzten Ehrung ist durchaus angemessen, befand sie und verstaute den Fund in ihrer Handtasche.

Am Tümpel schlug sie sich seitlich in die Büsche, denn hier war ihr Versteck, für das sie sich bei ihren Nachlaufspielchen entschieden hatte. Aus dem Rucksack holte sie ein Regencape, legte es auf den Boden und breitete darauf alles aus, was sie für die kleine Feier ihrer endgültigen Trennung ins Auge gefasst hatte. Sie ließ sich nieder und gönnte sich noch einen Zigarillo. Während sie dem Rauch nachsah, stellte sie sich vor, hier mit ihm ein gemeinsames Friedenspfeifchen zu schmauchen. Das absolute Sahnehäubchen beim Wiedersehen nach so langer Zeit! Doch eine solche Geste vor dem Hintergrund der geplanten Abwicklung der Party wäre zu viel Entgegenkommen seinerseits gewesen.

Zweige knackten. Dumpfe Schritte. Er kam! Den Zigarillo drückte sie aus und warf ihn achtlos zur Seite. Die entsicherte Pistole in der Hand spähte sie durch das Dickicht. Mit hochrotem Kopf legte er keuchend die letzten Meter bis zum Tümpel zurück. Dort blieb er ausgepumpt stehen. Sie trat aus ihrem Versteck hervor.

»Moin, moin, Klaus!«

Er drehte sich zu ihr um. Seine schreckgeweiteten Augen fixierten die auf ihn gerichtete Waffe. Die Frau dahinter schien er nicht wahrzunehmen. Das war nicht neu. Heute ließ es sie kalt. Mit emotionsloser Stimme klärte sie ihn über seine Situation auf.

»Jetzt werden die Karten auf den Tisch gelegt! Vierunddreißig Jahre habe ich mich für dich abgerackert, Studium bezahlt, dementes Schwiegermuttchen gepflegt, immer wieder die Spielschulden getilgt und, und, und. War für dich alles pillepalle! Denn sonst hättest du dich wegen einer gut betuchten Edine Janssen nicht einfach vom Acker gemacht. Gibt es dazu noch Erklärungsbedarf?«

Geschocktes Schweigen.

»Keine Antwort ist auch eine Antwort!«

Die einseitig geführte Konversation beendete ein Schuss. Lautlos brach er nach hinten fallend zusammen und landete mit dem Kopf im Wasser des Tümpels.

Ungerührt blickte sie auf den Mann, der so viel bedeutet – und angerichtet hatte. Er trug sein immer noch dichtes, inzwischen ergrautes Haar fast schulterlang. Ganz wie früher, erinnerte sie sich. Es hatte doch etwas Beruhigendes, dass jemand bis in den Tod seinen Gewohnheiten treu blieb. Die Haare breiteten sich kranzartig um seinen Kopf aus. Wie glitzernde Glasperlen setzte sich die grüne Entengrütze darin fest, die auf der Oberfläche des Wassers schwamm.

Nur zögernd löste sie sich von dem Bild. Sie wuchtete ihn in die Bauchlage; dann streifte sie ihm Jogginghose und Slip herunter. Mit schwarzer Farbe sprühte sie auf sein mächtiges Hinterteil: Aus!

Den Deutschlandwimpel steckte sie zwischen die beiden stattlichen Gesäßhälften. Bevor sie ging, fotografierte sie ihr Werk.

Eine Stunde später bestieg sie die Fähre. Das Wetter hatte sich geändert. Der Himmel war strahlend blau und weiße Wolkenbällchen segelten davon. Zwei kreischende Möwen standen mit ausgebreiteten Flügeln reglos in der Luft; wie zwei Drachen wiegten sie sich im Wind. Spiekeroog entfernte sich langsam aus ihrem Blick, was aber am Tümpel abgerechnet worden war, blieb. Sie war stolz auf sich, denn als blutige Anfängerin mit knapp siebzig Jahren, kurz vor Toresschluss, hatte sie einen in jeder Hinsicht gelungenen Mord abgeliefert und damit ein Stück innerer Freiheit zurück gewonnen.

Fünf Tage später klingelte es morgens an der Haustür. Sie saß benommen am Küchentisch, denn sie hatte am Abend ein starkes Schmerzmittel nehmen müssen. Langsam erhob sie sich und trank noch einen Schluck Tee, bevor sie zur Tür ging. Als sie öffnete, schaute sie in die Gesichter von zwei kräftig gebauten Männern.

»Guten Morgen, Frau Lauber! Können wir Sie mal kurz sprechen?«

»Kurz? Kurz ist das Leben, lang ist der Tod. Treten Sie ein! Endlich sind Sie gekommen, ich habe Sie erwartet.«

Sie führte die beiden Polizeibeamten in die Küche, wo sie

ihnen einen Tee anbot. Den lehnten sie ab, doch der Ältere mit einem stattlichen Bauch, deutlich als Chef erkennbar, bat, einen von den Zigarillos, die auf dem Küchentisch lagen, rauchen zu dürfen. Sie forderte ihn auf, sich zu bedienen. Er nahm die Packung, musterte sie interessiert und grinste seinen Kollegen an.

»Bingo! Einen ausgedrückten Zigarillo der Marke *Le Petit* fanden wir in Spiekeroog am Fundort der Leiche Ihres getöteten Ex-Mannes. Was haben Sie uns dazu zu sagen, Frau Lauber?«

»Alles!«, entgegnete sie, dabei lächelte sie gequält.

»Aber erst einmal müssen Sie den Stängel da probieren. Einmalig dieses Aroma! Ganz wie meine Ehe: bitter-herb!«

Der Beamte legte die Packung wieder auf den Küchentisch zurück.

»Frau Lauber, Sie besitzen nicht zufällig eine Walther, 6,5 mm?«

»Aber ja doch! Die kann so eine wie ich immer gut gebrauchen.«

Jetzt mischte sich der Kollege ein.

»Könnten Sie uns vielleicht verraten, was Sie mit *so eine wie ich* gemeint haben?«

»Seit vier Wochen weiß ich, dass ich an Bauchspeicheldrüsenkrebs erkrankt bin. Da trifft man seine Vorkehrungen und muss, wie Sie ja herausgefunden haben, noch ein paar Dinge erledigen.«

Die beiden Ermittler schauten sie betroffen an.

»Lassen Sie uns auf dem Kommissariat in Ruhe über alles reden.«

»Selbstverständlich! Hauptsache, man hat mal darüber gesprochen!«, stimmte sie zu, während sie sich erhob.

»Wo wollen Sie hin?« Der Bauchige stand auch auf.

»Sie können mich gerne begleiten. Ich hole aus dem Bad nur meine Sachen, die ich für den Fall, dass es schnell geht und ich ins Krankenhaus muss, gepackt habe. Weiß ich, was der Tag mir heute noch zu bieten hat?«

Unter den aufmerksamen Blicken der zwei Polizisten, die mit ins Badezimmer gekommen waren, griff sie nach der Reisetasche und verließ zusammen mit ihnen die Wohnung. Während sie die Tür abschloss, ganz langsam und umständlich, zog sie aus dem Seitenfach der Tasche die Walther 6,5 mm. Blitzschnell drehte sie sich um und richtete die Pistole auf ihre Begleiter.

Regungslos standen sie vor ihr.

»Tut mir leid für Sie! Eher bitter als herb, oder?«

Der jüngere der beiden Beamten hob beschwörend beide Hände hoch.

»Keine Bewegung!« Ihre Stimme klang brüchig, metallen. »Ja, Hauptsache, man hat mal drüber gesprochen!«

Ein peitschender Knall hallte durchs Treppenhaus. Brigitte Lauber hatte sich durch einen Schuss in den Mund erlöst.

All tomorrow's parties

Jutta Wilbertz

Der Flieger setzt mit einem Ruck auf dem Rollfeld auf. Ich bin also wieder da. Nach so vielen Jahren. Seltsam.

»Sanne, Saaaannne, hiiiierher!« Gitta hinter der Absperrung winkt und hüpft wie ein junges Mädchen. Ich erkenne sie sofort, manche Dinge ändern sich nie, sie hat immer noch diese blonde Mähne, allerdings reicht sie nicht mehr bis zum Po wie früher. Und echt ist das Blond sicher auch nicht. Ich habe vor vier Jahren mit dem Färben aufgehört - diese ganze Chemie! Ich stehe zu meinem Alter. Normalerweise.

»Sanne, wie schön!« Sie strahlt und fällt mir um den Hals. Sanne, das ist lange her, dass man mich so gerufen hat. Seit vielen Jahren bin ich Susan: verlässlich, verantwortungsbewusst, Ehefrau, Mutter, Krankenschwester und bald auch Oma. Gitta sieht gut aus, natürlich hat sie einige Falten im Gesicht, aber sie wirkt spritzig, trägt Jeans, eine lila Lederjacke und hohe Stiefel, pinken Lippenstift. Bis gerade eben habe ich mich mit meinem grauen Kurzhaarschnitt, der Stoffhose und dem Twin-Set recht wohl gefühlt, aber nun … Ich lasse mich auf den Beifahrersitz ihres Golfs sinken und klappe die Blende mit dem kleinen Spiegel herunter. Ich sehe furchtbar aus! Eine graue Gouvernante mit Krähenfüßen und dünnen Lippen. Neben Gitta werde ich offensichtlich im Minutentakt älter – und nervöser. Herrje, warum bin ich nur gekommen?

»Flieg ruhig hin«, hatte Denis gesagt, »das tut dir bestimmt gut!« und sich dabei sicherlich so etwas wie sein Highschool-Ehemaligen-Treffen im Pub vorgestellt. Ein gepflegtes Ale im Kreise von Dart-spielenden älteren Herrschaften, die in gemeinsamen Jugenderinnerungen schwelgen.

Dass die Anker-Revivalparty anders würde, war mir direkt klar, als ich die Einladungskarte bekam. Nur, wir sind ja sicherlich alle älter geworden. Und ruhiger. Dachte ich. Gittas jugendliche Erscheinung, die bringt mich jetzt aus dem Gleichgewicht. Was, wenn sie alle noch so aussehen? Wie früher? Und nur ich tauche als älteres Semester auf? Die haben mich doch ganz anders in Erinnerung, ich war die Schmale mit den glatten, pechschwarzen Haaren, ein bisschen wie Cher. Nein, das ist wahrhaftig nicht Cher, die mir aus dem Spiegel entgegenblickt.

Gitta schiebt eine CD ein, »70er Oldies, zur Einstimmung«, und im nächsten Moment dröhnt auch schon das markante Intro von Deep Purple aus den Lautsprechern. »Smoke on the water«, grölt sie begeistert, während sie viel zu schnell aus dem Flughafen-Parkhaus brettert und deshalb am Zebrastreifen so abrupt anhalten muss, dass mich der Sicherheitsgurt hart nach hinten reißt. Ein paar Reisende mit Koffern schauen uns neugierig an. Ich gucke absichtlich in eine andere Richtung, aber Gitta grinst und winkt fröhlich. Zwei alte Schachteln, die Hard-Rock hören, welcome to Germany!

»Das wird so genial.« Gitta glüht vor Vorfreude, während wir die Autobahn entlang rasen und ich zwischendurch die Augen zumachen muss, weil mich dieser Rechtsverkehr total irritiert. Dass sie beim Fahren laut »Sympathy for the Devil« von den Stones mitsingt und sich dabei wild hin und her wiegt, steigert nicht gerade mein Vertrauen.

»Es wird Altbierbowle geben, Asbach-Cola, Appelkoorn. Und natürlich die Musik, nur Hard-Rock, Psychedelic und Soul von früher!«

Meine Güte, mit welcher Wucht sie in die alten Zeiten taucht! Gitta, wir sind längst über sechzig! Und Hotte und die anderen – herrje! Wie sie wohl aussehen? Habe gerade letzte Woche noch ein paar alte Fotos durchgeschaut: wir alle mit diesen jungen Gesichtern, jünger als meine eigenen Kinder.

»Kommt Hotte?«, frage ich.

»Klar«, sagt Gitta, »Alle kommen. Jürgen hat das top organisiert, den Saal gemietet und so. Den Anker gibt's ja leider nicht mehr. Hat Anfang der 80er zugemacht, jetzt ist da ein Döner-

Laden. Also, unsere Zeit war schon die beste!«

Unsere Zeit – das waren die späten 60er und frühen 70er. Und der Anker, das war mehr als ein Treffpunkt, der Anker war unser Leben! Von außen eine spießige Kneipe mit spießigem Schild in einer spießigen Kleinstadt, drinnen vollgestopft mit Rockern, Hippies und APO-Anhängern auf Heimaturlaub, die von wilden Anti-Vietnam-Demos schwärmten und Altbier tranken. Lange Haare, lange Bärte, Nickelbrillen, eine Mischung aus Lederjacken und indischen Hemden, dazu dieser ganz spezielle Duft in der rauchgeschwängerten Luft. Hinten vor den Klos war eine kleine Tanzfläche, aus der Jukebox dröhnten die Doors, The Who und die Stones. Ich gehörte zu einer losen Clique, hauptsächlich Hotte, Benno, Gitta und ich, aber eigentlich war der ganze Anker eine große Familie, auch, wenn man manche nur vom Sehen kannte. Damals hätte ich geschworen, dass wir immer und ewig miteinander verbunden bleiben würden. Letzten Endes war es Gitta, mit der ich in Kontakt blieb, zum Schluss nur noch einmal im Jahr, über die obligatorischen Weihnachtspostkarten. Verrückt, wie die Zeit rast, manchmal habe ich das Gefühl, dass da jemand auf die Vorlauftaste gedrückt hat. Nein, eigentlich können wir unmöglich schon so alt sein!

»Riders on the storm« singt Jim Morrison und ich denke an den jungen Hotte, seine engen Hosen und dunkelbraunen Locken. Er sah unverschämt gut aus damals, und das wusste er auch. Und jetzt beginne ich wirklich, mich auf die Party zu freuen.

Mir fällt noch ein Gesicht ein, Tine, diese kühle, große Blonde, die immer einen braunen Nappa-Ledermantel trug und die gesamte Männerwelt verrückt machte. Ich kannte sie nicht besonders gut, war immer schrecklich aufgeregt, wenn sie zufällig mit mir sprach. Sie hatte so eine Ausstrahlung, ich kann es kaum beschreiben. Ein wenig wie Nico in ihrer Zeit mit den »Velvet Underground«, bevor sie sich dunkel färbte und zur Dark Queen wurde. Tine war auch so eine »Femme fatale«, kühl, ein wenig abwesend, als merke sie gar nicht, was ihre Gegenwart anrichtete, dabei durchaus freundlich, wenn sie mal den Mund aufmachte.

Ich fand sie wunderbar.

»Tine, die wird doch mit Sicherheit auch da sein!«

»Nee, die nicht.« Plötzlich klingt Gittas Stimme ganz anders und ich schaue sie überrascht an.

»Die kann nicht, die ist tot.«

»Nein!«

Eigentlich sollte ich nicht erstaunt sein. In unserem Alter ist das nicht ungewöhnlich. Das Sterben. Aber gerade bei ihr fällt es mir schwer, das zu glauben. Sie war so perfekt, so in Stein gemeißelt, sind Göttinnen nicht unsterblich?

»Was war es denn?«, frage ich. »Krebs, Unfall? Herzinfarkt?«

»Heroin« sagt Gitta und seufzt. »Es war schrecklich! Ein jahrelanges Hin und Her, Entzug, clean, ein Weilchen Ruhe und dann ging es wieder los. Irgendwann lag sie dann tot auf dem Klo.«

»Aber davon hast du mir gar nichts geschrieben!«

Gitta zuckt die Achseln.

»Du hast sie doch kaum gekannt.«

»Du etwa?«

»Ja, später schon.« Offensichtlich will sie nicht darüber sprechen, setzt eher widerstrebend hinzu: »Das ist jetzt sechs Jahre her.«

Sechs Jahre! Das muss ich wirklich erst einmal verdauen! Schrecklich, kein schneller Abgang als junger Mythos, nein, ein qualvoll langes Leben als Junkie. Ein alter Junkie. Ausgerechnet Tine – dabei wirkte sie immer so souverän, so lässig, so unabhängig. Wie man sich täuschen kann!

Abends um halb acht fahren wir mit dem Taxi zum Vereinssaal der Tennissportanlage – sie liegt ziemlich einsam, direkt neben einem Schrottplatz, aber dafür gibt es keine Nachbarn, auf die man Rücksicht nehmen muss. Ich muss mich immer wieder heimlich im Rückspiegel betrachten – Gitta hat ganze

Arbeit geleistet! Nach der Dusche bei ihr, einer Portion Quiche Lorraine und mehreren Prosecco hatte sie plötzlich mit ihrer Frisiertasche und einem entschlossenem Gesichtsausdruck vor mir gestanden: »Sanne, keine Widerrede!« Und dann legte sie los.

Ich ließ sie machen – sie ist Friseuse, versteht ihr Handwerk. Prosecco, Zigaretten, laut aufgedrehte Musik, jawohl, die brave, biedere Susan hat jetzt Auszeit! Heute Abend bin ich Sanne! Heute Abend will ich einen Zeitsprung.

Wir steigen aus dem Taxi, die Musik dröhnt uns schon hier draußen entgegen. Ich fühle, wie die Jahre von mir abfallen, England ist weit weg. Würde Denis mich überhaupt erkennen? Wer bist du und was hast du mit Susan gemacht? Meine Haare sind nachtschwarz wie früher und sehen dank Gel und Spray richtig verwegen aus. Dazu blutrote Lippen. Das weiße Herrenoberhemd, das Gitta aus dem Schrank gekramt hat, sieht sexy aus, weit aufgeknöpft, ein paar Halsketten, lange Ohrringe, dunkelrote Fingernägel. Meine langweilige Stoffhose unter dem langen Hemd fällt gar nicht auf – in eine von Gittas Jeans habe ich beim besten Willen nicht gepasst.

»Da ist ja Gitta!« schreit eine Frauenstimme aus einer Gruppe vorm Eingang.

»Gitta, wer ist das bei dir?«

Bevor sie antworten kann, kreischt es auch schon schrill: »Sanne, das ist ja der Wahnsinn!«, und drei Frauen stürzen sich auf mich. Drei ältere Frauen, ich muss genau hingucken, bis ich die Gesichter unter den Falten erkenne: Erika, Hanne, bei der dritten muss ich passen. Sie heißt Rieke, ich kenne sie nicht, aber die Wiedersehensfreude ist trotzdem groß.

Gitta hat mich untergehakt und bugsiert mich energisch Richtung Saal. »Jetzt suchen wir erst mal Hotte und Benno« sagt sie, »bevor es sich rumspricht, dass du da bist. Du bist schließlich meine Überraschung! Ach ja, noch was.« Sie bleibt abrupt stehen. »Sprich Benno bloß nicht auf Tine an. Der muss heute Abend wahrscheinlich sowieso ständig an sie denken, der arme Kerl. «

Bevor ich fragen kann, was ausgerechnet Benno mit Tine zu tun hatte, sind wir im Saal und schieben uns durch die Menge. Dichte Rauchschwaden überall, von Rauchverbot ist nichts zu merken. Die Musik ist ohrenbetäubend laut, na ja, wahrscheinlich sind die meisten hier sowieso schwerhörig, »Black Betty«, Ram Jam dröhnt aus den Lautsprechern, auf der Tanzfläche toben ein paar headbangende Graubärte. Ich muss lachen, es ist ein verrücktes Bild. Ich frage mich, wie viele von uns sich heute Nacht ein Schleudertrauma zuziehen werden, aber egal! Ich werde auch tanzen. Und ich fühle mich einfach verdammt gut!

Ich muss zugeben, ein wenig habe ich mich vor der Party gefürchtet – ich will keine depressive Wehmut, als ob das einzig wahre Leben damals im Anker stattgefunden hätte. Es war schön, sicher, aber ich bin zufrieden heute, wirklich. Ich will heute Nacht nur ein wenig schwelgen, ohne es allzu ernst zu nehmen.

Wir wühlen uns weiter durch die tanzende und wogende Menge, ich will auf die andere Seite, da stehen Bistrotische und man sieht Leute reden, also wird die Lautstärke dort sicher erträglicher sein.

Ein großer, hagerer Mann hebt den Kopf, sieht uns, kommt uns mit schnellen Schritten entgegen. Das ist Benno, eindeutig, und offensichtlich weiß er auch genau, wer ich bin.

»Sanne, das gibt‘s doch nicht!«

Er umarmt mich, ich rieche seinen leichten Tabakgeruch, wir schauen uns an, er lächelt und brüllt über die Musik hinweg.

»Du siehst super aus! Weiß Hotte schon, dass du hier bist?«

Er ist alt geworden. Sein Gesicht ist eingefallen, weißer kurzer Bart, Glatze, seine Augen hinter der John-Lennon-Nickelbrille lächeln nicht mit, sehen fast ein wenig gehetzt aus.

»Mensch, Benno, gut dich zu sehen!«, schreie ich zurück und umarme ihn noch einmal. Er ist ein lieber Kerl, ich hab ihn immer gemocht. Er drückt Gitta kurz, dann schauen wir uns alle etwas verlegen an und wissen nicht, was wir sagen sollen, die Musik ist einfach zu laut, unmöglich, sich normal zu unterhalten.

»Ich guck mal, wo Hotte ist«, brüllt er schließlich, ich nicke und steuere auf die Bistrotische zu, Gitta im Schlepptau.

Hier ist es besser. Man kann in aller Ruhe sitzen und Leute beobachten. Erst mal alles langsam angehen lassen. Gitta findet das nicht.

»Mach was du willst, ich muss jetzt jedenfalls tanzen!«, sagt sie und ist schon wieder unterwegs.

»Jetzt warte doch mal«, rufe ich ihr nach, »warum soll ich nicht mit Benno über Tine reden?«

Sie dreht sich um, seufzt und kommt zurück.

»Weil sie verheiratet waren.«

Sie setzt sich hin.

»Da warst du schon längst weg. Er hatte die fixe Idee, dass ihr ein bürgerliches Leben helfen würde – aber es war hoffnungslos. Irgendwann haben wir aufgehört zu zählen, wie oft sie vom Entzug nach Hause kam, während er uns versicherte, dass nun endlich alles gut würde …«

»Uns?«

»Hotte und mir. Wobei, ich hab mich ja irgendwann komplett rausgezogen, hatte einfach zu viel im Geschäft zu tun und außerdem ging mir das Ganze total an die Nieren.«

Sie nimmt sich eine Zigarette aus meiner Schachtel auf dem Tisch, zündet sie an.

»Weißt du«, sie atmet den Rauch aus, »das klingt jetzt sicher hart, aber eigentlich war es gut, als es endlich vorbei war, Benno hätte das nicht mehr lange ausgehalten, der ging echt vor die Hunde.«

Sie steht abrupt auf.

»So, und jetzt will ich nicht mehr daran denken. Wir wollen schließlich feiern.« Schon steuert sie auf die Tanzfläche zu, die Zigarette lässig im Mundwinkel. »Komm schon, Sanne!«

Ich will nicht. Benno tut mir so leid. Und Tine auch. Ich kann es immer noch nicht fassen, dass sie abhängig war. Ich meine, mit Hasch haben wir alle damals rumgespielt, das gehörte zum guten Ton. Aber Heroin, nein, nie! Das war tabu, ein Teufelszeug, sagte Hotte immer. Wir hätten auch gar nicht gewusst, wie wir daran gekommen wären. Das bisschen Gras, das wir rauchten, brachte Hotte mit, der oft für die Gärtnerei seines Vaters nach Holland fuhr.

Ich sehe Benno auf der anderen Seite des Saales, wie er sich suchend umschaut. Offenbar hat er Hotte noch nicht gefunden. Gebrechlich sieht er aus, die Schultern hängen nach vorn, die Jeans und das Batik-Hemd schlackern um seinen hageren Körper. Das muss alles schrecklich für ihn gewesen sein. Gut, dass Hotte zu ihm gehalten hat.

Mir ist plötzlich kalt und ich kauere mich auf meinem Sitz zusammen, schlinge die Arme um die Knie. Ach Sanne, was warst du doch früher für ein dummes, kleines, naives Mädchen. Der Anker war wohl doch nie so harmlos und rosarot gewesen! Vierzig Jahre lang habe ich geglaubt, wir hätten damals nur ein bisschen Hippie gespielt, uns ausgetobt, bevor der Ernst des Lebens begann. Dass eine von uns den Übergang zum normalen Leben nicht schaffen, in einer traurigen Endlosschleife hängen bleiben und schließlich auf einem Klo verrecken würde – nein, das wäre unvorstellbar gewesen!

»Sanne!«

Urplötzlich steht er hinter mir, Hotte! Ich rappele mich hoch, da hat er mich auch schon in die Arme genommen.

»Wow, Mädel, du siehst ja heiß aus!«

Seine grünen Augen sprühen Funken, wie früher, und seine Stimme hat noch immer diesen besonderen Klang- wenn er auch ein wenig brüchig und angeheitert klingt. Er hat sich gut gehalten – hätte Jim Morrison überlebt, sähe er jetzt so aus. Ganz in schwarz gekleidet, die Haare kurz und graumeliert, aber noch dicht und ohne lichte Stellen.

»Hotte, Mensch, schön dich zu sehen!«

Meine Knie werden einen winzig kleinen Augenblick ganz

weich, wie bei einer Siebzehnjährigen. Siebzehn war ich, als ich ihn kennengelernt habe – und sechs Jahre lang hatte ich diese weichen Knie – bis ich nach England gegangen bin. Hotte hat nie etwas davon geahnt. Er wollte keine seelischen Komplikationen, er wollte »nur spielen«, mit Sex, Drugs und Rock'n Roll. Aber er hat es geschafft, nie den Boden unter den Füßen zu verlieren. Gitta hatte erzählt, dass er ein erfolgreicher Geschäftsmann geworden ist, und das sieht man. Ich bin erleichtert. Sicher hat er die Ankerphase ohne Bedauern hinter sich gelassen, genau wie ich, und möchte heute Abend nur ein wenig in alten Zeiten schwelgen.

Gitta dagegen werde ich lieber im Auge behalten, ich weiß noch von früher, wie schnell sich ihre Euphorie in das heulende Elend verwandeln kann.

»Komm, lass uns tanzen!« Hotte zieht mich hinter sich her, Led Zeppelins Intro zu »Stairway to heaven« läuft und nun habe ich doch etwas Herzklopfen. Nicht, dass ich meinen Denis nicht liebe. Aber gerade jetzt bin ich ganz gerne hier, mit Hotte.

»Und, was hältst du von unserer alten Truppe?« fragt er.

»Das weiß ich nicht, ich bin doch gerade erst angekommen.«

»Hast du uns denn nie vermisst?«

»Doch, natürlich.«

»Weißt du, als du weggegangen bist – danach war es einfach nicht mehr dasselbe hier.«

Meint er das ernst? Eigentlich wirkte er damals nicht gerade am Boden zerstört, als ich von meinen Englandplänen erzählte.

Dann fällt mir das mit Tine und Benno ein, vielleicht war ja nach meinem Weggang auch die Zeit der Unschuld vorbei.

»Ich hab schon gehört, das mit Tine«, sage ich.

»Ach, Tine.« Das klingt fast ein wenig abfällig. Er muss mein Befremden spüren, denn jetzt lächelt er verlegen. »Entschuldige. Aber Du hättest Benno erleben sollen, die hat ihn einfach fertig gemacht.«

»Doch nicht mit Absicht.«

»Weiß man's? Jedenfalls hat sie sich erst an ihn drangehängt, als sie schon hoffnungslos süchtig war. Vorher hatte er doch keine Schnitte bei ihr, diesem eiskalten Engel.«

»Du mochtest sie nicht.«

»Nein. Sie war eine arrogante Mieze, nichts weiter.«

»Mir tut sie leid«, sage ich.

Er zuckt die Achseln. »Das ist jetzt alles vorbei. Lass uns über dich reden. Du hast also England unsicher gemacht?«

Wir tanzen noch einen Song zusammen, dann treffe ich Jürgen und gratuliere ihm zu der gelungenen Party, sehe weitere bekannte Gesichter, lache, erzähle. Auch mit Benno tanze ich, aber wir reden kaum – ich bin froh, dass die Musik so laut ist, ich weiß einfach nicht, was ich sagen soll, die tote Tine steht zwischen uns und er weiß nicht, dass ich es weiß. Gitta wirbelt umher wie ein Irrwisch, fällt mir zwischendurch um den Hals (»Das ist ja alles so toll!«) und tanzt weiter.

Dann kommt Hotte wieder auf mich zu, mit zwei Gläsern in der Hand.

»Hier, für dich, Asbach-Cola.«

»Danke.« Ich muss kichern. »Haben wir wirklich früher so ein grauenhaftes Zeug getrunken?«

Er grinst und prostet mir zu. Sein Glas enthält eindeutig etwas anderes.

»Bei aller Nostalgie, das tu ich mir nicht an.«

Es ist Bourbon und sicherlich nicht sein erster. Er legt den Arm um meine Schultern. »Komm, wir gehen raus! Wenn wir schon nostalgisch werden, dann richtig.«

Draußen ist es dunkel, aber der Mond ist da und die Sterne leuchten. Hotte bleibt plötzlich stehen.

»Warte, ich hole Benno und Gitta.« Und schon ist er wieder im Saal verschwunden. Ich stehe allein draußen, drinnen dröhnt »Satisfaction« von den Stones, viele Stimmen grölen den Refrain mit, die Tanzfläche ist sicher gerammelt voll. Dann kommen sie, Gitta hat Benno und Hotte zu beiden Seiten untergehakt und sprudelt über vor Begeisterung.

»Du wirst es nicht glauben, aber Hotte war in Holland«, ruft sie und kichert los.

»Schht«, Hotte lacht leise, »das müssen ja nicht alle mitkriegen. Ich bin immerhin seriöser Geschäftsmann.«

Gitta prustet, Benno sagt nichts, er wirkt abwesend. Wir tasten uns in der dämmrigen Dunkelheit weiter, gelangen bis an einen niedrigen Maschendrahtzaun, die Grenze zum Schrottgelände. Hier setzen wir uns ins Gras.

»Also, Benno, bist du sicher, dass du das willst?«, fragt Hotte.

»Klar, natürlich, warum denn nicht.« Auch Benno ist nicht mehr ganz nüchtern. »Das eine hat doch mit dem anderen nichts zu tun.« Plötzlich klingt er aggressiv. Hotte seufzt.

»Wenn du meinst«, sagt er und holt etwas aus der Hosentasche. »Bei mir ist es jedenfalls verdammt lang her. Aber ich dachte, zur Feier des Tages …« Und dann beginnt er, das kleine braune Klümpchen mit dem Feuerzeug anzuflämmen. Ich schaue wie hypnotisiert zu, ich kenne alle Bewegungen immer noch ganz genau. Da ist er, der Zeitsprung: Wir schreiben das Jahr 1972.

»Wer sagt's denn, ich kann's noch.« Hotte hält zufrieden einen Joint hoch. »Na, ist das nicht ein Prachtstück?«

»Super!« Gitta applaudiert.

Benno starrt immer noch vor sich hin. Dann sagt er heiser: »Ich zuerst.«

Hotte reicht die Tüte rüber und gibt Benno Feuer. Der zieht mit aller Kraft, sein Gesicht wirkt dabei verbissen, als ob er sich etwas beweisen müsse. Da ist er, dieser Duft, den ich so viele Jahre nicht mehr in der Nase hatte.

»Ich will auch mal«, quengelt Gitta.

Danach bin ich dran, inhaliere tief, halte den Atem an und gebe an Hotte weiter. Zuerst spüre ich nichts, aber dann setzt es ein, das leichte Schweben. Ich lehne mich zurück, starre in den Himmel und höre Gitta vor sich hin gackern, wie eine kleine, alte zufriedene Henne, die wider Erwarten doch noch ein Ei gelegt hat – ich muss kichern, dieses Bild in meinem Kopf, gack gack, hihi.

»Mädels, alles in Ordnung?«, höre ich Hottes amüsierte Stimme. »Los, singt doch mal was!« Und dann dröhnt er los: »O moon of Alabama!«

Benno seufzt, aber sonderlich entspannt wirkt er immer noch nicht. Die zweite Runde lasse ich an mir vorbeigehen, Gitta dagegen zieht gierig und muss husten.

»Na-na!« Hotte klopft ihr auf den Rücken. »Gittchen, langsam, langsam.«

Dann legt er sich mit einem zufriedenen Aufstöhnen auf den Rücken.

»Das ist doch jetzt wirklich wie früher, oder? Nur wir vier und über uns der fette alte Mond.«

»Stimmt. Wie früher. Gitta übertreibt, Sanne starrt die Sterne an und du redest zu viel.« Das ist Bennos Stimme, sie klingt blechern, als ob ihn das Sprechen große Anstrengung kostet.

»Ich hab dich nicht gezwungen, mitzumachen.« Jetzt ist Hotte derjenige, der gereizt reagiert.

»Schon gut, so hab ich das nicht gemeint.« Nun hört sich Benno nur noch traurig an.

»Ach ja?« Hotte setzt sich mit einem Ruck auf und starrt ihn kampflustig an. Stimmt, auch das ist wie früher – wie hatte ich das vergessen können. Hotte wurde immer aggressiv, wenn er kiffte – vor allem, wenn er auch noch getrunken hatte. Ein friedlicher Hippie war er jedenfalls nie.

»Ach nö, lasst das doch! Nicht wieder Zoff!« Gitta steht schwankend auf. »Ich muss mal Pippi«, setzt sie hinzu und wandert Richtung Vereinsheim. Auch genau wie früher. Zumindest hockt sie sich nicht hinter einen Busch.

»Tschuldigung«, sagt Benno. »Mir geht es nicht gut. Ich hätte nicht kommen sollen.«

»Das war doch klar«, knurrt Hotte, »das habe ich dir doch schon vorher gesagt. Du hättest zu Hause bleiben sollen, statt hier allen die Stimmung zu versauen. Sanne ist extra aus England gekommen, um mit uns zu feiern, und du kriegst den Blues.«

»Das war eine Scheißidee, diese Party«, murmelt Benno. »Ich denke die ganze Zeit, sie ist nur kurz aufs Klo, kommt dann wieder raus.«

»Aufs Klo, um sich einen Schuss zu setzen?«, zischt Hotte.

»Halt's Maul. Sie war nicht immer so!«

»Klar, das arme reiche Mädchen.«

»Halt´s Maul, hab ich gesagt.« Benno springt auf, taumelt etwas, fängt sich wieder. »Entschuldige, Sanne, ich muss hier weg.«

Hotte und ich bleiben zurück. Er bietet mir den Rest der Kippe an, aber ich schüttele den Kopf.

»Du bist gemein«, sage ich, aber Hotte scheint mich nicht zu hören.

»Ziemlich beste Freunde«, sagt er und es klingt bitter. »Ich habe nie begriffen, was sie an diesem Nervenbündel gefunden hat.« Er nimmt einen letzten Zug, drückt den Stummel im Gras aus und wirft ihn hinter sich. »Ich meine, Benno war doch immer eine halbe Portion. Der Pseudo-Intellektuelle mit Nickelbrille. Bei mir hätte sie es besser gehabt.«

»Du meinst Tine?« Ich versuche, seinen Gesichtsausdruck zu erkennen. »Ich dachte, du konntest sie nicht ausstehen!«

Hotte lacht und plötzlich klingt er wieder ganz fröhlich.

»Sanne, Sanne, du glaubst immer, was man dir sagt, nicht wahr? So warst du schon damals. Du hast alles geglaubt. Das habe ich so gemocht an dir. Du warst ein liebes, sauberes Mädchen. Nicht so eine verdammte Schlampe wie Tine. Die hat einen fertig gemacht!«

Er versucht, den Arm um mich zu legen, aber ich schüttele ihn ab.

»Also hattest du was mit ihr?«

»Die arrogante Zicke«, knurrt er, »eiskalt war die. Wollte nichts mit mir zu tun haben. Aber mit allen möglichen sonst hat sie angebändelt, die Schlampe, zum Schluss hat sie sich sogar an Benno gehängt! Ausgerechnet an diesen Verlierer!« Plötzlich bricht er in ein schrilles, lautes Gelächter aus, wirft sich nach hinten ins Gras, lacht und lacht. Mir ist klar, dass er reichlich hinüber ist von dem Bourbon und dem Joint, trotzdem kriege ich eine Gänsehaut.

»Sollen wir nicht reingehen?«, frage ich und stehe auf. Erstaunlich schnell ist auch Hotte auf den Füßen und hält mich fest.

»Jetzt warte doch mal, ich will dir eine Geschichte erzählen, eine schöne Geschichte, willst du keine schöne Geschichte hören?«

»Ich will rein«, sage ich, aber Hotte lässt mich nicht los.

»Es war einmal eine kalte Königin«, raunt er, »die hatte viele Untertanen, die sie sehr liebten und alles für sie getan hätten. Ihr war das egal.«

»Hotte!«

Na ja, wenn ich ehrlich bin, möchte ich die Geschichte schon hören.

»Ein Ritter wollte ihr ganz besonders gern seine Ergebenheit beweisen. Er brachte regelmäßig Weihrauch mit, aus den niederen Landen und ...« Er kichert wieder los, freut sich über sein Wortspiel. »Weihrauch, niedere Lande, hast du's kapiert?«

»Ich bin nicht blöd«, sage ich.

»Und sie nahm alles, aber ihn stieß sie fort. Da hörte er von einem ganz besonderen Stoff, der Flügel verleiht und den brachte er ihr als Geschenk. Sie verfiel dem Fliegen mit Haut und Haaren und schließlich bezahlte sie ihn mit allem, was er wollte.« Wieder platzt er los, lacht lauthals. »Ist das nicht eine tolle Geschichte, Sanne?« fragt er.

Ich starre ihn an, kann nicht glauben, was er da gerade erzählt hat.

»Du warst das? Du hast ihr den Stoff besorgt? Du hast immer gesagt, Heroin sei tabu ...«

»Wie ich schon sagte, Sanne, du hast immer alles geglaubt. Das habe ich so an dir gemocht.« Jetzt schmiegt er sich wieder an mich, ich versuche ihn von mir wegzuschieben, mir ist plötzlich ganz schlecht vor Ekel, aber er ist schwer, hängt schwer an meinem Arm.

»Heroin war damals im Kommen, es wäre doch dumm gewesen, nicht ins Geschäft einzusteigen. Ob ich nun Hasch oder H geschmuggelt habe, das Risiko an der Grenze aufzufliegen, war das gleiche.« Er kichert zufrieden. »Dann schon lieber für etwas, das sich auch lohnte. Und nicht nur kohlemäßig.«

Endlich gelingt es mir, ihn wegzustoßen. Er lacht immer noch.

»Jaja, Tine, der eiskalte Engel. Was meinst du, wie lieb und anschmiegsam sie wurde, wenn sie Nachschub brauchte. Gut, später war sie dann nur noch eine alte, widerliche Schlampe, die hätte ich mit der Kneifzange nicht mehr angerührt. Aber es war doch immer wieder schön, sie betteln zu sehen, in den vielen, vielen Jahren, wo sie immer hässlicher wurde und ...«

»Du Schwein!«

Wie ein Geschoss taucht Benno aus der Dunkelheit auf, stürzt sich auf Hotte, es geht alles blitzschnell, Hotte, der einen gewaltigen Stoß in den Rücken bekommen hat, fliegt nach vorne, geht zu Boden und dann höre ich ein Geräusch, als ob etwas zerreißt und gleichzeitig Hotte, der röchelnd die Luft einzieht, röchelt, röchelt. Dann ist es still.

Benno steht neben mir, er zittert am ganzen Körper.

»Ruhig«, sage ich und lege ihm den Arm um die Schultern. »Ganz ruhig, Benno! Setz dich hin.« Gehorsam lässt er sich ins Gras sinken, beginnt zu schluchzen. Ich gehe vorsichtig drei Schritte in Hottes Richtung.

»Hotte?«

Keine Antwort. Er liegt am Boden, rührt sich nicht. Und ich sehe noch etwas: die Konturen eines Pfahls, der aus seinem Rücken ragt. Er ist direkt in den Zaun gestürzt.

Scheiße! Ich brauche ihm nicht den Puls zu fühlen, das war's, das seh ich direkt. Okay, eins nach dem anderen, Susan. Notarzt rufen, Benno beruhigen, Polizei. Und dann? Hotte kann keiner mehr helfen, und im Moment ist mir das auch egal, er war ein verlogenes Schwein, Benno ist wichtiger, Benno hat genug gelitten, Benno darf nichts passieren.

Ich gehe drei Schritte zurück, fasse Benno an der Hand und sage leise: »Komm mit rein, wir tanzen, wir haben die ganze Zeit getanzt, hörst du. Und wir haben ein bisschen über alte Zeiten geplaudert, draußen. Hotte war spazieren.«

»Aber …« sagt Benno

»Nein«, sage ich, »Hotte war spazieren, allein.«

Das Gleiche sage ich auch Gitta. Dass Hotte spazieren gegangen ist. Und dass Benno und ich schon länger wieder da sind, sie hat uns nur nicht gesehen, wir standen hinten und Benno hat mir von Tine erzählt und sieht darum so mitgenommen aus.

Dann tanze ich mit Benno, der die ganze Zeit abwesend vor sich hin starrt.

Nico singt »All tomorrow's parties« und ich sehe Tine vor mir, wie sie an der Bar stand, mit ihren langen blonden Haaren, keine Femme fatale, nur ein schüchternes, unsicheres Mädchen.

Während ich ein Taxi rufe, hat Gitta Benno unter ihre Fittiche genommen, sie hat den Arm um ihn gelegt, redet leise, tätschelt ihm die Schulter. Sie wirkt fast wieder nüchtern, erstaunlich. Ab und zu wirft sie mir einen prüfenden Blick zu, aber ich schaue in die andere Richtung.

»Willst du nicht mal nach Hotte sehen?«, fragt sie.

»Ach«, sage ich, »der rennt irgendwo rum. Ehrlich gesagt bin ich ganz froh, dass er mal die Finger von mir lässt.« Ich versuche ein verlegenes Lächeln. »Dieses ganze Sanne-Sanne-Gerede … der wurde zu anhänglich, immerhin bin ich glücklich verheiratet.«

»Sicher«, sagt Gitta.

Dann sagt sie nichts mehr, sie scheint sich auch nicht darüber zu wundern, dass ich mit Benno ins Taxi steige und etwas von »Komm gleich zu dir, bring ihn nur sicher nach Hause « murmele.

Und nach Hotte fragt sie gar nicht mehr.

Am nächsten Morgen sind wir schon auf dem Weg zum

Flughafen, als ihr Handy bimmelt. Sie drückt auf die Freisprechanlage und ich erkenne Jürgens Stimme ganz flach und gepresst. Unfall, sagt er. Hotte im Dunkeln gestürzt, volltrunken. Dieser Scheißzaun, er hätte es wissen müssen, seine Schuld, er hat den Saal gemietet …

Wir beruhigen ihn beide, nein, Jürgen, du kannst nichts dafür, wie schrecklich, armer Hotte, oh Gott, wie fürchterlich. Dann fahren wir schweigend weiter, den ganzen Morgen haben wir geschwiegen, nur ein paar Floskeln ausgetauscht, »Kaffee oder Tee?«, »Hast du das Ticket?«, eine Art Code, um uns zu versichern, dass zwischen uns alles stimmt, es etwas anderes ist, das uns hat verstummen lassen.

Gitta fährt ins Parkhaus, schleicht geradezu die Rampe hoch, der Schwung von gestern ist uns beiden abhanden gekommen. Sie parkt, macht den Motor aus, atmet aus und wendet sich dann zu mir.

»Sanne«, sagt sie, » mach dir keine Sorgen. Wir sind zu dritt wieder in den Saal gekommen und ich habe euch die ganze Zeit gesehen. Hotte war allein spazieren.«

»Ja«, sage ich, wage es aber nicht, ihr in die Augen zu blicken.

»Ich pass auf Benno auf. Ich habe immer auf Benno aufgepasst. Und ich kann schweigen.« Nun ist sie diejenige, die geradeaus guckt, mich nicht anschaut. »Tine war eine blöde Kuh, hat‘s nicht geregelt gekriegt! Dieses jahrelange Hin und Her. Und Benno ging dabei drauf. Darum habe ich keinen Krankenwagen gerufen, als ich sie bei ihnen zu Hause auf dem Klo gefunden habe. Die Terrassentür stand auf, Benno war unterwegs und ich hab die Terrassentür zugezogen und bin gegangen. Es war besser für ihn.«

Im Flieger starre ich auf die Wolken. Arme Tine. Ich habe sie gemocht, sie war immer ruhig und freundlich in ihrem braunen Nappaledermantel.

Ich will nach Hause. Ich will zu Denis.

Puppenspiel

Sabine Trinkaus

Ich mag die Puppen nicht. Graubraune Stoffpuppen sind das, Babykram, dabei bin ich schon fünf.

Ich soll trotzdem mit den Puppen spielen.

Zu Hause habe ich eine Barbie mit langen, blonden Haaren und schönen Kleidern. Die habe ich mir gewünscht.

»Perverser, überteuerter Ami-Dreck!«, hat Tante Lenchen gebrüllt, mitten im Laden. »So was kommt mir nicht ins Haus!« Alle haben geguckt, und ich war ganz still, denn wenn Tante Lenchen sich aufregt, dann ist es besser, wenn man still ist.

Sie kann nichts dafür. Das hat mir Onkel Karl erklärt. Man nennt das cholerisch. Wenn Tante Lenchen sich aufregt, dann sagt und macht sie Sachen, die ihr hinterher manchmal leidtun. Das wird nicht besser, wenn man alt ist, sagt Onkel Karl, das kommt so über sie, aber sie hat dich trotzdem sehr lieb. Das stimmt und deshalb lag dann am Ende ja auch die Barbie unter dem Weihnachtsbaum.

Auf dem Stuhl am Fenster sitzt eine Frau. Sie hat eine komische Brille, hält einen Block auf den Knien, und ich soll mich von ihr nicht stören lassen, hat der Doktor gesagt. Sie sitzt da und schaut und manchmal schreibt sie etwas auf den Block. Ich würde gerne fragen, was sie da schreibt, aber das geht nicht, weil ich ja nicht rede. Deshalb bin ich hier. Das habe ich mir selber zuzuschreiben, würde Tante Lenchen sagen, aber die muss draußen warten. Das hat sie sich auch selber zuzuschreiben, so, wie sie den Doktor angebrüllt hat, vorhin.

»Was zum Henker ist los mit dem Kind?«, hat sie geschrien. »Jetzt reden Sie mal Klartext, Sie Quacksalber!«

Dem Arzt hat das nicht gefallen. Er hat böse geguckt und dann hat er etwas von einem Trauma gesagt. Ich weiß nicht, was ein Trauma ist, aber es klingt nach Traum und daran sieht man, dass Tante Lenchen Recht hat. Der Doktor versteht gar nichts.

Ich merke, dass meine Hände doch angefangen haben zu spielen. Dabei will ich gar nicht. Aber manchmal hören die Hände nicht auf mich, und deshalb haben sie eine Puppe als Doktor genommen und eine als Tante Lenchen. Ich habe alles gespielt, bloß ohne Reden und deshalb weiß ich nicht, was die Frau mit der blöden Brille da aufschreibt die ganze Zeit. Ich nehme die Doktorpuppe und werfe sie weit weg. Ich greife nach einer anderen Puppe und nenne sie Onkel Karl, dabei sieht sie ihm kein bisschen ähnlich. Sie hat keine Brille und nicht viele, lustige Falten im Gesicht und auch keinen Bart und keinen runden Bauch. Sie sieht nicht nett aus, so wie Onkel Karl. Der spielt mit mir, und wir essen Schokolade und machen Witze. Onkel Karl ist netter als Tante Lenchen, aber er kann eine Menge Sachen nicht. Kochen zum Beispiel und das Haus sauber halten. Er ist bloß ein alberner alter Kerl, sagt Tante Lenchen. Das gefällt mir gut und ihr auch. Aber sie kümmert sich um das Wichtige, sie kocht, sie wäscht Wäsche. Sie bringt mich zum Kindergarten und zum Turnen, und wenn ich ungezogen bin, schimpft sie. Abends liest sie mir was vor.

Sie macht alles, was sonst Mütter machen. Das muss sie, weil meine Mutter tot ist und mein Vater auch. Und sogar Oma und Opa. Die haben alle zusammen in dem Auto gesessen, als der Unfall passiert ist. Deshalb habe ich nur noch Tante Lenchen und Onkel Karl und in Wirklichkeit sind sie Großtante und Großonkel. Wir wohnen zusammen in einem großen Haus, das noch älter ist als Tante Lenchen und Onkel Karl.

Tante Lenchen ist eigentlich wie alle anderen Mütter, bloß eben alt und cholerisch. Sie hat graue Locken, die lässt sie sich einmal die Woche machen.

Gerade kommt sie zurück in die Küche, wo Onkel Karl sitzt und auf mich aufpasst.

»Wer ist diese Frau?«, ruft die Onkel Karl-Puppe, aber nur in meinem Kopf. »Ein Filmstar? Eine Schönheitskönigin?«

»Du bist ein alberner, alter Kerl«, sagt Tante Lenchen.

»Bei Gott!«, ruft Karl. »Es ist das Lenchen!«

Ich muss lachen.

»Das ist zu schade!«, ruft Onkel Karl. »Dann ist sie meine Halbschwester. Wäre sie das nicht, ich würde sie zum Tanzen ausführen, bis es kracht!«

Tante Lenchen guckt streng, aber man merkt, dass ihr das trotzdem gefällt, und dann trinken sie einen Schnaps zusammen, weil Samstag ist, und sie reden und ich sitze da und höre zu.

»Ich hatte es nicht leicht im Leben!«, sagt Lenchen. »Meine Mutter ist zu früh gestorben und dann hat mein Vater deine Mutter geheiratet. Die konnte mich nicht leiden und ich musste immer nur arbeiten. Und ich habe nichts geerbt, das ist sehr ungerecht.«

»Das ist es«, sagt Karl. »Aber du bist immer meine Lieblingsschwester gewesen und darum wohnst du hier, mit mir, und das Haus gehört dir genauso wie mir, egal, was auf dem Papier steht.«

»Ich bin zu alt«, sagt Lenchen. »Ich schaffe das alles nicht mehr, mit dem Kind und dem Haus.«

»Das schaffst du spielend«, sagt Onkel Karl. »Und ich helfe dir, und wir sind beide froh, dass wir den Sonnenschein haben.«

Sonnenschein, das bin ich.

»Jetzt muss ich aber kochen«, sagt Tante Lenchen. »So geht das nicht, am helllichten Tag hier sitzen und Schnaps trinken, das sieht dir wieder ähnlich!«

Die Karlpuppe lächelt.

Die Frau kritzelt und kritzelt. Ich möchte ihr sagen, dass ich ihre Brille doof finde, aber das sagt man nicht, schon gar nicht zu Erwachsenen. Sie macht mich irgendwie wütend mit ihrem Geschreibe. Dabei weiß sie gar nicht, was ich spiele. Wenn man die Worte nicht hört, dann weiß man das nicht. Um das zu beweisen, spiele ich weiter ‚in der Küche', aber diesmal ganz anders.

»Es sind nur alte Bäume«, sagt Karl. »Ich weiß, du hängst

daran, aber wir haben keine Wahl! Die Leute brauchen Garagen, sie zahlen viel Miete für eine Garage. Das Grundstück ist riesig. Wir halbieren die Fläche und ziehen einen Zaun, wir sehen nichts davon.«

Sonnenschein wundert sich, dass Onkel Karl etwas so Dummes sagt. Die Apfelbäume sind Lenchens Ein und Alles, das weiß jeder, auch Onkel Karl. Ihre Mutter hat sie gepflanzt, als Lenchen noch klein war. Sie sind das Einzige, was ihr von ihrer Mutter geblieben ist, das sagt sie ganz oft. Und im Frühling blühen die Bäume, das sieht schön aus und im Herbst, wenn kleine, saure Äpfel an den Bäumen hängen, dann tut Lenchen so, als wären die sehr lecker.

»Nur über meine Leiche!«, schreit sie.

»Wir haben keine Wahl«, sagt Karl. »Wir brauchen ein neues Dach. Das ist teuer. Wir brauchen das Geld. Du musst vernünftig sein.« Das sagte Onkel Karl, obwohl man in Tante Lenchens Augen sehen kann, dass das Cholerische schon fast da ist.

»Das wagst du nicht«, sagt sie, ganz leise.

Karl seufzt. »Ich kann es mir doch nicht aus den Rippen schneiden! Die Rente reicht vorn und hinten nicht. Das Dach, die Heizung …«

»Das ist mir egal!«, kreischt Lenchen.

»Der Bauantrag ist schon genehmigt«, sagt Karl. »Es gibt nichts zu diskutieren!«

»Hinter meinem Rücken!«, schreit Lenchen.

»Sei doch vernünftig!«, sagt Karl. Aber das will Lenchen nicht, und sie kann es auch nicht, das weiß er doch, es kommt so über sie, das hat er selbst Sonnenschein erklärt.

»Ich bring mich um!«, schreit sie. Sonnenschein wird ganz kalt. Sie ist cholerisch, aber wenn sie das tut, dann hilft alles Leidtun nichts, danach, dann kann es ihr leidtun, wie es will, denkt Sonnenschein. Dann muss Sonnenschein ins Heim, weil Onkel Karl kann nicht mal kochen. Und im Heim ist es schlimm, das hat Lenchen ihr gesagt, als sie einmal sehr ungezogen war.

»Beruhige dich!«, sagt Karl und Sonnenschein ärgert sich ein bisschen, dass er das sagt, obwohl er doch weiß, was los ist. Lenchen springt auf und rennt nach oben. Sie heult ganz laut. Und Sonnenschein wird noch kälter und sie fängt auch an, zu weinen.

»Nun wein nicht!«, sagt Onkel Karl. »Sie beruhigt sich schon wieder!« Aber Sonnenschein glaubt das nicht. »Ich hasse dich!«, schreit sie, dabei stimmt das gar nicht wirklich. Aber sie hat Angst, das macht sie ganz wütend. Darum rennt sie auch, sie rennt nach draußen, in den Garten zu den Apfelbäumen, und sie weint.

Onkel Karl holt sie ein. Er keucht. Das liegt an der Angina. Er hat eine Angina, nicht so eine mit Halsweh, sondern eine am Herz, die nie weggeht. Deshalb kriegt er manchmal keine Luft und muss ein Spray in seinen Mund sprühen. »Sonnenschein«, keucht er nun und wühlt in seiner Tasche. »Jetzt beruhige dich! Du kennst sie doch!« Aber genau deshalb weint Sonnenschein ja, sie denkt an Tante Lenchen und das Cholerische und jetzt will sie zu ihr. Ganz schnell, um sie zu trösten und um auf sie aufzupassen. Sie will losrennen, aber Onkel Karl hält sie an der Schulter fest. »Warte!«, sagt er. »So warte doch!« Er hat das Spray in der Hand und auf einmal tun Sonnenscheins Hände etwas, das sie gar nicht dürfen, einfach so. »Fang mich«, ruft Sonnenscheins Mund. »Los, fang mich doch!« Und Sonnenscheins Beine rennen, sie rennen aufs Haus zu. Und Sonnenscheins Ohren hören nicht, wie Onkel Karl ruft: »Hör auf!« Sie hören nicht, wie er keucht: »Lass den Unsinn, bitte, komm zurück!« Sonnenscheins Ohren hören nichts davon, denn ihr Mund ruft ganz laut. »Tante Lenchen«, ruft er, »komm raus, komm schnell, wir spielen fangen!«

Es ruft in meinem Kopf, natürlich, die Frau mit der doofen Brille soll das nicht hören. Aber trotzdem geht die Tür auf und Tante Lenchen kommt in den Raum. »Schluss jetzt«, sagt sie und streckt ihre Hand aus. »Schluss mit dem Kasperletheater!«

»Was soll das?«, sagt die Frau. »Wir sind noch nicht fertig!«

Tante Lenchen guckt sie sehr böse an. »Das ist doch lächerlich, was Sie da machen«, sagt sie. »Spielen kann das Kind auch zu Hause! Und deshalb gehen wir jetzt!« Sie sieht mich an und ich stehe schnell auf und gehe zu ihr.

»Auf Wiedersehen«, sagt Tante Lenchen und die Frau springt auf und sie sagt: »Das können Sie nicht machen!«.

»Und ob ich das kann«, sagt Tante Lenchen und knallt die Tür hinter uns zu.

Ich freue mich, dass ich nicht mehr spielen muss. Ich mag das, was dann kommt, sowieso nicht spielen.

Wie Onkel Karl im Gras liegt und Sonnenschein doch zu ihm läuft. Das Spray liegt irgendwo im Gras, weit weg, und dann kommt Tante Lenchen. »Oh Gott«, sagt die, immer wieder. Und dann kommt der Krankenwagen und die Männer nehmen Onkel Karl mit und er kommt nie wieder nach Hause.

Das macht Sonnenschein traurig.

Ich muss ein bisschen weinen. Tante Lenchen drückt meine Hand ganz fest. »Wein nicht«, sagt sie. »Das war eine dumme Idee von mir. Wir brauchen diese Idioten nicht.« Sie sieht mich an, ganz ernst und dann sagt sie: »Wir schaffen das schon, Sonnenschein!« Und ich nicke und denke »Ja«, so laut, wie ich das denken kann. Ich bin wirklich froh, dass ich nicht mehr mit den Puppen spielen muss. Ich mag die Puppen nicht.

Der Apfel des Hofrats

Gitta Edelmann

»Die drei Grazien! Küss die Hand!«

Der Hofrat ist heute besonders charmant. Gertrud, Ilse und ich lächeln ihn an, als er sich zu uns an den Tisch setzt.

Wie es Franz-Xaver Hrdlicka aus Wien hierher verschlagen hat, hat er uns zwar immer noch nicht verraten, aber er ist eine Bereicherung, ja, einwandfrei eine große Bereicherung. Wenn auch sein Haar völlig weiß ist, so ist es doch voll und wellig und sein aufrechter, leicht federnder Gang könnte auch einem Jüngeren gut anstehen. Dazu dieses Zwinkern im linken Auge ... Man könnte wirklich schwach werden.

Doch leider kann man nicht, denn der Hofrat verteilt seine Gunst unter uns dreien völlig gleichmäßig. Ja, er scheint uns sogar als eine Einheit zu betrachten. ‚Die drei Grazien' nennt er uns oder gar ‚die drei Göttinnen'. Wie gut, dass wir nicht zu siebt sind, denke ich manchmal. Sonst würde er uns am Ende die sieben Zwerginnen nennen.

Wir haben den Hofrat vor einiger Zeit zufällig beim Seniorenfrühschoppen kennen gelernt. Er stand mit seiner Bratwurst plötzlich an unserem Tisch und fragte, ob ein Platz frei sei. Wie das so ist, wir kamen ins Gespräch. Und seitdem gehört der Hofrat zu unserer freitäglichen Runde.

Dieses Mal sitzen wir im Café Schlossmühle bei einem richtigen Kännchen Kaffee, nicht diesem neumodischen Milchkaffeezeug mit Schnickschnack. Dazu gönnen wir uns jede ein Stück schwedischer Apfeltorte.

Ein bisher ungekannter Hauch von Spannung liegt in der Luft. Ich glaube, er kommt von Gertrud. Sie rutscht auf ihrem Stuhl hin und her wie früher auf der Schulbank, wenn sie etwas sagen wollte und nicht dran war.

Ilse dagegen wirkt völlig entspannt. Sie hat sich zurück gelehnt und ihre immer noch schönen Beine malerisch übereinander geschlagen. Ihr Rock ist kürzer als am letzten Freitag und ihre dunklen Haare glänzen frisch gefärbt.

Ich spüre wieder das Stechen im rechten Knie. Muss wohl doch noch mal zum Arzt gehen. So kann ich unmöglich tanzen. Falls er mich überhaupt wählt. Ich merke, dass auch ich nervös werde.

Die Bedienung serviert dem Hofrat ein Stück Schwarzwälder Kirschtorte. Gertrud räuspert sich.

»Herr Hofrat«, beginnt sie. Der Hofrat lächelt. Wahrscheinlich ist er gar kein Hofrat, denke ich. Aber Hrdlicka ist nun einmal kein Name, den ein normaler Mensch aussprechen kann. Und als Gertrud ihn damals spaßhaft mit Herr Hofrat anredete, hat er nicht widersprochen.

»Wir kennen uns nun schon einige Zeit«, sagt Gertrud, »und so haben wir beschlossen, Ihnen das Du anzubieten. Ich bin die Gertrud!«

»Meine Damen, ich bin geschmeichelt.«

Der Hofrat strahlt.

»Da müssen wir doch Champagner bestellen. Fräulein ...«

Er winkt der Bedienung.

»Ilse«, sagt Ilse mit ihrer rauen Stimme, wegen der sie schon aus dem Schulchor geflogen ist.

»Marie«, füge ich hinzu.

»Ich bin der Franz«, sagt der Hofrat. Natürlich wissen wir das, aber die Form muss doch gewahrt bleiben.

Wir verschränken also brav die Arme, trinken einen Schluck Champagner und geben Küsschen. Franz scheint das sehr zu genießen. Ich beobachte ihn genau. Vielleicht lässt sich schon absehen, wer von uns am nächsten Samstag die Glückliche sein wird. Hat er Gertrud nicht etwas länger angelächelt? Oder hat es etwas zu sagen, dass sein Blick immer wieder auf Ilses Waden fällt? Ich bin auch nicht sicher, ob es Absicht war, dass sein Bein unter dem Tisch gerade meines berührt hat.

Aber gleich werde ich es wissen.

Gertrud kramt in ihrer Handtasche. Sie zieht einen goldgelben Apfel heraus und legt ihn die Mitte unseres Tisches.

»Lieber Franz«, sagt sie feierlich. Sie macht das gut, finde ich. Sie war immer schon die Redegewandteste von uns.

»Du hast uns zum Tanztee eingeladen. Wir fühlen uns sehr geschmeichelt, sind jedoch der Meinung, dass es etwas unpassend ist, wenn wir alle drei mit dir gehen.«

Franz sieht sie fragend an.

»Wir haben uns daher besprochen und sind zu der Entscheidung gekommen, dass du wählen sollst.« Gertrud zeigt auf den Apfel, der unschuldig auf dem Tisch liegt und nicht weiß, über welches Schicksal er entscheiden wird.

Franz lächelt und zwinkert.

»Meine drei Göttinnen«, sagt er. »Es ist mir unmöglich, zwischen euch zu wählen!«

Dennoch nimmt er den Apfel in die Hand und schaut ihn nachdenklich an. Dann legt er ihn vor sich neben seinen Kuchenteller.

Gertrud, Ilse und ich sehen uns an. Damit haben wir fast schon gerechnet. Und ich habe glücklicherweise auch vorgesorgt, um das Zünglein an der Waage zu meinen Gunsten zu bewegen.

»Denk ruhig noch etwas nach«, sagt Ilse und klimpert mit ihren künstlichen Wimpern. »Es reicht, wenn du mir ... oder Gertrud oder Marie den Apfel zum Abschied gibst.«

Natürlich ist ab jetzt an eine entspannte Stimmung nicht zu denken.

»Haben die Göttinnen Paris damals nicht gewisse Angebote gemacht?«, fragt Franz nach einer Weile.

»Ich lade dich zu einem Menü ein«, sagt Gertrud sofort, »mit allem Drum und Dran.«

Mir läuft unversehens das Wasser im Mund zusammen. Gertrud ist die beste Köchin, die ich kenne.

»Ich könnte dir einen Wellness-Abend anbieten. Mit Klangschalenmeditation und Massage«, sage ich schnell.

Franz sieht Ilse an.

»Ich bin nicht so begabt wie Gertrud und Marie«, sagt sie kokett. »Aber ich würde gerne mit dir ins Kino gehen und anschließend könnten wir bei mir noch etwas trinken ...«

Boah! Ist das dreist?

Franz nimmt wieder den Apfel in die Hand und dreht ihn.

»Drei verlockende Angebote«, sagt er, dann legt er den Apfel wieder ab.

Ilse greift schwungvoll nach ihrem Champagnerglas und wirft dabei Franz' Glas vom Tisch. Glücklicherweise war es schon fast leer, aber einen Riss hat es doch bekommen.

»Oh, Entschuldigung. Ich hole dir ein neues«, sagt Ilse und springt auf. Sie kommt mit einem frischen Glas zurück und gießt Franz sofort wieder ein.

»Oh, mein Ohrring«, jammert Gertrud. »Er ist gerade auf den Boden gefallen.«

Tatsächlich. Während eine Perle ihr linkes Ohrläppchen schmückt, ist im rechten nur ein Loch. Natürlich helfen wir ihr beim Suchen. Ich muss unwillkürlich kichern, als ich Franz auf allen vieren unter dem Tisch begegne. Er zwinkert mir zu und rettet Gertruds Perle.

»Nun wollen wir noch einmal anstoßen«, sagt Franz und hebt sein Glas.

Jetzt muss es sein.

»Nein, seht euch das an!«, rufe ich und schaue aus dem Fenster.

Natürlich drehen sich die anderen drei Köpfe auch herum und starren hinaus. Viel Zeit ist nicht, aber sie reicht, um die vorbereitete Flüssigkeit in Franz' Glas zu träufeln.

»Was ist denn?«, fragt Gertrud.

»Hast du nicht das Kind mit dem riesigen Hund gesehen?«, frage ich zurück, obwohl weder ein Kind noch ein Hund vorbei gegangen sind.

Gertrud zuckt mit den Schultern.

»Lasst uns jetzt austrinken und dann kann sich Franz entscheiden«, sagt sie entschlossen.

»Und keine von euch ist beleidigt, wenn ich eine andere wähle?«, vergewissert sich Franz.

Wir schütteln die Köpfe.

»Ex!«, sagt Ilse und leert ihr Glas in einem Zug.

Franz macht es ihr nach, während Gertrud und ich nur am Glasrand nippen. Dann greift er wieder nach dem Apfel.

Mein Herz klopft bis in den Hals. Hoffentlich wirkt das Beruhigungsmittel schnell genug. Dann wird er sich sicher für den Wellness-Abend entscheiden, weil er sich nur noch nach Entspannung sehnt.

Er sieht mich an. Doch irgendwie scheint er durch mich hindurch zu sehen. Ganz blass ist er geworden und kleine Schweißperlen stehen ihm auf der Stirn. Dann wird sein Blick plötzlich glasig und er kippt seitlich vom Stuhl. Der Apfel rollt unter den Nachbartisch. Bewegungslos bleibt Franz liegen.

»Herr Hofrat, Franz!«, ruft Ilse und fällt neben ihm auf die Knie. Gertrud fummelt nach ihrem Handy und wählt die 112. Ich sitze wie erstarrt. Ich habe Franz umgebracht.

Der Notarzt kann nur noch den Tod feststellen.

»Hatte der Mann Herzprobleme?«, fragt er.

Wir nicken, obwohl wir keine Ahnung haben.

»Na, dann waren ihm die drei Grazien wohl zu viel«, versucht der Sanitäter zu scherzen.

»Geschmacklos«, sagt Gertrud. Auch sie sieht ganz blass aus.

Wir bleiben noch, als Franz' Leiche längst abtransportiert ist.

»Ich bin schuld«, sage ich schließlich. »Ich habe ihm was in den Sekt geschüttet.«

»Marie!«, ruft Gertrud entsetzt.

»Nur ein leichtes Beruhigungsmittel«, gebe ich zu. »Damit die Entspannung am Wellness-Abend verlockender wird. Aber wirklich nur eine kleine Dosis.«

Gertrud hört gar nicht auf, den Kopf zu schütteln. »Wechselwirkungen«, sagt sie. Wir starren sie an.

»Ich hatte ihm einen Appetitanreger ins Glas gegeben, damit

er sich für mein Menü entscheidet.«

Ilse schlägt die Hände vors Gesicht. Ihre Schultern beben. Behutsam versuche ich ihr ein Taschentuch zu reichen. Ich hätte Ilse einen solchen Gefühlsausbruch nie zugetraut.

»Zu viel«, sagt sie schließlich und nimmt das Taschentuch, um ihre Tränen zu trocknen. Lachtränen, erkenne ich überrascht.

»Wir waren wirklich zu viel für den armen Hofrat«, erklärt sie. »Beruhigungsmittel, Appetitanreger und Viagratropfen – das hat ihn umgehauen!«

Tja, und irgendwie ist sein Tod ja auch eine Entscheidung. Nur schade um den schönen Tanztee.

Weihnachten mal anders

Sibylle Zimmermann

Sie: Natürlich ist es zu Hause gemütlicher und meine Küche ist sehr praktisch eingerichtet, aber ich fand es trotzdem eine gute Idee, nach all den Jahren, es sind immerhin fünfzig, davon neunundvierzig verheiratet, unglaublich, und wenn man mal vom allerersten Jahr absieht, so was wie Romantik, Zeit nur für uns, hatten wir eigentlich nie. Denn da kamen zügig die Kinder, eins, zwei und dann noch mal drei und als das erste groß war, meine Tochter Sabine, und schon zwei Enkelkinder da waren, war das letzte gerade in der Pubertät, daher dachten wir uns, also erst ich, dann auch Horst, es wäre schön …

Er: … Weihnachten mal anders zu feiern. Anna hat es die ganzen Jahre immer toll gemacht, das muss man ihr lassen. Dekoration, Geschenke, das Essen, die Weihnachtskekse und der ganze Kram.

Sie: … einmal nur zu zweit zu sein. Es war immer so ein Rummel, immer standen die Kinder im Mittelpunkt, erst die eigenen, dann die Enkel, so wie wir es ja haben wollten, aber als ich so zurückdachte, konnte ich mich gar nicht mehr erinnern, wie er wirklich war, wenn er gerade nicht der funktionierende Vater und Opa und mittlerweile sogar Uropa war. So hatte ich die Idee, wir beide könnten mal ohne die große Schar feiern, Weihnachten …

Er: … mal anders.

Sie: … nur zu zweit. Tja, eigentlich hätte ich es ahnen können. Wir hatten uns schon lange nichts mehr zu sagen, aber da waren immer mindestens noch fünf Münder um uns herum, in letzter Zeit oft zehn, die irgendwas plapperten, da verdrängt man das halt.

Er: *Ich* dachte die ganzen Jahre, wir verstünden uns gut. *Ich* habe nicht damit gerechnet!

Sie: Und wenn ich mich an den Anfang erinnere: Wir hatten

uns doch eigentlich gemocht. Er war so wunderbar kräftig, so ... massiv. Dass mich dieses Massive mal - aber lassen wir das. Jedenfalls hatten wir damals eine Radtour gemacht und schliefen auf einem Feld irgendwo unterwegs im Heu, ich weiß es noch wie heute. Wir unterhielten uns ganz ernsthaft über, das mag vielleicht ein bisschen morbide klingen, den Tod.

Er: Abseits von dem, was man aus der Bibel gelernt hat, macht sich ja jeder so seine Gedanken. Jeder hat seinen ganz eigenen Glauben. Das Ungewöhnliche war, dass wir beide genau die gleichen Vorstellungen hatten. Das war wirklich unglaublich.

Sie: Es war der romantischste Abend meines Lebens, wie wir so da lagen, ich in seinen kräftigen Arm gekuschelt, die Sterne funkelten über uns und er erzählte mir, dass er glaube, wir würden, wenn wir tot wären, aufsteigen, aber nicht gleich, ein paar Tage wären wir noch in der Nähe. Ich setzte mich auf und sah ihn verblüfft an. Ich hatte genau die gleiche Vorstellung, was vielleicht daher kam, dass ich, als mein geliebter Großvater starb und ich an seinem Bett saß und weinte, exakt dieses Gefühl hatte, dass er noch im Raum war. Ich stellte mir vor, er schwebte kurz unterhalb der Decke, unsichtbar, aber doch deutlich zu fühlen.

Er: Das Tollste war, dass wir uns beide so eine Theorie zurechtgelegt hatten. Dass der Tote, solange er in der ersten Zeit noch in der Nähe ist, sogar Gegenstände bewegen kann. Irgendwie beeinflussen.

Sie: Als ich damals bei Großvater am Bett saß, fiel ein Kreuz von der Wand, ganz plötzlich, ohne jeden Grund, und ich wusste, das war *er*, er gab mir ein Zeichen, dass er an mich dachte, zum Trost, und Horst gestand mir an jenem Abend im Heu, er glaube das auch.

Er: Ja, es war wirklich ungewöhnlich. Aber solche Übereinstimmungen werden manchmal doch sehr überschätzt. Nicht dass unsere Ehe so schlecht gewesen wäre, wir waren viel zu beschäftigt, um allzu viel aneinander zu geraten, aber außer jener Übereinstimmung damals, also ich weiß nicht, ob da viel mehr war?

Sie: Ich fand, so ein Weihnachten nur zu zweit, als wären wir noch jung, das wär's. Es sollte perfekt sein. Im Schnee, ein kleines Haus, Idylle, Romantik, ein offener Kamin … vielleicht wäre es ein bisschen wie eine neue Liebe. So hatte ich mir das vorgestellt.

Er: Ich wage zu behaupten, ohne den offenen Kamin wäre das alles nicht passiert.

Sie: Meine Tochter hat es uns ausgesucht, im Internet, und es war dann in der Realität sogar noch schöner als auf dem Foto. Ein alter Schwarzwälder Bauernhof mit tief runtergezogenem Dach und einer herrlich gemütlichen Küche. Etwas niedrig, aber wir sind ja nicht besonders groß. Die hatten früher alles unter einem Dach, da lebten Tiere und Menschen dicht nebeneinander und heute ist es umgebaut und aus dem Stall wurde eine Garage, da konnten wir unser Auto abstellen. Die Vermieterin, eine nette Frau in den Vierzigern mit apfelroten Wangen, hatte alles vorbereitet, Scheite neben dem Kamin und jede Menge Konserven als Vorrat, falls uns mal das Essen ausgeht. Die Konserven allerdings konnte man nur über eine steile Leiter erreichen, denn sie lagerten in einem Speicher über der Garage, da sich der Keller gerade im Ausbau befand, es sollte ein neuer Boden rein und später dann mal eine Sauna.

Er: Das mit der steilen Leiter ist ein Detail, das ich sehr mag.

Sie: Nicht dass ich an Sex auf einem Tigerfell gedacht hätte, aber ich muss zugeben, nach all den Jahren »hastig-hastig« hatte ich mir schon ein paar genüssliche Vorstellungen zu dem Kamin gemacht. Ein ruhiger Nachmittag, erst ein gemütlicher Spaziergang draußen, dann das Knistern des Feuers, wir ganz allein, alle Zeit der Welt …

Er: Tatsächlich kann ich diesbezüglich noch voll meinen Mann stehen, voll!

Sie: Und dann lief irgendwie alles schief. Es fing, wie hätte es anders sein können, mit den Geschenken an. Ich habe sie die ganzen Jahre geduldig ertragen, diese praktischen Sachen, aber musste das dieses Mal auch sein? Ein elektrisches Bratenmesser!

Er: 250 Watt. Geht durch den Braten wie durch Butter. Mit Spezialmesser für Tiefgekühltes. Der Mercedes unter den Bratenmessern!

Sie: Wenigstens einmal ein Parfüm. Ein richtig teures, Chanel Nummer 5 oder so. Oder ein wirklich schönes Schmuckstück. Nachdem ich die Verpackung aufgemacht hatte, stand ich da wie vom Donner gerührt, ich konnte es nicht glauben. Die ganzen Jahre war es okay mit den Geschenken, aber nicht dieses Mal, dieses Mal wollten wir doch Weihnachten einmal …

Er: … ganz anders feiern, ich weiß.

Sie: So ging es los und so ging es gerade weiter. Das Essen am Heiligen Abend war alles andere als ein Genuss. Er hatte angeboten, das Hauptgericht zu kochen, und so saßen wir zum ersten Mal an Weihnachten vor einer verkohlten Gans – er hatte die ganzen Jahre immer damit geprahlt, wie köstlich die Gans nach dem Rezept seiner Mutter sei und mich enorm unter Erfolgsdruck gesetzt und dann das!

Er: Die Gans meiner Mutter *war* köstlich, nicht zu vergleichen mit Annas Gans.

Sie: Und schließlich, beim Dessert, eskalierte die ganze Sache. Es war sein und mein Lieblingsdessert, Mousse au chocolat, nach einem original französischen Rezept. »Mh«, sagte er, »die Mousse schmeckt wirklich gut, aber der Grand Marnier schmeckt doch ein bisschen zu sehr vor.« Dieser Knallkopf! »Der vorschmeckende Grand Marnier ist Kirschwasser!«, sagte ich und konnte ein süffisantes Grinsen nicht unterdrücken.

Er: Es war Grand Marnier!

Sie: Üblicherweise gebe ich immer einen kräftigen Schuss Grand Marnier dazu, aber dieses Mal griff ich, einem spontanen Impuls folgend, zu der Flasche mit Kirschwasser, die uns die Vermieterin als Willkommensgeschenk hingestellt hatte. Ich finde Kirschwasser und Schokolade passen wunderbar zusammen. Es war nur allzu deutlich, dass er das gesagt hatte, um meine Kochkunst runterzumachen und wieder einmal alles besser zu wissen. Und anstatt nun ein bisschen kleinlauter zu werden, blieb er steif und fest bei seiner Behauptung …

Er: Es *war* Grand Marnier!

Sie: … dass ich mich sicher nicht mehr genau erinnere, aus welcher der Flaschen ich etwas entnommen hatte. Als ob ich schon dement wäre. Das hat mich unglaublich geärgert!

Er: Das mit dem dement hat sie gesagt. Ich würde es eher vergesslich nennen. *Ziemlich* vergesslich allerdings.

Sie: Diese blöde Besserwisserei hat uns den ganzen Abend versaut. Es hätte so schön sein können. Draußen schneite und schneite es und drinnen das gemütliche Feuer und dann nichts als Streit. Er war immer schon stur, ja, die Kinder sagen das auch!

Er: Die Kinder sagen das nicht!

Sie: Am nächsten Tag stellte sich zudem heraus, dass er den Wagenschlüssel verlegt hatte. Wir kamen nicht an die Vorräte, die noch im Kofferraum waren, und mussten auf die Konserven auf dem Speicher zurückgreifen. Die Leiter, die hinaufführte, sah recht steil aus und wacklig und ich sagte: »Da kannst *du* hinauf, schließlich hast ja *du* den Schlüssel verlegt.« Was er dann auch tat, superlangsam Schritt für Schritt, so war er schon immer, so langsam, ich wäre zackzack oben gewesen, auch in meinem Alter noch, aber er brauchte ewig, bis er endlich ein paar Konserven von oben runtergeschafft hatte. All die schönen Delikatessen lagen verschlossen im Kofferraum und wir mussten so profane Dinge wie eingemachte Bauernwurst und Bohnen essen. Sie waren nicht schlecht, aber eben nichts gegen unsere Vorräte.

Er: Mir kann das mit den Konserven jetzt sowieso egal sein. Soll sie doch alleine rumjammern die nächsten Tage.

Sie: Und so ging es immer weiter, er ging mir auf die Nerven, wusste alles besser und manchmal sah ich ihn so von der Seite an mit seinem selbstgerechten Gesichtsausdruck und seinen Miesmacher-Mundwinkeln und mir wurde klar, dass aus dem hübschen kräftigen Mann von einst ein dicker, glatzköpfiger, an den falschen Stellen behaarter, unerträglich besserwisserischer Mensch geworden war und ich fragte mich echt …

Er: Ich will ja nichts sagen, aber an Anna sind die fünfzig Jahre auch nicht spurlos vorbei gegangen, alles andere als spurlos!

Sie: … wie ich es all die Jahre nur hatte mit ihm aushalten können. Aber dann schafften wir es schließlich doch nach dem Essen, bei dem immer noch der Ärger vom Vortag über die Sache mit der Mousse au chocolat nachwirkte, es uns vor dem Kamin gemütlich zu machen. Er legte ein Scheit nach und sagte etwas von Tannenholz, das sei sehr hart und sehr gut und habe einen ganz eigenen Geruch. Da konnte ich es mir nicht verkneifen zu sagen: »Das ist Fichte, hat die Vermieterin gesagt«, was auch stimmte, und fügte noch hinzu: »Das sieht man doch auf den ersten Blick!«

Es war sicherlich dieses »Das sieht man doch auf den ersten Blick«, das ihn so provozierte und auch, dass ich nicht nachgab, was ich während unserer Ehe aus Rücksicht auf die Kinder meist getan hatte, und weiter auf Fichte bestand, und so steigerte er sich richtig hinein, stand sogar auf und stellte sich, bedrohlich mit dem Schürhaken fuchtelnd, vor mich hin. Das machte mir richtig Angst und ich dachte, das ist eine Unverschämtheit, der erträgt eine andere Meinung so wenig, dass er mich sogar bedroht!

Er: Das war nicht bedrohen, das war engagiert diskutieren!

Sie: Und da brannte bei mir eine Sicherung durch. Mir wurde glühend heiß am ganzen Körper, dann kalt, so kalt wie der Schnee, der sich mittlerweile vor unserem Haus türmte und als Horst sich schon wieder umgedreht und vor den Kamin gesetzt hatte, stand ich auf, packte einen Scheit und sagte: »Mal sehen, ob Tanne wirklich so hart ist« und schlug es ihm mit voller Kraft auf den Kopf.

Er: Au!

Sie: Ich glaube im Nachhinein nicht, dass ich ihn umbringen wollte, nein, ich wollte ihm einfach nur weh tun. Und so war ich natürlich geschockt, als er, ohne einen Laut von sich zu geben, zur Seite sackte und dann die Augen, so aufgerissen und ausdruckslos, das sah wirklich abstoßend aus.

Er: Abstoßend. Ich frage mich, wer wohl gut aussieht, wenn er gerade mit einem eisenharten Stück Tannenholz erschlagen wurde!

Sie: Aber ich habe mich schnell abgefunden. Sehr schnell, um es offen zu sagen. Und jetzt? Zum Glück sind wir hier eingeschneit, so bleibe ich sicher noch ein, zwei Tage ungestört. Ich werde ihn verschwinden lassen, vielleicht verbrennen? Ich war immer schon praktisch veranlagt, zuerst muss ich ihn natürlich zerlegen, gut, wenn man ein elektrisches Bratenmesser hat, 250 Watt, wirklich ein praktisches Geschenk!

Er: *Jetzt plötzlich!*

Sie: Ob es wohl so ist, wie wir dachten? Ob er noch hier ist für ein paar Tage? Unter der Decke schwebt und miesepetrig auf mich herab sieht? Vielleicht gibt er mir ja ein Zeichen wie damals mein Großvater?

Er: Das könnte ich tun. Ich könnte zum Beispiel die Leiter, die zu den Konserven auf dem Speicher führt, umstoßen. Wenn sie sie dann wieder aufstellen würde, um oben weitere Konserven für die nächsten Tage zu holen, würde ihr vielleicht auffallen, dass im oberen Bereich zwei Sprossen kaputt sind. Die habe ich beim Hochsteigen gesehen, rechtzeitig, denn ich bin ja der gemächliche Typ, nicht so zackzack wie meine dynamische Frau und bin so zum Glück nicht draufgetreten und abgestürzt. Aber nein. Ich lasse die Leiter stehen. Vielleicht, wenn Anna auf dem Steinboden in der Garage aufkommt, hat sie ja Glück und überlebt. Na ja, aus vier Metern Höhe und im Alter von 70 Jahren ist so ein Sturz natürlich schon … aber wir werden sehen, ich lasse das ganz entspannt auf mich zukommen. Ein Zeichen? Von mir? Nein.

Alles auf Anfang, Anna

Daphne Carpentier

Die Haare im Wind, das Radio bis zum Anschlag aufgedreht, eine Hand lässig am Lenkrad. Mit der anderen trommele ich heftig im Rhythmus der Musik auf der Konsole herum, die Gefahr in Kauf nehmend, dass mir der Airbag entgegen knallt. Die Zeit scheint stehen geblieben zu sein. Lange habe ich nicht mehr hinter einem Steuer gesessen. Trotzdem muss ich mich nicht besonders konzentrieren, es herrscht nur wenig Verkehr auf der Autobahn, die Strecke bis zur Schweizer Grenze ist keine große Herausforderung. Immer geradeaus, dem Silberband folgen, das verführerisch in der Maiensonne glitzert, das schaffe sogar ich.

»So einfach ist die Sache mit dem Glück, Eva! Das habe ich vergessen!«

Was nicht verwunderlich ist, viele dunkle Monate liegen hinter mir. Was musste nicht alles passieren, bis ich den Mut fand, zu dieser Reise aufzubrechen. Damals sind wir ins Blaue gefahren, heute weiß ich, wohin mich mein Weg führen wird, an den Sporn des Stiefels. Ich möchte ein Versprechen einlösen, auch wenn es dafür vermutlich zu spät sein wird.

Azzuro, im Radio spielen sie eine italienische Schlagerschnulze aus den Sechzigern nach der anderen. *Ti amo*, am liebsten würde ich mitsingen, traue mich aber nicht, obwohl ich allein im Auto bin.

»Du hast eine schöne Stimme, ich dagegen kann keinen Ton halten. Was dich nicht gestört hat. Erinnerst du dich? Je größer der Herzschmerz, umso lauter sangen wir. Bis das ganze Auto vibrierte.«

Wie lange ist das her? Kaum zu glauben, ein halbes Jahrhundert! Fast auf den Tag genau.

Zeitsprung: Eva und ich zockeln die Straße entlang gen Süden. In Opas altem Brezelkäfer. Der mit dem Winker und dem geteilten Rückfenster. Die Rückbank vollgetürmt mit Gepäck:

Zelt, Schlafsäcke, Luftmatratzen und Berge von Klamotten. Alles, was zwei Mädchen für eine Reise unbegrenzter Dauer als überlebensnotwendig betrachten. Lauter unnützes Zeug. Ich kann im Rückspiegel nichts mehr erkennen. Egal, uns interessiert nicht, was hinter uns ist. Gerade das Abi in der Tasche, wollen wir den Sommer in vollen Zügen genießen, bevor im Herbst das langweilige Erwachsenenleben beginnt. Uns austoben, solange das Geld reicht. Die Zukunft, ein Teppich aus Tausendundeiner Nacht. Wir müssen nur aufsteigen und das große Abenteuer beginnt. Mit zwanzig dachten wir, wir hätten alle Zeit der Welt. Wie haben wir uns getäuscht! Die Zukunft war Treibsand unter unseren Füßen.

»Du fehlst mir so entsetzlich, Evi. Was würde ich dafür geben, wenn ich die Uhr zurückdrehen könnte.«

Das Leben ist ein reißender Strom, in dem man schnell ertrinken kann. Ich habe nie daran geglaubt, dass man noch einmal von vorne anfangen kann. Schon gar nicht in meinem Alter. Innerlich fühlt man sich jung, irgendwie alterslos, und manchmal voller Tatendrang, aber der Körper macht da leider nicht mehr mit. Ich wäre sicherlich nicht zu dieser Reise aufgebrochen, wenn mich die Umstände nicht dazu gezwungen hätten. Ich hatte keine Wahl, musste die Neustart-Taste drücken, wenn ich überleben wollte. Der totale Absturz drohte.

Wir unterbrechen für eine wichtige Meldung: Die Polizei bittet um Ihre Mithilfe. Seit heute Mittag wird die siebzigjährige Marianne Berger gesucht. Sie wurde zuletzt am Mainzer Hauptbahnhof gesehen. Frau Berger trägt einen hellgrauen Sommermantel, eine gleichfarbige Stoffhose und einen kleinen Hut. Sie ist zeitweise verwirrt und vermutlich orientierungslos. Frau Berger benötigt dringend ihre Medikamente. Hinweise zum Verbleib der alten Dame nimmt jede Polizeidienststelle entgegen.

Ich bin so tief in die Vergangenheit abgetaucht, dass ich die Nachrichten nicht mitbekommen habe. Erst als plötzlich mein

Name fällt – Marianne Berger, das bin ich oder besser gesagt war ich bis heute Morgen, – trete ich vor Schreck kräftig auf das Gaspedal. Schramme haarscharf am Heck des Lastwagens vor mir vorbei. Der Fahrer hupt, blendet auf und droht mir mit der Faust, bevor er zu einem Nichts am Horizont schrumpft. Es dauert eine Weile, bis ich mich im Griff habe, das Tempo drossele. Nicht auszudenken, wenn ich in eine Geschwindigkeitskontrolle käme.

Jetzt möchte ich nicht mehr singen, sondern schreien, und zwar vor Wut. Verwirrt! Dement soll das wohl heißen. Was für eine Unverschämtheit! Ich bin im Vollbesitz meiner geistigen Kräfte, auch wenn ich in einem Auto sitze und laut mit meiner toten Freundin rede. Das habe ich mein ganzes Leben gemacht. Wenn ich allein war. Und das hat mir gutgetan! Die Fürsorge, die mir meine sogenannte Familie angedeihen ließ in den letzten Monaten, hingegen nicht.

»Du glaubst nicht, was das gierige Pack angestellt hat, um schon zu meinen Lebzeiten an all mein Hab und Gut zu kommen.«

Das Haus sollte ich ihnen überschreiben, die Wertpapiere übertragen, mein Barvermögen schenken. Damit sie nach meinem sehnlichst erwarteten Tod Erbschaftssteuer sparen! »Vollgestopft mit Medikamenten haben die mich. Ich war denen völlig ausgeliefert, dämmerte meinem Ende entgegen. In dem Zustand hätte ich nicht weglaufen können.«

Kurz nach drei erst. Dass Gitta so schnell das Bewusstsein wiedererlangt, damit habe ich nicht gerechnet. Und dass sie gleich die Polizei auf mich hetzt! Die suchen mich? Heißt es in solchen Durchsagen nicht sonst: »Vermisst wird«? Der Wortlaut der Meldung verunsichert mich. Habe ich meine Nichte vielleicht aus Versehen umgebracht? Indem ich mich aus ihrem Giftschrank bedient habe?

»Das wollte ich nicht, Eva, bestimmt nicht. Verdient hätte sie es zwar, die Erbschleicherin.

Die K.o.-Tropfen habe ich vorsichtshalber weggelassen. Das

Teufelszeug ist unglaublich leicht zu beschaffen im Internet. Selbst eine angeblich senile Alte wie ich schafft das.«

Gitta war mir heute Morgen im Weg, ich brauchte ein paar Stunden Vorsprung. Nach einer Nachtschicht ist sie meist zu aufgekratzt, um gleich schlafen zu gehen. Das passte nicht in meinen Plan, ich musste sie ruhigstellen - so wie sie das mit mir die letzten Monate getan hat. Daher gab ich eine Handvoll meiner Tabletten in ihren frisch gepressten Grapefruitsaft. Den trinkt sie jeden Morgen, um endlich abzunehmen. Gitta ist um einiges jünger als ich und bringt mindestens das Dreifache meines Körpergewichts auf die Waage. Ein Walross, um es auf den Punkt zu bringen, aber kein gutmütiges. Angesichts dieses enormen Gewichts- und Altersunterschieds tat ich mich schwer mit der richtigen Dosierung. Daher habe ich meine übliche Tagesration für Gitta vorsichtshalber verdoppelt. Oder verdreifacht? Exakt kann ich das leider nicht angeben. Habe ich ihr eine Überdosis verpasst? Ich denke nicht. Eher ist ihr die Kombination mit dem frischen Saft nicht bekommen. Mit Grapefruit soll man vorsichtig sein. Die ist nicht so gesund, wie man denken sollte.

»Mir wird so komisch«, sagte sie noch, bevor sie mit dem Kopf auf den Tisch knallte. Mitten auf ihr Marmeladenbrot. Da ist sie wenigstens weicher gelandet als ich in letzter Zeit, dachte ich und rüttelte vorsichtig an ihrem Arm. Erst kam keine Reaktion, dann ein tiefer Seufzer aus den Untiefen ihres voluminösen Brustkorbes. Also war sie noch am Leben, als ich das Haus verließ.

Ich denke, die Dosis war eher zu niedrig und sie ist früher wach geworden als erwartet. Und hat sich noch ein paar Kleine Feiglinge gegönnt. Wie so oft nach der Arbeit. Das ist dann nicht meine Schuld. Für die Wechselwirkung der Medikamente mit Alkohol kann ich nun wirklich nichts. Oder ein anderer aus dieser miesen Sippe hat Gitta gefunden und die Polizei verständigt. Wie auch immer, solche Sorgen hat sich diese Familie bestimmt nicht um mich gemacht. Heimtückisch haben die mich meiner Gesundheit und meines Verstandes beraubt. Ausgelöscht, nur um an mein Geld zu kommen. Wohin die Gier den Menschen treiben kann! Eins steht fest: Die wollen ihre Beute nicht aus den Fängen lassen. Mein Vorsprung ist gering, das macht mich nervös. Beruhige dich, in einer Stunde hast du die Schweizer Grenze passiert, dann können sie noch so viele Suchmeldungen im Radio durchgeben. Du verschwindest auf Nimmerwiedersehen.

Ein Blick in den Rückspiegel bestätigt mir, dass der Figaro in der Mainzer Altstadt perfekt gearbeitet hat, auch wenn er für die rotbraune Tönung und den flotten Schnitt länger benötigte, als ich eingeplant habe. Ein Kunstwerk braucht halt seine Zeit. Ich bin nicht wiederzuerkennen. Mit Marianne Berger aus Mainz habe ich nichts mehr gemein. Ich sehe an mir herunter. Meine Beine stecken nicht in den biederen Altfrauenhosen, die ich fast täglich am Leib hatte, praktisch, mit elastischem Bund, sondern in brandneuen Edeljeans. Mausgrau, das war meine Farbe in den letzten Monaten. Wenn man diesen faden Ton überhaupt so bezeichnen kann. »*Grau, grau, grau sind alle meine Kleider.* Eva, ich war kurz davor, mich im Grau aufzulösen.«

An den Füßen habe ich schicke neue Pumps. Meine ausgelatschten Gesundheitstreter entsorgte ich heute Morgen zusammen mit der Hose, dem Mantel und dem unsäglichen Hütchen in der nächstbesten Abfalltonne, nachdem ich mich in der Bahnhofstoilette umgezogen hatte. Über den Jeans trage ich eine tiefblaue Tunika aus Seide, die kaschiert die Hüftpölsterchen. »Die sind nicht angefuttert, Eva! Ich hatte keinen Appetit mehr die letzten Wochen. Und kaum Bewegung. Vom Bett zum Stuhl ans Fenster und zurück. Die Medikamente haben mich aufgeschwemmt.«

Im Koffer liegen meine neuen Sommerschuhe. Ein wunderschönes Azurblau. Mit Acht-Zentimeter-Abätzen kann man nicht Auto fahren. »Eva, ich weiß, ein wenig gewagt für eine Dame meines Alters«, ich schmunzele. »Gewöhnungsbedürftig. Als ich heute Morgen den italienischen Schuhladen verließ, schwebte ich nicht, sondern stolperte unbeholfen über das Altstadtpflaster wie ein Kleinkind bei seinen ersten Gehversuchen. Aber keine Sorge, deine Freundin wird das Laufen neu erlernen. Früher bin ich auf viel höheren Schuhen durchs Leben gegangen. Und zwar aufrecht!« Ich musste diese Schuhe einfach besitzen, auch wenn der Kauf mich weitere wertvolle Zeit kostete. Seit Februar, als die neue Mode den kommenden Frühling ankündigte, habe ich die extravaganten Sandalen im Schaufenster des kleinen italienischen Schuhladens bewundert.

Alles andere erledigte ich Wochen vorher. Meine Flucht war gut vorbereitet: Ich hob mein gesamtes Geld ab, eröffnete ein neues Konto bei einer Internetbank und schichtete mein Vermögen um. Ich verlängerte meinen Pass und ließ mir einen internationalen Führerschein ausstellen. Vor zwei Wochen kaufte ich ein Auto, das ich in einer Nebenstraße versteckte. Als Nächstes muss ich meinen Vornamen ändern, den habe ich nie gemocht.

Nach dem Tod meines Mannes habe ich meinen Mädchennamen wieder angenommen. Marianne und Hans, das klang wie ein Volksmusikerduo. Das Musikantenstadl ist Vergangenheit, nicht nur der Hansi hat sterben müssen, die Marianne wird nun auch beerdigt. Ich werde mir einen neuen Namen geben. Aber welchen?

»Ach, ich nehme einfach Anna, so hast du mich genannt. Das hat mir gefallen. Aus Marianne wird wieder Anna.«

Kurz vor der Grenze jagt das Radio erneut meinen Namen über den Äther. Gut, dass es keine Grenzkontrollen mehr gibt. Noch etwa vier Stunden Fahrt durch die Schweiz, dann bin ich in Italien. Ich muss vorsichtiger fahren, nicht zu schnell, sonst werde ich geblitzt und meine Mischpoke findet einen Strafzettel aus der Schweiz in ihrem Briefkasten. Ich darf keine Spur hinterlassen.

»Du fragst dich sicher, wie ich denen in die Hände fallen

konnte. Wie aus einer agilen, älteren Dame ein hilfloses Bündel Mensch werden konnte. Ein blöder Hausfrauenunfall, Eva, eine kleine Unachtsamkeit, du kommst aus dem Tritt, mehr braucht es nicht, um auf die Hilfe anderer angewiesen zu sein.«

Ich wollte nur mal schnell die Gardinen abhängen, stieg voller Tatendrang die Leiter hoch und rutschte ab. Nur mal schnell, das geht in meinem Alter nicht mehr. Mit dem Kopf schlug ich auf dem Parkettboden auf und war wohl einige Zeit bewusstlos. Hätte schlimmer für mich ausgehen können. Mich rettete der Braten, den ich zuvor in den Backofen geschoben hatte, der Brandgeruch alarmierte die Nachbarn. Sonst hätte ich tagelang dort liegen können. Mein Kopf hat den Sturz gut überstanden, aber der Knöchel war gebrochen. Tja, und dann standen die plötzlich an meinem Krankenbett und heuchelten Mitgefühl.

Bis heute rätsele ich darüber, wie sie von dem Unfall überhaupt erfahren haben. Ich hatte Gitta, die Tochter eines Bruders meines verstorbenen Mannes, und ihren Heinz seit Jahrzehnten nicht mehr gesehen. Nicht einmal auf der Beerdigung meines Mannes, ihres Onkels. Ihre bereits erwachsene Tochter Biggi, die Studentin, kannte ich gar nicht. Mir war nicht bewusst, dass ich überhaupt noch Verwandte habe.

»Tantchen, komm doch zu uns. Was willst du denn allein in deinem großen Haus? Ist doch zu einsam. Siehst ja, was da alles passieren kann. Zieh zu uns, wir kümmern uns um dich, du gehörst doch zur Familie.« Gitta erzählte mir zudem, dass sie in der Altenpflege arbeite. Da fühlte ich mich nach meinem langen Krankenhausaufenthalt gut aufgehoben.

»Ich hätte dieses Angebot hinterfragen sollen, ich weiß, du hast mich immer blauäugig genannt, aber ich war froh, dass ich auf einmal eine Familie um mich hatte. Das war ich nicht gewohnt.«

Platz hatten die genug, mein Kater Jerry Cotton und ich bekamen ein kleines Einliegerappartment im Souterrain zugewiesen. Selbstverständlich beteiligte ich mich an den Haushaltskosten und leistete einen großen Beitrag zur Abzahlung des Hauses. Gitta verdient ja nicht viel im Altersheim und ihr Mann, ein kleiner Beamter, auch nicht. Die Studentin Biggi unterstützte ich ebenfalls großzügig. Machte mir anfangs sogar Freude, endlich konnte ich etwas Sinnvolles mit meinem Geld anfangen. Ich habe ja keine Kinder. Habe mir immer eine Tochter gewünscht.

Anfangs kamen wir ganz gut miteinander aus, dann änderte sich die Stimmung im Haus. Der Ärger fing mit meinen nächtlichen Wanderungen an. Seit meinem Sturz suchten mich jede Nacht Schmerzen in Bein und Rücken heim, ich konnte nicht im Bett liegen bleiben. Meist schlich ich in der Wolfstunde, zwischen drei und vier, durchs Haus, doch so leise ich mich auch bewegte, Gitta schimpfte mich jeden Morgen aus: »Hier leben Leute, die morgens arbeiten müssen. Ein wenig Rücksicht wäre angebracht, nachdem wir dich so freundlich aufgenommen haben.« Dann fing sie an, mir Tabletten zu besorgen, leichte Schlaf- und Schmerzmittel, die sie vom Heim mitbrachte, sie hatte dort unbegrenzten Zugriff. Völlig unschädlich, behauptete sie und ich schluckte brav. Der Gedanke, meiner neuen Familie eine Last zu sein, war unerträglich. Gittas Pillen sorgten für einen bleiernen Schlaf, morgens wachte ich mit einem faden Geschmack im Mund auf und konnte mich nicht mehr an meinen Namen erinnern. Das blasse Licht, das durch die Fensterläden schimmerte verursachte mir Kopfschmerzen. »Dann müssen wir zu etwas stärkeren Mitteln greifen«, meinte Gitta nur und brachte neue Medikamente mit. Neuroleptika vermute ich. »Die helfen auch bei deinen Depressionen«, meinte sie. Obwohl ich damit nie zu tun hatte. Jetzt war ich auch tagsüber müde, nickte plötzlich in meinem Sessel oder am Esstisch ein bei den gemeinsamen Mahlzeiten. Wurde von Tag zu Tag vergesslicher, zog meine Kleider falsch herum an, erzählte wirres Zeug. Manchmal merkte ich das, dann weinte ich, meistens aber nicht. Sie verboten mir die Küche zu benutzen, ich hatte ja meine eigene schon in Brand gesetzt, sollte zu meiner eigenen Sicherheit auf meinem Zimmer bleiben. Der Ton wurde rauer. Mein einziges Vergnügen bestand schließlich darin, meinen Kater im Garten zu beobachten, wie er Schneeflocken jagte. Bis Jerry eines Tages verschwand und mit ihm der einzige Freund, der mir geblieben war. Ich habe Gitta in Verdacht, wie oft hat sie gejammert, Haustiere brächten nur Schmutz ins Haus. Überall Katzenhaare, angeblich war sie allergisch.

Nach Jerrys Verschwinden ging es total bergab mit mir. Ich verlor jeden Halt. Mich plagten ständig neue, unerklärliche Schmerzen. Ich verließ kaum noch das Bett, betete, wenn ich einigermaßen klar im Kopf war, dass dieses Elend bald ein Ende haben würde.

»Was mich gerettet hat? Ein zweiter Unfall. Dieses Mal fiel ich aus dem Bett und wurde mit Verdacht auf einen Schlaganfall erneut ins Krankenhaus gebracht. Wenn sich das bestätigt hätte, wäre mir nicht mehr zu helfen gewesen. Ich lag zwölf Stunden auf dem kalten Fußboden, ohne dass jemand von meiner Sippschaft nach mir geschaut hätte. Bei der Einlieferung fragte man meine lieben, angeheirateten Verwandten nach den Medikamenten, die ich regelmäßig einnehmen würde. Gitta machte keine Angaben, das konnte sie nicht, sonst hätte sie sich verraten. Die Krankenhausärzte setzten mich unwissentlich auf Entzug.

Von Tag zu Tag wurde ich klarer im Kopf und begann über die vorgetäuschte Fürsorglichkeit meiner Verwandten nachzudenken. Und über das, was man den armen Alten in den Heimen antat, um möglich wenig Arbeit mit ihnen zu haben. Nach meiner Entlassung aus dem Krankenhaus nahm ich meine ausgedehnten Spaziergänge wieder auf, heimlich, wenn alle aus dem Haus waren. Meine Pillen schluckte ich angeblich weiter, hinter Gittas Rücken versteckte ich die bittere Medizin in einem hohlen Fuß meines Nachttisches.

Gitta, Heinz und Biggi registrierten rasch, dass sich mein Gesundheitszustand zusehends besserte. Sie drängten mich, ein Testament aufzusetzen. Es sei nur recht und billig, dass ich sie als meine Erben einsetzen würde, so viel wie sie für mich getan hätten. Gitta führte mir drastisch vor Augen, wie es in einem Altersheim zuginge. Als ich mich weigerte, schimpften sie mich undankbar und altersstarrsinnig. »Du kannst dein Geld nicht mit ins Grab nehmen.« Fast wäre ich weich geworden. Aber dann fand ich eines Morgens den Brief eines Notars in meiner Post, in dem Schreiben wurde ich zu einem Termin in zwei Wochen eingeladen. Meine Hände zitterten: Ich sollte eine General- und Vorsorgevollmacht unterschreiben. Als ehemalige Juristin wusste ich, was das hieß. Ich würde Gitta unbegrenzte Macht über mich einräumen. Sie dürfte über mein Vermögen verfügen, darüber bestimmen, wo ich wohne würde, von wem ich Post bekäme und was mit meinem Leichnam zu geschehen habe. Über meinen Tod hinaus wäre ich dieser Sippe ausgeliefert. Nicht einmal die Behörden oder die Polizei könnten mir dann noch helfen. In diesem Moment beschloss ich zu fliehen. Gitta und ihre Bande hatten Blut geleckt. Sie würden mich schikanieren, bis ich meinen Namen unter dieses Dokument setzen würde.

Ich lasse Basel hinter mir, Regen setzt ein, ich taste nach meiner Fernbrille, die sich trotz der vielen Ablagen und Fächer in diesem Auto sofort findet. Als hätte mir jemand die Brille in die Hand gedrückt. Merkwürdig. Die ersten Tunnel kommen. Ich hasse Tunnel, meine darin zu ersticken. Besonders vor dem Gotthard, dem längsten Straßentunnel in den Alpen, fürchte ich mich. Damals sind wir über den Pass gefahren, dafür reicht die Zeit heute nicht. Jetzt muss ich da durch! Fast siebzehn Kilometer. Und Gegenverkehr. Ich beobachte den Kilometerzähler und freue mich über jeden Meter, den ich hinter mich gebracht habe. Plötzlich spüre ich meine Müdigkeit. Seit über acht Stunden bin ich ohne Pause unterwegs. Nach dem Gotthard gehst du einen doppelten Espresso trinken, verspreche ich mir selbst.

Da passiert es: der Wagen schlingert, ich streife die Bordsteinkante, Sekundenschlaf.

»Pass auf!«, schreit jemand auf der Beifahrerseite. Ich zucke zusammen, komme dem Bordstein ein zweites Mal gefährlich nahe, die Reifen quietschen, wie durch ein Wunder gelingt es mir, den Wagen wieder in die Spur zu bringen.

Langsam realisiere ich, dass ich dieses Mal nicht mit mir selbst gesprochen habe. »Eva?« – Ich wende den Kopf zur rechten Seite. Da sitzt niemand. Das war auch nicht zu erwarten. Trotzdem fühle ich, dass Eva mir so nah ist wie nie zuvor. Und mich eben gerettet hat.

»Mensch, Anna, ist dieser Tunnel lang. Der nimmt ja kein Ende mehr. Fast wäre uns wieder ein Unfall passiert. Bist du mir noch böse wegen damals in Apulien?«

»Warum sollte ich dir böse sein? Du konntest doch nichts für den Unfall. Schuld war dieser Idiot von Lkw-Fahrer.«

Kam sich ganz toll vor dieser Typ. Mit seiner Ladung Pelati. Drehte durch, nur weil er zwei Frauen im Wagen vor sich entdeckt hatte. Wildes Hupkonzert, dann fuhr er so dicht auf, dass er uns fast gerammt hätte. Stoßstange an Stoßstange, hat uns gejagt wie zwei Rehe. Eva war total überfordert mit der Situation.

Sie hatte nicht ans Steuer wollen, war eine unsichere Fahrerin, aber ich bat sie inständig darum, den ersten Teil der Rückfahrt nach Deutschland zu übernehmen. Nach der Nacht mit Dario war ich todmüde. Ich versuchte ihm klarzumachen, dass ich nach Hause musste, um einige Dinge mit meinem Vater zu klären. Ich musste Dario mein Wort geben, dass ich nach San Menaio zurückkommen würde. »Spätestens im Oktober. Gib mir vier Wochen, dann bin ich wieder bei dir.« Von dem Baby, das ich erwartete, sagte ich ihm nichts. Davon wusste nur Eva. Ich bat meine Freundin die ersten fünfhundert Kilometer bis Bologna zu fahren, damit ich ein wenig schlafen und den Rest der Strecke übernehmen konnte.

Bis Bologna sind wir nicht gekommen: Im dritten Tunnel setzt der Kerl im Laster zum Überholen an, bleibt auf unserer Höhe, fährt parallel zu uns. Gefährlich nah. Grinst dämlich zu uns rüber und macht obszöne Handbewegungen. Manche Lkw-Fahrer in Italien sind sowas von debil. Ich höre Eva um Hilfe schreien, sehe Scheinwerfer vor uns auftauchen und greife ihr benommen ins Steuer. Wir prallen gegen die Betonwand.

Vater holte mich heim aus Neapel, dorthin hatte man mich schwer verletzt gebracht, da es am Gargano kein Krankenhaus gab. »Danach konnte ich nicht zurück nach Italien. Das musst du verstehen. Ich konnte Vater das nicht antun. War doch seine einzige Tochter. Ihm zuliebe studierte ich Jura, übernahm dann seine Firma und heiratete seinen Geschäftsführer, der um einiges älter war als ich. Kinder habe ich keine mehr bekommen, Eva. Für mich gab es nur noch die Arbeit.«

Während wir durch die Nacht brausen, erkläre ich Eva ausgiebig, dass ich die Schuldige an dem Unfall war. Ich hätte sie nicht ans Steuer lassen und vor allen Dingen nicht eingreifen dürfen.

»Warum sollte ich dir also böse sein?«

»Das Baby, Anni, du hast dein Baby verloren.«

»Du hast mehr verloren als ich, du bist an diesem Tag gestorben.«

»Lass uns nicht mehr über die Vergangenheit sprechen, Anna. Das ist vorbei. Du bist auf dem Weg nach Italien, ich bin bei dir, wie damals. Lass uns für ein paar Stunden so tun, als könnten wir die Zeit zurückdrehen. Alles auf Anfang, Anna, auch wenn du nicht daran glaubst.«

Eher: Zurück zum Ende, denke ich.

Trotz Dunkelheit erkenne ich die Landschaft wieder, fühle mich angekommen. Oben am Berg sehe ich die Lichter von Vico del Gargano. Ich will ans Meer, biege ab und fahre die Serpentine hinunter. Die letzten acht Kilometer ziehen sich. Vier Uhr nachts, ich komme an. Das alte Hotel am Ortseingang sieht immer noch aus wie ein Riesenstück Erdbeersahnetorte. Ich parke ein paar hundert Meter an der Uferpromenade von San Menaio unter den windschiefen Silber-Akazien. Ich streife die Schuhe ab, gehe barfuß die Treppe zum Strand hinunter. Wie vor fünfzig Jahren muss ich sofort die Wassertemperatur mit meinen Zehen testen. Und ziehe den Fuß schnell wieder zurück. »Eiskalt - aber herrlich!« Dann lege ich mich in den Sand und schaue in den Sternenhimmel, der nur am Mittelmeer so klar und schön ist.

»Ich muss dich nun verlassen, Anna. Sei nicht traurig, wir sehen uns wieder.«

»Bald?«, fragte ich.

»Du hast noch etwas Zeit, denke ich.«

»Morto, sei morto?« – Schreie und heftiges Klopfen an das Autofenster wecken mich. Die Scheibe ist beschlagen, ich kann nur zwei winzige Nasenlöcher erkennen, die sich ans Fenster pressen. Ich wische das Kondenswasser weg und sehe, dass die Nase zu einem kleinen, sehr aufgeregten Mädchen gehört. Sechs oder sieben Jahre alt, schätze ich. Sie ruft weiterhin »Morto, tu sei morto?«, und ich denke zunächst, die Kleine brauche meine Hilfe. Erst allmählich begreife ich, das Mädchen meint, ich sei tot. Ein Blick auf die Uhr, ich habe gerade mal zwei Stunden geschlafen und muss fürchterlich aussehen. Kein Wunder, dass sie sich erschrocken hat. Ich öffne die Tür und setze mich schräg auf den Sitz.

»Nein, meine Kleine, ich bin nicht tot, noch nicht. Nur todmüde.«

Verständnislos sieht mich das Mädchen an. Mühsam krame ich meine angestaubten Italienischkenntnisse hervor: »Io non sono morto. Keine Angst! Mi chiamo Anna. E tu?« – »Stella« – »Che bello. Der Name passt.« Langsam beruhigt sie sich und begreift, dass ich noch lebendig bin. »Tedesca?« – »Si, Stella. Ich habe eine weite Fahrt hinter mir. Fast tausendsechshundert Kilometer, Kleines. Bin mitten in der Nacht angekommen, deshalb habe ich im Auto geschlafen.« Wie alle Italiener denkt sie sofort ans Essen:

»Anna, dann hast du bestimmt großen Hunger?«

Ich nicke, die letzten vierundzwanzig Stunden habe ich nur einen Espresso und etwas Wasser getrunken.

»Allora, Anna, andiamo. Mama prepara la colazione per tutti.«

Sie nahm meine Hand und führte mich am Strand entlang Richtung Rodi Garganico. Ich werfe einen Blick auf die Stelle, an der ich gestern Nacht mit Eva gesessen habe. Aber da ist kein zweiter Abdruck im Sand zu sehen, keine Spur zurückgeblieben. Stella plappert unaufhörlich und zieht mich dabei weiter. Ich verstehe so gut wie nichts, anscheinend zählt sie alle Familienmitglieder auf, denen sie gleich die merkwürdige Frau aus Deutschland, die in ihrem Auto geschlafen hat, vorstellen wird. »Presto, presto«, ruft Stella ungeduldig, wenn ich stehenbleiben will, um einen Moment zu verschnaufen und den Anblick des stillen Meeres zu genießen.

»Mama wartet nicht gern. Papa und die Onkels müssen zur Arbeit, nur ich habe frei und der Opa.«

Wir verlassen den Strand, überqueren die Uferstraße, dann geht es etwa sechshundert Meter den Berg hinauf. Vor einem breiten Tor, das in eine Bruchsteinmauer eingelassen und einen Spalt offen ist, bleibt Stella stehen. Wir schlüpfen hindurch. Eine hübsche alte Villa. Im Erdgeschoß dringt hinter einem bunten Vorhang Stimmengewirr hervor.

Ich kenne das Tor, ich kenne das Haus.

»Stella, geh bitte vor und kündige mich an. Ich möchte nicht unangemeldet auftauchen. Ich warte hier, versprochen.«

Stella verschwindet hinter dem Vorhang, ich trete an die Balustrade, die das ganze Grundstück umgibt und schaue hinunter auf das Meer. Die Tremiti-Inseln zeichnen sich deutlich vor dem azurblauen Himmel ab. Ich höre ihn nicht kommen. Hinter mir sagt jemand plötzlich: »Benvenuto, Anna. Wie schön, das du endlich zurückgekommen bist.«

»Also doch: Alles auf Anfang, Anna!«

AutorInnen

Cornelia Christina Anken

geboren 1967 in Frankfurt am Main, wo sie auch heute lebt. Anken studierte Germanistik, Vor- und Frühgeschichte und Historische Ethnologie. Sie arbeitet an der Goethe-Universität und veröffentlicht regelmäßig Kurzgeschichten sowie Bücher und erhielt mehrere Literaturpreise. Sie ist Mitglied des Syndikats und der Mörderischen Schwestern.

Mit »Leonora Timms und die Verlorenen Kinder« veröffentlichte Anken 2010 im ViaTerra Verlag ihren jüngsten Kriminalroman.

www.cornelia-anken.de

Volker Bitzer

wurde 1968 in Bremen geboren. Er schreibt seit seinem 20. Lebensjahr Kurzgeschichten. Im ViaTerra Verlag erschienen im Jahr 2011 Bitzers Kriminovelle »Sind Sie ein Freund von Dick Tossek?« und die Kurzgeschichte »Das bunte Mädchen« (im Rahmen der Anthologie »Mordsmütter«). Bitzer lebt und arbeitet in Hamburg.

Daphne Carpentier

Pseudonym Mechthild Daphne Zimmermann

Antje Fries

geboren in Flensburg, lebt in Rheinhessen. Nach Sprachen- und Lehramtsstudium Arbeit an verschiedenen Schulen und derzeit an einem außerschulischen Lernort tätig. Diverse pädagogische, literarische, journalistische Nebentätigkeiten. Fries schreibt Kriminalromane, Kinderbücher und Lehrerbücher und liefert Beiträge zu Lyrik-, Mundart-, und Krimi-Anthologien. Sie gehört den Mörderischen Schwestern und dem Mörderischen Rheinhessen an. Mitherausgeberin dieser Anthologie.

www.antjefries.de

Regina Gärtner

wuchs am Niederrhein auf, studierte Germanistik und Politikwissenschaften in Aachen und arbeitete lange Jahre im Presse- und PR-Bereich, im Marketing und als Projektmanagerin für Fachverlage. Heute lebt sie als freie Autorin in Köln. Sie ist langjähriges Mitglied im Syndikat und bei den »Mörderischen Schwestern«. Derzeit schreibt sie an einem historischen Liebesroman.

www.regina-gaertner.de

Gina Greifenstein

geboren 1962 in Unterfranken, lebt und arbeitet in der Südpfalz. Sie ist Autorin von zahlreichen Kinderbüchern, Kochbüchern und Romanen, von denen einer für den DeLiA-Preis 2008 nominiert war. Zahlreiche ihrer Kurzgeschichten erschienen in Anthologien und Zeitschriften.

www.gina-greifenstein.de

Anne Grießer

studierte Germanistik und Ethnologie, bevor sie auf die schiefe Bahn geriet. Heute schreibt sie nicht nur über Mord und Totschlag – sie tut es auch. Als Autorin, Herausgeberin und Krimi-Entertainerin schwingt sie in Freiburg die Feder und so manches blutige Theaterrequisit. Sie ist Mitglied bei den »Mörderischen Schwestern« und im »Syndikat«.

www.anne-griesser.de

Jutta Maria Herrmann

ist gebürtige Saarländerin, gelernte Buchhändlerin und studierte Germanistin. Sie lebt im brandenburgischen Panketal. Ihre Kurzgeschichten wurden in mehreren Anthologien veröffentlicht. 2010 schaffte es ihr Beitrag für den MDR-Literaturwettbewerb »Morgen ist ein anderer Tag« unter über 2000 Einsendungen in die Top 25. Jutta Maria Herrmann ist Mitglied der Mörderischen Schwestern und des Syndikats.

www.jutta-maria-herrmann.de

Astrid Ingruber

geboren und aufgewachsen in Oberösterreich, lebt in Wien. Studium der Geschichte und Kunstgeschichte an der Universität Wien. Beruflich seit Jahren im interkulturellen Dialog tätig. Veröffentlichungen von Geschichten in der Kinderzeitschrift »Weite Welt«.

Ivonne Keller

interessiert sich für die Leichen im Keller der Nachbarschaft. Diverse Veröffentlichungen in Anthologien und Magazinen. Ihr Debütroman »Hirngespenster« ist bei Droemer Knaur erschienen. Sie wohnt mit vier männlichen Wesen in der Nähe von Frankfurt am Main.

www.ivonne-keller.de

Till Lattero

italienischer Abstammung, lebt im seligen Weinland, im südlichen Western der Republik, wo die Zunge locker sitzt, politische Schnellschüsse zur Tagesordnung gehören und Flaschen täglich geköpft werden. Als Pädagoge versucht er das Übel an der Wurzel zu packen und dem »Wer mogelt sich wie durchs Leben« der Kids frühzeitig mit kriminalistischem Spürsinn entgegen zu treten und in der allgegenwärtigen Mimikryminalität nicht unterzugehen.

Anke Laufer

studierte Ethnologie und Politik in Freiburg i. Brsg. Promotion im Jahr 2000, Jobs im Verlagswesen und Multi-Media-Publishing, Dozententätigkeit. Seit 2006 veröffentlicht sie literarische Texte, für die sie Stipendien und mehrere Auszeichnungen erhielt, darunter den Deutschen Kurzkrimipreis 2009 und den Würth-Literaturpreis 2011. Weitere Infos unter:

www.ankelaufer.com

Claudia Platz

geboren in Ludwigshafen. Magister Artium der Anthropologie, Ethnologie und Philosophie, arbeitet seit 2001 als freie Autorin. Bisher sind vier Mainz-Krimis sowie die beiden historischen Romane »Die falschen Caesaren« und »Das Blut von Magenza« veröffentlicht worden. Ihr siebtes Buch »Betreff: MORD!« erschien im November 2012. Außerdem hat sie Kurzgeschichten für verschiedene Anthologien verfasst. Sie gehört dem »Syndikat«, den »Mörderischen Schwestern« und der Autorengruppe »Mörderisches Rheinhessen« an, für die sie in der Pressearbeit tätig ist. Sie ist verheiratet und hat drei Kinder.

www.claudiaplatz.de

Ricarda Oertel

Jahrgang 1971, lebt mit ihrer Familie in Schleswig-Holstein. Sie studierte Deutsch, Religion und Erziehungswissenschaften. Einige Jahre war sie heilpädagogisch tätig. Heute arbeitet sie als Freie Lektorin sowie Autorin und ist Mitglied bei den Mörderischen Schwestern. Ihr Traum vom Abtreten: Mit einem Glas Campari in der Sonne sitzen und sanft im Liegestuhl entschlummern, umringt von einer Schar tobender Urenkel.

www.lektorat-oertel.de

Paul Pfeffer

geboren 1948 in Bad Sobernheim an der Nahe. Studium der Germanistik und der Politikwissenschaften in Frankfurt. Lebt seit 1984 in Kelkheim am Taunus und schreibt seit 1992 Gedichte, Geschichten und Romane, Essays und Rezensionen. Kulturpreis der Stadt Kelkheim 2006. Nominiert für den Deutschen Kurzkrimi-Preis 2011. Letzte Veröffentlichung: Makel, Roman, Münster 2007

Doris Preusche

manchmal bitterbös, schaurig schön oder mit einem humoristischen Seitenhieb, bringt sie die Besonderheiten ihrer Mitmenschen auf Papier. Aufgewachsen auf einem Bauernhof bei Weilburg an der Lahn, geprägt und beeinflusst von den multiplen Einflüssen im Main-Taunus-Kreis, arbeitet die ehemalige Sport-Physiotherapeutin als Redaktionssekretärin, freiberufliche Journalistin.

Guntrun Reinke

kämpfte früher mit Federkiel und Kreide an der Schülerfront. Damit nicht genug: In ihren Texten für das Lehrerkabarett »Die Rotstifte« nahm sie alles unter Beschuss, was sich auf dem weiten Feld der Schule als Zielscheibe des Spotts anbot. Angekommen in der Generation plus lässt die Kölnerin in ihren Erzählungen Frauen zu Wort kommen, die von den Machos an ihrer Seite nichts mehr einstecken, sich zu wehren wissen und dabei vor keiner Tat zurückschrecken. Ob jung oder alt, es sind echte Mordsweiber, deren Rache süß, aber nicht ohne Nebenwirkungen ist.

Regina Schleheck

ein halbes Jahrhundert leb-haft – in Wuppertal, Köln, Aachen, Herford, jetzt Leverkusen. Seit drei Dekaden Elter. Fünffach. Ex-Gatte lebt. Beruf: Lehr. Seit einer Dekade schreibend. Vielfach bepreist. Ohne-Glied im Netzwerk der »Mörderischen Schwestern«. Mit-Herausgeberin der »Mordsmütter«.

www.regina-schleheck.de

Frauke Schuster

geboren 1958, verbrachte ihre Jugend in Kairo/Ägypten und studierte später Chemie. 1984 erhielt sie den Kulturpreis Ostbayern für ihre Dissertation. 2002 erschien ihr erster Kriminalroman »Atemlos« (KBV-Verlag). Seither hat sie vier weitere Romane und zahlreiche Kurzgeschichten veröffentlicht.

Andrea Spille

Jahrgang 1958, Bücherfrau, Katzenfan, Wahl-Rheinländerin und gerne – zumindest auf dem Papier – kriminell aktiv. Veröffentlichung von Kurzgeschichten aus den Bereichen Krimi, Phantastik, Märchen und anderen Genres in bisher ca. zwanzig Anthologien. Bandenmitglied bei den »Mörderischen Schwestern«.

Sabine Trinkaus

aufgewachsen in Schleswig-Holstein, lebt in Alfter bei Bonn. Sie schreibt Kurzgeschichten, die in verschiedenen Anthologien veröffentlicht wurden und von denen eine 2010 mit dem Agatha-Christie-Krimipreis ausgezeichnet wurde. 2012 erschien ihr erster Kriminalroman »Schnapsleiche«. Sie ist Mitglied bei den »Mörderischen Schwestern« und im »Syndikat«.

Jutta Wilbertz

studierte Angewandte Theaterwissenschaft in Gießen und absolvierte zusätzlich eine Schauspiel- und Gesangsausbildung in Rom und Köln. Schreibt Kurzgeschichten, Kurzkrimis, kriminelle Lieder und Kabarett-Chansons und tritt regelmäßige mit eigenen Bühnenprogrammen auf. Lebt und überlebt mit Mann, Tochter, Hund in Köln.

www.wilbertz-kunz.de

http://jutta-wilbertz.kulturserver-nrw.de/

Milan Zimmermann

wurde am 26.03.1990 in Frankfurt am Main geboren, lebte bis zu seinem vierten Lebensjahr in Wiesbaden, zog dann für fünfzehn Jahre nach Aarbergen, bis es ihn zum Medizinstudium an die Charité nach Berlin verschlug. Seit drei Jahren wohnt, lebt und schreibt er im schönen Charlottenburg. Mehrere seiner Kurzgeschichten wurden bereits in Anthologien veröffentlicht.

Mechthild D. Zimmermann

Verlegerin, geboren in Mainz und dort studiert: Germanistik, Geschichte und Journalistik. Ihre Liebe zur Kriminalliteratur führt sie auf eine frühkindliche Prägung zurück, ihre Urgroßmutter Lina soll sie mit Schauerballaden und Moritaten in den Schlaf gesungen haben. Lange Jahre Dozentin an der Hochschule für Polizei und Verwaltung in Wiesbaden. Sie lebt mit ihrer Familie im Taunus und schreibt unter dem Namen Daphne Carpentier.

www.viaterra-verlag.de

Sibylle Zimmermann

lebt nach langen Jahren im Ausland (Schwaben, Bayern, Berlin, Israel und Australien) wieder in ihrer Heimatstadt Freiburg. Sie schreibt Romane und Kurzgeschichten und unterrichtet kreatives Schreiben. Auszeichnungen: Agatha-Christie-Preis 2011 und Nominierung zum Glauser-Kurzkrimi-Preis 2011.

www.kreatives-schreibtraining.de

edition BitterBöse

Sonne, Mord und Ferne

ViaTerra goes holiday

Urlaub weckt Sehnsüchte. Nach Meer, Metropolen, Müßiggang oder Mördergruben. Auch Balkonier sind vor Abgründen und Höhenflügen nicht gefeit.

Sie möchten wissen:

Was zu tun ist, wenn die schönste Zeit im Jahr zum Albtraum wird? Wer einem im Urlaub so richtig auf die Nerven gehen kann? Wo sie Störenfriede im Sand verbuddeln oder im Meer versenken können? Wieso Reiseländer, wo der Pfeffer wächst, zum Chillen nicht empfohlen werden? Wie man tödliche Urlaubsfallen vermeiden kann?

Dann haben wir einen heißen Tipp für Sie:

Sonne, Mord und Ferne. Hrsg. von Mechthild Zimmermann und Regina Schleheck (Glauser-Preisträgerin 2013).

ViaTerra Verlag
ISBN: 978-3-941970-10-6

Das Abenteuer Urlaub geht in der Saison 2014 weiter:

Darf's ein bisschen Meer sein?

Mehr mordsgute Urlaubsgeschichten. Damit daheim und unterwegs beim Chillen das Thrillen nicht auf der Strecke bleibt.

edition BitterBöse

Mordsmütter

Zimmermann / Schleheck (Hg.)

Wer sich heute tollkühn für das Abenteuer »Kind« entscheidet, erntet dafür oft nur Kopfschütteln und Häme. Mutterschaft ist Armutsrisiko Nummer eins. Je mehr Kinder, desto schlimmer. Zu knapper Kasse und frustiger Fron kommen biestige Blagen, flüchtige Väter, neidische Nächste – ein dorniges Dasein!

Für neunundzwanzig hochkarätige AutorInnen ein Füllhorn an nachdenklich stimmenden, bösen und augenzwinkernden Geschichten, die in dem vorliegenden Band zu einem bunten Strauß Neu(e)Rosen gebunden werden. Allen voran die Ladies of Crime Ingrid Noll, Sabine Deitmer und viele andere KrimiautorInnen aus dem Netzwerk »Mörderische Schwestern« wie Sandra Lüpkes, Judith Merchant, Ulla Lessmann.

Auch Männer haben aufwühlende »Mordsmütter«-Geschichten zu erzählen: Das beweisen Carsten Sebastian Henn, Thomas Nommensen, Milan Zimmermann u. a. Sie riskieren den Blick hinter die Fassade der Familienidylle, hinterfragen das »Mutterglück« und räumen mit dem Vorurteil auf, wir Mütter hätten den Zeitgeist verschlafen.

ViaTerra Verlag
ISBN: 978-3-941970-06-9

edition BitterBöse

Eintauchen Abtauchen Auftauchen

Zimmermann / Grießer (Hg.)

Skurriles aus der Badewanne

Magischer Badeschaum, rätselhafte Säuberungsrituale, perfide Wannenmorde und geheimnisvolle Gäste im Badezimmer. 35 Autoren haben sich ihren ganz persönlichen, literarischen Badeträumen hingegeben.

Entstanden ist ein wilder Schaum herrlich abgedrehter, sinnlicher, mörderischer oder herzergreifender Geschichten. Lassen Sie sich verführen. Tauchen Sie ein in zauberhafte Badewelten und träumen Sie.

ViaTerra Verlag
ISBN: 978-3-941970-08-3